Heribert Weishaupt

Totenstille am See

Ein Troisdorf-Krimi

ratio books

Heribert Weishaupt
Totenstille am See
Ein Troisdorf-Krimi

Cover:
Sieglarer See, Foto: Heribert Weishaupt
Illustration: adpic.de / A. Armyagov

Impressum
ratio-books • 53797 Lohmar • Danziger Str. 30
info@ratio-books.de (bevorzugt)
Tel.: (0 22 46) 94 92 61
Fax: (0 22 46) 94 92 24
www.ratio-books.de

ISBN 978-3-939829-47-8

published by

ratio books

Wer der Meinung ist,
dass man für Geld alles haben kann,
gerät leicht in den Verdacht,
dass er für Geld alles zu tun bereit ist.

(Benjamin Franklin)

Prolog

Die nackte Glühbirne tauchte den Raum in ein diffuses Licht. Wahrscheinlich war sie eine der letzten des 130 Jahre alten Leuchtmittels, das ab September 2012 nicht mehr auf den Markt gebracht werden durfte. Die Lichtstärke von 20 Watt ließ den mehr als dreißig Quadratmeter großen Raum noch düsterer und unheimlicher wirken, als er tatsächlich war. In den kahlen Betonwänden befand sich weder ein Fenster noch irgendeine sonstige Öffnung. Lediglich eine verrostete Eisentüre unterbrach den kahlen Beton. Die Luft war feucht und der Geruch von Exkrementen erschwerte zusätzlich das Atmen.

Er lag auf dem Rücken, Beine und Arme leicht vom Körper abgewinkelt. Seine Hände und Fußgelenke waren mit schmalen Lederriemen an ein in den Beton eingelassenes Eisen rechts und links von ihm angebunden. Über seine Stirn zog sich ein ähnlicher Lederriemen und gestattet nicht die kleinste Drehung des Kopfes.

Die einzige Bewegung, die seine Fesseln zuließen, war das Zittern, das seinen gesamten Körper ergriffen hatte.

In regelmäßigen Abständen fiel ein Wassertropfen genau auf seine Nasenwurzel zwischen seinen Augen. Er konnte den Zeitabstand bis zum nächsten Tropfen genau einschätzen. Bereits kurz vorher schloss er seine Augen und verbarg dadurch seine geröteten Augäpfel.

Er hätte nie gedacht, dass diese Foltermethode so grausam sein könnte. Die Kälte, die der feuchte Betonboden abgab, nahm er seit geraumer Zeit nicht mehr bewusst wahr.

Er war sich sicher, dass er diesen Raum nicht mehr lebend verlassen würde. Inzwischen war er so weit, dass er den Tod herbeisehnte. Die Vorstellung, bald dieses erlösende Gefühl zu spüren, ließ ihn die Schmerzen und Qualen weiter ertragen.

„Unterschreibe und alles ist vorbei und du bist frei", drang wieder diese dumpfe, monotone Stimme mit den gleichen, eindringlichen Worten an sein Ohr und ließ ihn aufschrecken.

Er würde nicht unterschreiben, egal was sie mit ihm anstellten. Dieser letzte Triumph würde ihm gehören. Denn auch, wenn er sich tatsächlich entschließen würde zu unterschreiben, würde man ihn mit Sicherheit nicht freilassen.

„Niemals", war zum wiederholten Male seine Antwort, die krächzend aber bestimmt aus seinem Mund kam.

Und wieder traf ein Wassertropfen seine Nasenwurzel und das Wasser rann ihm in die entzündeten Augen. Wieso musste Sterben so schwer sein?

Paul Altmann erwachte, schlug die Augen auf und saß gleichzeitig aufrecht im Bett. Es dauerte einige Augenblicke, bis er begriff, dass er geträumt hatte. Der dünne Schlafanzug klebte an seinem schweißnassen Körper. Er zitterte. Doch jetzt war kein Albtraum dafür verantwortlich, in dem er vor Angst zitternd auf dem Boden lag, sondern der Herbstwind, der durch das halb geöffnete Fenster blies.

Inzwischen häuften sich die Nächte, in denen Albträume ihn um den gesunden Tiefschlaf brachten. Trotzdem stand sein Entschluss fest. Er würde nicht klein beigeben.

1. Kapitel

Die letzten herbstlichen Sonnenstrahlen versanken am Horizont hinter dem Kirchturm der St.-Johannes-Kirche in Troisdorf-Sieglar. Mit dem Untergang der Sonne endete ein angenehm, warmer Herbsttag und in den nächsten Stunden würden die Temperaturen erheblich sinken. Franz Bertram fuhr mit seinem Wagen die Hüttenstraße entlang bis zum Wanderparkplatz direkt hinter dem Hochwasserschutzdamm der Sieg, die von hier aus in wenigen Kilometern in den Rhein mündet. Dort stellte er seinen alten Mercedes 190 D ab. Inzwischen war sein geliebtes Gefährt stolze zwanzig Jahre alt. Er würde ihn auch künftig hegen und pflegen – und nach weiteren zehn Jahren wäre er würdiger Besitzer eines Oldtimers.

Der Parkplatz war an diesem Samstagabend leer. Die Spaziergänger und Wanderer, die das schöne Wetter genutzt hatten, waren um diese Zeit wieder zu Hause. Für Liebespaare, die sich manchmal auf dem Parkplatz im Auto vergnügten, war es dagegen noch zu früh und vor allem nicht dunkel genug.

In dieser Nacht endete die Sommerzeit. Die Uhren würden wieder eine Stunde zurückgestellt werden … und ab morgen wäre es um diese Zeit noch lange heller Tag. Franz wollte heute die frühe Dunkelheit noch einmal zum Nachtangeln nutzen.

Er stieg aus, ging um seinen Wagen herum und setzte sich auf den Beifahrersitz, um seine Stiefel anzuziehen, die er vorsorglich vor der Abfahrt vor den Sitz gelegt hatte. Auf dem Beifahrersitz hatte er mehr Bewegungsfreiheit.

Hier störte ihn nicht das Lenkrad. Die Stiefel waren bereits viele Jahre alt. Am Schaft und unter der Sohle klebte noch die getrocknete Erde von seinem letzten Angelabend.

Er öffnete den Kofferraum und griff sich die lange und prall gefüllte Angeltasche, die er sich über die Schulter hängte. In die rechte Hand nahm er seinen Angelstuhl und in die andere einen kleinen Werkzeugkoffer, in dem er Angelhaken, Blei, Posen und sonstige Kleinutensilien ordentlich sortiert verstaut hatte. Wie immer wollte er auch heute zu seinem Angelplatz am Westufer des Sieglarer Sees. Er liebte den See. Hier fand er Ruhe und Erholung vom Stress des Alltags.

Er wandte sein von der Sonne braun gebranntes Gesicht dem Himmel zu. Nur wenige Quellwolken unterbrachen das Blau des Firmaments. Er nickte zufrieden und ging beschwingt und erwartungsvoll los.

Er überquerte den Siegdamm, um dann noch einige Hundert Meter am Ufer entlang des Sees zu gehen. Anfangs war der Weg breit und ging später in einen engen Pfad über. Leicht außer Puste erreichte er die Stelle des Pfades, an der er ihn verlassen musste, um zu seinem Angelplatz am Ufer zu gelangen. In solchen Momenten, wenn er nach kurzen Anstrengungen nach Luft schnappte, haderte er mit sich selbst. Er schaute an sich herunter. Sein Bauch wölbte sich immer mehr über seine Hose und seine Jacke ließ er so wie heute meistens offen, damit sie ihn nicht zu sehr einengte. Er hasste diese Momente und er hasste dann auch sich selbst. Vor Jahren hatte er noch eine ansprechende Figur. Inzwischen war er bequemer und das Essen seine Leidenschaft geworden. Zum wiederholten Male nahm er sich vor, etwas für seine Kondition und seinen Körper zu tun. Ja, morgen würde er mit Gymnastik und Laufen beginnen – und wenn nicht ab morgen, dann spätestens ab nächstem Wochenende.

Er stellte sein Gepäck ab und atmete einmal tief durch.

Links von ihm ragten entlang des Pfades die über zwei Meter hohen Stängel des drüsigen Springkrauts in den Himmel. Erst bei seinem letzten Besuch am See hatte er das Kraut, das sich inzwischen in fast allen Auen und Uferlandschaften eingebürgert hatte, niedergetreten, um sich einen Weg zum Seeufer zu bahnen. Und bereits heute, nach wenigen Wochen, war der Zugang zum See erneut zugewachsen. Er hasste das Gewächs, weil es alle anderen Pflanzen überwucherte. Außerdem mochte er den starken, süßlichen Duft nicht, den die rosa Blüten verströmten, und der sich wie eine Glocke über das Ufer legte.

Er ließ seinen Ärger auf brutale Art an den Pflanzen aus und bahnte sich erneut einen Zugang zu seinem Angelplatz, indem er rücksichtlos die Stängel der lästigen Pflanzen niedertrat. Sein Ärger verflog aber sofort wieder, als er den Angelplatz sah, der nach wie vor frei von irgendwelchen Gewächsen war. Die festgetretene, steinige Erde bot für den Samen des Springkrauts wenige Möglichkeiten, Wurzeln zu bilden.

Franz Bertram freute sich auf einen schönen und hoffentlich erfolgreichen Angelabend.

Bevor er sein Gepäck heranholte, blieb er einige Augenblicke am Wasser stehen und genoss den Blick über den See bis zum gegenüberliegenden Ufer. Es war fast windstill und der See bot zumindest in Ufernähe eine fast glatte Oberfläche. Lediglich in der Mitte des Sees kräuselte sich das Wasser leicht. Dort beobachtete er eine größere Anzahl unterschiedlicher Entenarten. Er bedauerte es, dass er von seinem jetzigen Standort nicht die beiden Inseln im See sehen konnte, die von einer Unmenge Vögeln und Enten aller hiesigen Arten bevölkert wurden. Lediglich die Vogelstimmen und das Geschnatter der Enten drangen bis zu ihm vor. Er hatte den Eindruck, als ob alle Tiere den zu Ende gehenden Tag verabschieden wollten. Er war mit sich und der Welt zufrieden.

Energisch riss er sich vom Anblick des Sees los. Er griff in seine Tasche und holte eine alte, blaue Kappe hervor. Da sein Kopfhaar inzwischen dünn und schüttern geworden war, benötigte er eine Kopfbedeckung, die seinen Kopf gegen die nächtliche Kälte schützte. Bis mindestens Mitternacht wollte er angeln. Falls ihm das Anglerglück nicht versagt blieb, vielleicht auch noch die eine oder andere Stunde länger. Einen entsprechend großen Ködervorrat hatte er vorsorglich eingepackt.

Gut gelaunt begann er, seinen Angelplatz einzurichten. Er öffnete den Werkzeugkoffer, damit er, falls erforderlich, das nötige Werkzeug schnell zur Hand hatte, und stellte ihn neben seinen Stuhl. Aus seiner Angeltasche nahm er den Kescher, fuhr die Teleskopstange aus, sodass der Kescher eine Länge von fast zwei Metern erreichte, und legte ihn ebenfalls in Reichweite auf den Boden. Dann begann er, seine Angeln herzurichten. Durch seine jahrelange Routine konnte er bereits nach wenigen Minuten die erste Angel auswerfen. Er kurbelte die Angelschnur ein kurzes Stück ein, sodass sie gerade gespannt auf der Wasseroberfläche lag. Am Ende der Angelschnur, ungefähr zehn Meter vom Ufer entfernt, hatte er den Schwimmer postiert, der unbewegt, aufrecht aus dem Wasser ragte und ihm den Biss eines Fisches anzeigen würde. Jetzt noch die zweite Angel auswerfen und den Bissanzeiger vier, fünf Meter daneben postieren, und der gemütliche Teil des Tages konnte beginnen.

Inzwischen wurde es immer dämmriger. Und mit der zunehmenden Dunkelheit verbreitete sich vom See aus auch glatt wie eine Glasscheibe, zumindest der Teil, den er noch erkennen konnte. Die dünne Sichel des Mondes konnte gegen die Finsternis nichts ausrichten. Durch die Windstille wurden keine Geräusche des nahe gelegenen Autobahndreiecks St. Augustin-West herangetragen. Es war eine lautlose Nacht – es war totenstill.

Die leuchtenden Knicklichter lagen nach wie vor unbeweglich auf der Wasseroberfläche. Aus Langeweile begann Franz, die Ratten, die sich schüchtern seinem Stuhl näherten, mit Brotkrumen zu füttern. Wenn er unbewegt auf seinem Angelstuhl saß, kamen sie bis unter seinen Stuhl, schnappten sich eine Brotkrume, um dann wieder in Windeseile zwischen den Stängeln des Springkrautes zu verschwinden.

Er öffnete die dritte Flasche Kölsch und trank einen kräftigen Schluck. Er hatte noch zwei weitere als Reserve in seiner Angeltasche. Wenn Ingrid, seine Frau, das sähe, würde es wieder ein Donnerwetter geben. Vor einigen Tagen, als sie wieder einmal stritten – und sie stritten meistens wegen seines Alkoholkonsums – bezeichnete ihn Ingrid als elenden Alkoholiker. Auch missbilligte sie, dass er nach mehreren Flaschen Kölsch, die er regelmäßig am See trank, mit dem Wagen nach Hause fuhr. Wie oft hatte sie ihm gepredigt, doch sein Fahrrad für die kurze Strecke zu benutzen. Aber er sah das völlig anders. So schlimm stand es um ihn wegen der einen oder anderen Flasche Bier nicht. Und mit dem Fahrrad die sperrige Angeltasche zu befördern, war ihm zu beschwerlich. Da war die kurze Fahrt mit dem Wagen wesentlich bequemer. Zudem fuhr er nach Hause nur über Nebenstraßen und „Schleichwege“, wie er sich auszudrücken pflegte. Dort würde ihm mitten in der Nacht kein Auto begegnen – schon gar nicht ein Streifenwagen der Polizei.

eine unangenehme Feuchtigkeit. Franz kannte c
hatte sich mit entsprechend warmer Kleidung und
werk versorgt.

Er holte seine beiden Posen ein, um sie gegen Pc
einem Knicklicht zu tauschen. Seinem kleinen Ko
nahm er ein kleines Kunststoffstäbchen, das n
unterschiedlichen Chemikalien gefüllt war. Er kni
Stäbchen, wodurch der Glasbehälter im Inneren br
die beiden Flüssigkeiten sich vermischten. Durch die
einsetzende chemische Reaktion entstand ein L
das mehrere Stunden anhalten würde. Das leu
Stäbchen befestigte er an der dafür vorgesehene
am oberen Ende des Bissanzeigers. Die auf diese
präparierte Angel warf er wieder aus. Auch bei
Dunkelheit konnte er jetzt die Reaktion des Schv
bei dem Biss eines Fisches verfolgen und entsp
reagieren. Zufrieden schaute er über den See, grif
mitgebrachtes altes Handtuch und trocknete sein
daran ab.

Heute beabsichtigte er, einige Aale an Land zu
Bisher hatte er noch kein Glück gehabt – weder ein
ein sonstiger Fisch hatte angebissen. Er war deswe
enttäuscht, denn er wusste, die Hauptbeißzeit
würde noch kommen. Die günstigste Fangzeit für
die Dämmerung, vor allem aber die Nacht.

Bevor sich die Dunkelheit endgültig über den S
genoss er es, weiterhin die Natur zu beobachte
er mit einem Auge immer seine leuchtenden Kn
beobachtete. Die Laute der Tiere ließen allmähl
bis sie plötzlich, als wäre ein unhörbarer Befehl e
ganz verstummten. Eine gespenstische Ruhe bre
über den See aus. Gleichzeitig war es fast übe
stockfinster geworden. Die Wasseroberfläche wa

Es war aber nicht nur der Alkohol, weswegen sie stritten. Sie stritten fast täglich über irgendwelche Kleinigkeiten – und Franz hatte längst eingesehen, dass seine Ehe kaputt war. Nur einen Schlussstrich ziehen, konnte er noch nicht.

Wahrscheinlich lag Ingrid bereits im Bett und schlief fest. Sie würde daher nicht bemerken, dass er ein paar Bier getrunken hatte, wenn er in einigen Stunden nach Hause kam.

Es war bereits weit nach dreiundzwanzig Uhr, als er hinter sich ein Geräusch vernahm. Höchstwahrscheinlich ein größeres Tier. Womöglich eines dieser Nutrias, mutmaßte er. Dieses große Nagetier hatte sich vor Jahren hier am See, und in der unmittelbar neben dem See vorbeifließenden Sieg, angesiedelt. Kurz drehte er sich um, denn er wollte seine leuchtenden Posen nicht unnötig lange aus den Augen verlieren. Nichts.

Doch da wieder ein Geräusch, dieses Mal ganz in der Nähe, direkt hinter ihm. Erneut wandte er seinen Kopf nach hinten. Wie von Geisterhand wurden die Stängel des Springkrauts zur Seite geschoben und nur schemenhaft konnte er eine menschliche Gestalt in der Dunkelheit erkennen, die sich durch das Springkraut bis an den Rand seines Angelplatzes drängte. Franz fasste blitzschnell seine Taschenlampe, die er sofort verfügbar neben seinen Angelkoffer gelegt hatte, und richtete den Strahl direkt auf den unerwarteten Besucher. Mit der anderen Hand ergriff er sein Anglermesser, das er griffbereit auf seinem kleinen Koffer platziert hatte, und sprang auf.

Als der Lichtstrahl seiner Taschenlampe das Gesicht des ungebetenen Gastes erhellte, erkannte er die Person, die mit einer schwarzen Hose, einer schwarzen Jacke sowie einem Schal und einer tief in die Stirn gezogenen Mütze bekleidet war.

„Du? Was willst du denn hier am See?“, rief er völlig überrascht aus.

Seine Stimme schallte durch die lautlose Nacht. Aber niemand würde durch seinen Ausruf erschreckt werden, denn er war heute wieder einmal der einzige Angler am See. Durch die großen Kormorankolonien, die häufig über den See herfielen und den Fischbestand erheblich reduzierten, war der Sieglarer See in Anglerkreisen nicht besonders beliebt. Die meisten Angler bevorzugten den wesentlich fischreicheren Rotter See.

„Mach das Licht aus und setz dich wieder hin. Wir müssen reden“, forderte ihn die Person eindringlich auf.

„Wir haben nichts miteinander zu reden. Schon gar nicht hier am See“, entgegnete Franz Bertram aufgebracht.

In der einen Hand die Taschenlampe, in der anderen das gezückte Messer, sprang er auf seinen unwillkommenen Besucher zu, um ihn von seinem Angelplatz zu drängen, auch wenn der Besucher wegen des Messers in Franz Bertrams Hand Schlimmeres befürchtete.

Sein Angelstuhl kippte dabei um und fiel auf seinen kleinen, geöffneten Koffer, der ebenfalls scheppernd umfiel. Der Inhalt verstreute sich über die leicht abschüssige Angelstelle. War es sein Kreislauf, der durch das plötzliche Hochspringen außer Kontrolle geriet, oder war es der Bierkonsum? Im Nachhinein würde es letztlich nicht feststellbar sein, was der Grund für sein Taumeln war.

Statt in Richtung der Person, torkelte er rückwärts, verlor das Gleichgewicht vollends und stürzte in den See, der zu dieser Jahreszeit viel zu kalt für ein Bad war. Der See war an dieser Stelle, bis ein, zwei Meter vom Ufer entfernt, noch nicht sehr tief. Franz ruderte kräftig mit den Armen. Er zog seine Beine an, um sich aufzurichten und schnell aus dem kalten Wasser zu gelangen. Überraschend gewandt gelangte er in eine sitzende Position. Und schon ragten sein Kopf und seine Schultern aus dem Wasser.

Jetzt nach vorne beugen und aus dem See heraus. Dann werde ich dir zeigen, dass man so mit einem Franz Bertram nicht umgehen kann, dachte er.

Plötzlich erhielt er einen Stoß gegen die Brust und fiel erneut rückwärts in den See. Das kalte Wasser schwappte über sein Gesicht und lief in seinen um Luft ringenden, geöffneten Mund. Er schloss seinen Mund und musste mehrmals schlucken, um ihn vom Seewasser zu befreien.

Er wollte sich erneut aufrichten. Ein starker Druck auf seine Kehle verhinderte jedoch, dass er seinen Kopf aus dem Wasser heben konnte. Angst und Panik machte sich bei Franz breit. Sein Sauerstoffvorrat war beinahe erschöpft.

Mit aller Kraft, die ihm seine Panik verlieh, versuchte er erneut, sich gegen den Druck auf seiner Kehle zur Wehr zu setzen und den Kopf über Wasser zu bekommen. Er ruderte mit den Armen und versuchte mit den Beinen Halt zu finden. Vergeblich.

Inzwischen hatte sich seine dicke Kleidung, die ihn gegen die Kälte schützen sollte, mit Wasser vollgesogen. Wie eine Bleiweste hingen die Kleidungsstücke an ihm. Er musste seinen Kopf unbedingt über Wasser bekommen, egal wie.

Sollte das sein Ende sein?

Vor seinen Augen tanzten Sterne. Seine Lunge schien zu zerbersten. Er musste seinen Mund öffnen und nach Luft schnappen. Unbedingt. Als er den Mund öffnete und seine Lungen gierig Sauerstoff einsaugen wollten, erreichte nur ein Schwall Wasser seine Lunge und seine Bronchien. In seinem Kopf platzte nacheinander Stern um Stern, bis nur noch ein grelles, weißes Licht vorhanden war.

Aber auch dieses Licht erlosch. Franz Bertram nahm nicht mehr wahr, dass sich der Druck auf seine Kehle verringerte und schließlich ganz verschwand.

„Das hast du nun davon", flüsterte die dunkel gekleidete Gestalt.

Der nächtliche Besucher schaute zufrieden über den See, ohne Franz Bertram eines weiteren Blickes zu würdigen. Den Kescher, mit dessen Griff er Franz Bertram unter Wasser gedrückt hatte, hielt er noch immer am Ende der Teleskopstange, dort wo das Netz begann, in der Hand. Mit der Sicherheit, dass ihn niemand beobachtet hatte, drehte er sich ruhig um und verließ den Angelplatz. Den Kescher, der als Beweisstück gegen ihn verwandt werden könnte, nahm er zu seiner Sicherheit mit.

Zu diesem Zeitpunkt bewegte sich die Pose mit dem Knicklicht in einer Zickzack-Linie über die ruhige Wasseroberfläche, bevor der Aal sie mit einem Ruck unter Wasser zog. Er hatte sich am Haken festgebissen und niemand war da, ihn zu erlösen.

2. Kapitel

Auf Zehenspitzen schlich ich vom Schlafzimmer die Treppe hinunter zum Hausflur und von dort in den Keller, um meine Laufschuhe zu holen.

Bereits im Schlafzimmer hatte ich möglichst geräuschlos meine Laufbekleidung angezogen. Meine Frau, mit der ich bereits über dreißig Jahre verheiratet war, sollte weiterschlafen können. Laut Wetterbericht sollten die Temperaturen in der Nacht erstmals unter 10 Grad gesunken sein. Ich hatte daher lange Leggings und ein wärmendes Laufshirt mit langem Arm ausgewählt. Nochmals hoch zum Schlafzimmer und ein Blick zum Bett. Meine Frau schlief noch fest. Auf dem Rückweg würde ich beim Bäcker vorbeilaufen und Brötchen für das Frühstück mitbringen. Ich hegte insgeheim die Hoffnung, dass meine Frau bis dahin aufgewacht sei und mich köstlicher Kaffeeduft empfangen würde.

Nachdem ich die Schuhe wie immer sorgfältig geschnürt hatte, steckte ich noch zwei Euro für die Brötchen ein und zog leise die Haustüre hinter mir zu.

Auch wenn ich es erwartet hatte, war ich doch über die Kälte überrascht, die mich draußen empfing. Ein kurzer Druck auf die Stoppuhrtaste meiner Armbanduhr und der Frühsport konnte beginnen.

Gestern war es spät geworden und vielleicht hatte ich auch ein Glas Wein zu viel getrunken. Mit leichten Kopfschmerzen war ich recht früh aufgewacht. Einschlafen konnte ich nicht mehr. Ich hatte mich daher für eine früh-morgendliche Laufrunde in der Siegniederung entschieden. Joggen in frischer Luft würde bestimmt meine Kopfschmerzen vertreiben.

Der Weg führte mich durch die noch menschenleeren Wohnstraßen bis zum Hochwasserschutzdamm der Sieg. Von dem erhöhten Damm hatte ich einen weiten Blick über die herrliche Auenlandschaft. Über den Wiesen und Feldern hing noch ein leichter Nebelschleier, der sich jedoch in Kürze auflösen würde. Ich folgte dem Schutzdamm bis zur Höhe des Sportplatzes der Fortuna Müllekoven. Hier verließ ich den Damm und orientierte mich in Richtung Siegufer. Dort begann mein Rückweg über einen Feldweg entlang der Sieg.

Ich freute mich bereits auf einen Schlenker um den Sieglarer See, den ich fest eingeplant hatte. Ich liebte die morgendliche Stille und die noch unberührte Natur am See. Außerdem kam der weiche Boden dort meinen Gelenken zugute. Am Südost-Ufer hatte der See eine Furt, wo er mit der direkt vorbeifließenden Sieg verbunden war. Der Fluss führte heute nur mäßig Wasser, und der grobe Kies in der Furt war zwar nass, aber die Furt ohne Probleme passierbar.

Der See lag jetzt verträumt in der morgendlichen Stille vor mir. Lediglich die Enten gackerten bereits in den noch über den See liegenden Nebelschwaden. Im nördlichen Teil des Sees hatte sich der Nebel bereits vollständig gelichtet und die ersten Sonnenstrahlen brachen sich im spiegelglatten Wasser.

Ich war verschwitzt, und da ich mein Lauftempo beim Durchqueren der Furt gedrosselt hatte, wurde mir zunehmend kalt. Hätte ich doch nur ein noch dickeres Wintershirt angezogen, haderte ich mit mir.

Langsam erhöhte ich wieder mein Tempo, jedoch nur so viel, dass ich den Blick über den See genießen konnte, ohne Gefahr zu laufen, über einen Stein oder einer Wurzel zu straucheln. Ich befand mich inzwischen am nördlichen Ende des Sees und musste jetzt den direkten Uferweg verlassen. Noch ein kurzer Blick zum gegenüberliegenden Ufer. Dort ragen hohe Bäume und dichtes Springkraut in den Himmel. Aber es gab auch den ein oder anderen versteckten, kleinen Angelplatz, der nur von dieser Uferseite einzusehen war.

Zu dieser frühen, morgendlichen Herbstzeit hatte ich in der Vergangenheit nur selten einen Angler gesichtet. Doch heute schien sich ein Angler bereits in einer kleinen Bucht auf der gegenüberliegenden Uferseite eingerichtet zu haben. Der See war an dieser Stelle nicht sehr breit. Aus der Entfernung konnte ich daher recht gut verschiedene Gegenstände, wie einen Anglerstuhl und eine große Tasche erkennen. Vor der Bucht drehte ein Schwan seine Kreise. Hin und wieder steckte er seinen Kopf ins Wasser und entfernte sich langsam vom Ufer. Die Angelstelle schien verlassen zu sein. Nichts deutete darauf hin, dass hier aktiv geangelt wurde.

Mein Gefühl sagte mir: Irgendetwas stimmte nicht. Meine Schritte verlangsamten sich, bis ich schließlich anhielt. Ich suchte das Ufer mit meinen Augen ab. Einen Angler konnte ich nirgendwo ausmachen. Ich konnte mich nicht dazu überwinden, meinen Lauf fortzusetzen. Immer wieder strengte ich meine Augen an, um Details zu erkennen. Lag da nicht etwas Größeres im Wasser? Vielleicht ein Stück eines Baumstammes, das dort im Wasser vermoderte? Nein, ein Baumstamm war das nicht. Es schien fast so, als wenn zwei Füße und zwei Beine an Land lagen und der restliche Körper im Wasser. Konnte das womöglich ein Mensch sein?

Mit einem Male war ich mir sicher – dort lag jemand im Wasser.

Ich musste dorthin. Bestimmt war ich die einzige Person, die sich zu dieser Zeit am See aufhielt und helfen konnte. Meine Beine setzten sich augenblicklich in Bewegung und nahmen den unterbrochenen Lauf wieder auf. Nur mit dem Unterschied, dass mein Lauftempo jetzt wesentlich höher war. Ich geriet zunehmend ins Schwitzen. Die vorher noch empfundene Kälte war verschwunden.

Am Ende des Sees bog ich in einen kleinen Pfad ein, der zunehmend holpriger wurde. Große Steine wechselten sich mit dicken Ästen ab, die über den Pfad lagen. Der Weg forderte meine gesamte Aufmerksamkeit, um nicht hinzufallen. Hin und wieder schlugen Äste in mein Gesicht und hinterließen Kratzspuren, die durch den eindringenden Schweiß brannten. Auf den Weg zu achten und gleichzeitig nach oben zu schauen, um den Ästen auszuweichen, funktionierte nicht.

Plötzlich kam mir in den Sinn, dass ich wahrscheinlich Erste Hilfe leisten müsste, wenn dort ein Mensch im Wasser lag. Mein Tempo wurde schneller.

Wie lange lag mein Erste-Hilfe-Kurs bereits hinter mir. Vierzig Jahre oder noch länger? Zu meiner Führerscheinprüfung, so mit zwanzig oder einundzwanzig Jahren, hatte ich einen Kurs belegt, erinnerte ich mich. Von damals hatte ich bestimmt nichts mehr behalten. Stabile Seitenlage, wie war das noch? Allmählich stieg Panik in mir auf. Wie sollte ich helfen, wenn ich nicht mehr wusste, wie?

Inzwischen hatte ich das Nordufer des Sees passiert, ohne auf diesem Stück des Weges den See nochmals zu Gesicht bekommen zu haben. Der Weg wurde jetzt besser. Steine und Äste waren nicht mehr vorhanden, dafür säumten die hohen Stängel des drüsigen Springkrautes den Wegrand und der Weg wurde schmaler. Der nächtliche Tau hatte ihn stellenweise sehr rutschig gemacht und ich konzentrierte mich weiterhin auf meine Schritte.

Irgendwo war hier die Angelstelle. Als ich um eine Wegbiegung lief, erreichte ich einen breiten Wanderweg. Nein, hier war ich auf dem falschen Weg. Ich war bestimmt an der Angelstelle vorbei gelaufen.

Ich drehte mich um und ging jetzt langsam zurück, den Blick immer nach rechts zum See gerichtet.

Dann sah ich einige Meter vor mir die gesuchte Stelle. Das Springkraut war niedergetreten, und als ich zwischen das Springkraut trat, lag der See vor mir. Ich stand schwitzend inmitten der hochragenden Stängel des asiatischen Krautes, dessen süßlicher Duft mir in die Nase stieg und mich zum Niesen reizte.

Im Unterbewusstsein nahm ich wahr, dass am Ufer ein umgekippter Anglerstuhl und ein ebenfalls umgekippter Anglerkoffer lagen. Der Inhalt war über den gesamten Angelplatz verteilt. Mehrere Flaschen Kölsch lagen verstreut umher. Wie es den Anschein hatte, waren alle leer.

Dann fiel mein Blick auf zwei große Stiefel, die aus dem Wasser ragten. Die restliche dazugehörige Gestalt lag völlig unter Wasser. Ihre Kleidung war vom Wasser aufgebläht. Der Körper wirkte dadurch westlich kompakter, als er wahrscheinlich tatsächlich war. Es war ein Mann, der auf dem Rücken im Wasser lag. Das Gesicht konnte ich nicht genau erkennen.

Aufgeregt lief ich die letzten Meter bis zum Wasser. Meine Füße stießen dabei gegen einige der vielen umherliegenden Gegenstände.

Ich beugte mich zu der reglos im Wasser liegenden Gestalt hinunter. Zwei leblose Augen starrten mich an. Das Gesicht strahlte eine gewisse Überraschung oder vielleicht auch Ärger aus. Angst konnte ich nicht erkennen. Die Haut wirkte aufgeschwemmt und es schien, als ob alles Leben aus dem Gesicht gewichen war und einem farblosen, leicht bläulichen Schimmer Platz gemacht hatte. Womöglich lag der Mann bereits länger im Wasser. Die Arme waren vom Körper abgewinkelt, als ob er die Balance im Wasser suchte.

Mir war schlagartig klar: Hier kam jegliche Erste-Hilfe zu spät. Der Mann war tot.

Ein kalter Schauer lief mir über den Rücken, der nicht von der morgendlichen Frische herrührte. Was sollte, nein, was musste ich jetzt unternehmen?

Natürlich, die Polizei informieren. Aber wie? Ein Handy hatte ich wieder einmal nicht dabei. Ich ärgerte mich darüber. Wie oft hatte meine Frau zu mir gesagt: „Nimm dein Handy mit. Du weißt nie, was passiert. Vielleicht verletzt du dich. Dann kannst du mich wenigstens anrufen, und ich kann dich mit dem PKW holen."

Vorsichtig bewegte ich mich in Richtung des Weges zurück. Ich wollte mit keinem Fuß gegen einen der umherliegenden Gegenstände oder Flaschen stoßen.

Es gab nur eine Möglichkeit. Ich musste so schnell wie möglich nach Hause laufen und von dort die Polizei informieren. Mir war klar, dass ich dieses Vorgehen der Polizei gegenüber ausführlich erklären musste. Darüber wollte ich mir im Augenblick keine weiteren Gedanken machen. Womöglich traf ich aber auch einen Spaziergänger, der sein Handy dabei hatte und der die Polizei anrufen könnte. Ich wählte die Richtung bis zu dem breiten Wanderweg, bis zu dem ich kurz vorher bereits gelaufen war. Von dort führte der Weg direkt zum Siegdamm hoch. Immer wieder schaute ich umher, aber niemand war zu dieser frühen Zeit am Sonntagmorgen unterwegs.

Ich lief weiter bis zu den ersten Häusern der „Schwarzen Kolonie" im Ortsteil Friedrich-Wilhelms-Hütte. Ihren Namen verdankt sie den schwarzen Dachziegeln der Häuser, die Louis Mannstaedt um 1912 für seine Arbeiter bauen ließ.

In den letzten Jahrzehnten hatten die Bewohner die Häuser liebevoll restauriert. Seit längerer Zeit standen sie unter Denkmalschutz.

An diesem Sonntagmorgen wirkten die Häuser noch verschlafen, und die engen Straßen waren menschenleer. Lediglich einem älteren Mann mit seinem Hund begegnete ich. Leider hatte er kein Handy dabei und wie er sagte, wohnte er fünfzehn Minuten von hier entfernt. Also auch keine Hilfe.

Sollte ich irgendwo an einer Haustüre klingeln? Da es nur noch fünfhundert Meter bis zu mir nach Hause waren, entschied ich mich dagegen. Die wenigen Minuten, die ich bis nach Hause noch benötigte, würden am Sachverhalt nichts ändern.

*

Völlig außer Puste und erschöpft drückte ich den Klingelknopf bei mir zu Hause. Natürlich hatte ich wie immer keinen Haustürschlüssel dabei. Gleichzeitig fiel mir plötzlich völlig unpassend ein, dass ich die Brötchen vergessen hatte.

„Wie siehst du denn aus. Du bist ja total fertig“, empfing mich meine Frau, als sie mir die Haustüre öffnete.

„Da kannst du sicher sein. Ich bin fertig. Am See liegt ein Toter – ertrunken“, stammelte ich außer Atem.

„Ich rufe die Polizei an!“ und schon eilte ich durch den Flur ins Wohnzimmer zum Telefon.

Meine Frau stand wie versteinert im Hausflur und sah entgeistert hinter mir her.

Als ich den Telefonhörer ans Ohr hielt und mich umdrehte, sah ich, dass meine dreckigen Laufschuhe Spuren auf den

Fliesen im Flur und auf dem Teppich im Wohnzimmer hinterlassen hatten.

Ich wählte die Notrufnummer 110. Es meldete sich ein Mann mit einer freundlichen Stimme, der fragte, wie er mir helfen könne. Als Erstes nannte ich meinen Nachnamen. Vor Aufregung fiel mir fast mein Vorname nicht ein, den ich nach einem tiefen Atemzug hinzufügte.

Meine Frau stand inzwischen neben mir und hörte mit fragendem Blick zu, was ich wohl dem Polizisten am anderen Ende der Leitung zu sagen hatte.

„Am Sieglarer See liegt ein Toter“, fuhr ich dann aufgeregt fort und musste nach diesem Satz erneut tief durchatmen.

„Ja, den habe ich gerade gefunden.“

„Nein, ich kann nicht dort bleiben, weil ich schon wieder zu Hause bin.“

„Ja, ich habe den See verlassen. Ich konnte sie von dort nicht anrufen, da ich kein Handy dabei hatte.“ „Nein, ich bin kein Spaziergänger, ich bin Jogger. Auf meiner Runde am See entlang habe ich den Toten gefunden.“

„Nein, ohne Zweifel, der Mann ist tot.“

„Was, ich soll wieder zum See zurück? Ich bin total kaputt. Ich kann nicht nochmals dorthin laufen.“

„Ja, natürlich habe ich ein Auto.“

„Ja, okay, ich fahre zum Parkplatz und gehe dann das letzte Stück bis zum See.“

„Bis dann. Ich fahre sofort los“, beendete ich den Dialog.

„Du musst wieder zum See?“, fragte meine Frau, als ich den Hörer aufgelegt hatte.

„Was ist denn eigentlich geschehen?“

„Ich habe am See einen toten Angler gefunden. Ich muss noch einmal zum See. Die Polizei erwartet mich dort. Vielleicht kann ich dir später mehr erzählen, wenn ich wieder zurück bin – aber das kann bestimmt einige Zeit dauern. Warte nicht mit dem Frühstück auf mich. Oder willst du vielleicht mitfahren?“

„Um Himmels willen, nein. Ich mag diese Aufregung am frühen Morgen nicht“, rief sie mir hinterher, denn ich war bereits auf dem Weg zur Garage.

Meine Gedanken schwirrten durcheinander.

Ein Toter am See. Ein Unfall? – oder vielleicht auch nicht?

Und ich war mitten drin, in den Ereignissen.

3. Kapitel

Kriminalhauptkommissar Frank Eisenstein stand in der Mitte des Wohnzimmers. Noch war der Raum leer. Während er sich um sich selbst drehte, füllte sich der Raum in seiner Vorstellung mit Mobiliar und harmonischen Accessoires. Bereits jetzt empfand er eine heimelige Atmosphäre. Der Makler hatte ihm diese Wohnung in Troisdorf-Bergheim wärmstens empfohlen und auch der Mietpreis war für den Großraum Bonn durchaus angenehm. Die Wohnung gefiel ihm recht gut. Nur mit dem Gedanken, künftig in diesem beschaulichen Ort zu wohnen, konnte er sich noch nicht abfinden. Von der Großstadt in einen kleinen Stadtteil von Troisdorf zu ziehen, auch wenn es nur wenige Autominuten bis Bonn waren, war ein Schritt, der gut überlegt sein musste.

Eisenstein war vor zwei Monaten nach Bonn versetzt worden. Ein Grund für Eisensteins Versetzung war nicht allein die Beförderung zum Kriminalhauptkommissar und der damit verbundenen Besoldung nach A 12 des Bundesbesoldungsgesetzes gewesen, sondern vor Allem wollte er mit seiner Freundin zusammenleben.

Im Frühjahr lernte er Inka bei einem Türkeiurlaub kennen. Kurze schwarze Haare und als Anfang-Vierzigerin eine tadellose Figur waren die Kriterien, die Eisenstein zuerst auffielen. Nachdem sie sich kennen gelernt hatten, war er mehr und mehr von ihrer Ausstrahlung, ihrer ansteckenden Fröhlichkeit und auf der anderen Seite von der Ernsthaftigkeit der Gespräche, die er mit ihr führen konnte, angetan.

Aus dem anfänglichen Urlaubsflirt wurde mehr. Der Altersunterschied von etwas mehr als zehn Jahren störte beide nicht. Sie liebten und respektierten sich. Eisenstein hätte nicht erwartet, dass er nach seiner zweiten Scheidung vor vier Jahren nochmals zu einer Beziehung fähig war. Inka war eine einfühlsamere Frau, als seine beiden Frauen vorher. Sie akzeptierte es, dass ihr Freund berufsbedingt wenig und unregelmäßig Freizeit hatte. Ihm hingegen war klar, dass Inka nicht ihre Stelle bei der Stadt Bonn aufgeben und zu ihm nach Duisburg ziehen würde. Daher war der Anfang ihrer Beziehung auf die Wochenenden beschränkt, an denen sie sich abwechselnd bei ihm oder in ihrer Wohnung in Bonn-Pützchen, einem kleinen rechtsrheinischen Vorort von Bonn, trafen.

Eine Wochenendbeziehung war auf Dauer für beide nicht akzeptabel. Aus diesem Grund wollten sie in näherer Zukunft irgendwann zusammenziehen.

Die freiwerdende Stelle im Kommissariat Bonn kam ihm gerade recht. Binnen eines Monates wurde sein Versetzungsantrag bewilligt, und seitdem wohnte er bei seiner Freundin. Da die Wohnung gerade einmal 55 qm groß war, galt es als nächsten Schritt eine für beide Seiten akzeptable Wohnung zu finden. Leider hatten sie gegensätzliche Vorstellungen von der Lage einer gemeinsamen Wohnung. Inka bevorzugte die ländliche Gegend, wohingegen er ein Stadtmensch war. Mehrere gute Wohnungsangebote hatten sie inzwischen ausgeschlagen. Er bezweifelte bereits, ob sie jemals übereinkommen würden. Die Vororte von Bonn und die Städte und Gemeinden im Rhein-Sieg-Kreis, die er bisher kennen gelernt hatte, wirkten auf ihn kleinstädtisch, ja fast dörflich. Er würde wohl über kurz oder lang in den sauren Apfel beißen müssen und eine Wohnung in irgendeinem Nest akzeptieren.

Während Eisenstein noch mit sich rang, ob er mit der Lage dieser Wohnung klarkommen würde, war seine Freundin bereits Feuer und Flamme, als sie das Haus gesehen und den ersten Rundgang durch die Räume unternommen hatte. Nur noch drei weitere Mieter im Haus und diese Parterrewohnung mit großer Terrasse und freiem Zugang zum angrenzenden Rasen, auf dem einige große Bäume im Sommer angenehmen Schatten spenden würden, war ihre Idealvorstellung von einer Mietwohnung. Außerdem lag das Naherholungsgebiet der Siegaue direkt vor ihrer Haustüre.

Inka führte ein angeregtes Gespräch mit dem Makler. Eisenstein schlenderte in Gedanken vertieft durch den Raum. Sein Handy klingelte. Mehrmals ignorierte er den nervigen Klingelton. Letztendlich griff er dann doch in seine Jackentasche und holte das Handy hervor.

Bereits im Display sah er, dass es seine Dienststelle war. Seine träumerischen Vorstellungen von einer gemütlichen Wohnung lösten sich in Nichts auf und die Realität hatte ihn wieder. Er hasste es, wenn sich seine Kollegen in seiner Freizeit meldeten, denn das hieß meistens, dass er seine privaten Aktivitäten unterbrechen und unverzüglich seinen Dienst aufnehmen musste. Und so war es wahrscheinlich auch heute.

„Eisenstein“, meldete er sich unfreundlich wegen der Störung. Er ging in das leere Schlafzimmer nebenan, damit er unbehelligt telefonieren konnte.

„Entschuldigen Sie bitte die Störung, Herr Hauptkommissar. Aber es wurde eine Leiche gefunden“, druckste die Kollegin, denn sie wusste, wie ungern ihr Chef an einem Sonntagmorgen gestört werden wollte. Besonders, seitdem er diese Freundin hatte. Es schien ihr, als ob Eisenstein mit den Gedanken nicht immer bei seiner Arbeit war, sondern sich ausschließlich alles um seine Freundin drehte.

„Na, toll. Eine Leiche. Und das an einem Sonntagmorgen. Wo?"

Eisensteins gute Laune war mit einem Male dahin.

„Am Sieglarer See", erhielt er einsilbig die geforderte Information.

„Wo ist denn das nun wieder? Können Sie mir sagen, wie ich dahin komme?", fragte er unfreundlich. „Geben Sie einfach die Hüttenstraße in Troisdorf in Ihr Navigationsgerät ein. Dort finden sie einen Wanderparkplatz, wo ein Kollege Sie erwartet", kam sofort die konkrete Antwort.

„Danke. Ich mache mich auf den Weg."

Eisenstein beendete das Gespräch und steckte das Handy wieder in seine Jackentasche.

„Wer hat angerufen? Doch hoffentlich nicht deine Dienststelle?", erkundigte sich Inka mit traurigem Gesichtsausdruck. Sie hatte trotz des angeregten Gespräches mit dem Makler mitbekommen, dass Eisenstein ein Telefonat geführt hatte.

„Es wurde eine Leiche gefunden. Ich muss leider los", entgegnete Eisenstein.

„Klärst du alles Weitere mit dem Makler? Wir sprechen dann heute Abend darüber", bat er seine Freundin.

„Okay, mache ich. Hoffentlich dauert es nicht zu lange."

Zum Makler gewandt meinte er kurz: „Es tut mir leid. Ich muss leider weg. Mein Dienst. Sie verstehen sicher."

Eilig umarmte er seine Freundin. Noch ein flüchtiger Kuss, denn er war mit den Gedanken bereits im Dienst, und schon schlug die Wohnungstüre hinter ihm zu.

Er setzte sich in seinen BMW, den er sich im vergangenen Jahr angeschafft hatte, und programmierte sein Handy mit den Angaben, die er von seiner Kollegin im Kommissariat in Bonn erhalten hatte.

Noch immer war das Navigationsgerät in seinem Wagen sein wichtigster Begleiter. Vor circa zwei Monaten hatte er die Stelle als leitender Kriminalhauptkommissar der Abteilung für Kapitalverbrechen übernommen. Bis dahin kannte er sich überhaupt nicht weder in Bonn noch in der Umgebung aus. Obschon er fast täglich Außentermine wahrnehmen musste, hatte er sich noch keinen fundierten Überblick über die Verkehrsinfrastruktur der Stadt Bonn und des Rhein-Sieg-Kreises verschafft. Ohne Navi wäre er aufgeschmissen.

Nachdem das Gerät einen Satelliten gefunden und die Route berechnet hatte, trat er das Gaspedal viel zu hart durch, so dass die 184 PS seines BMWs einen schwarzen Reifenabdruck auf dem Asphalt hinterließen, und machte sich auf den Weg zum Sieglarer See.

*

Die zu dieser Jahreszeit noch tief stehende Morgensonne blendete Kommissar Frank Eisenstein, als er durch die schmale Zufahrt auf den Wanderparkplatz am Hochwasserdamm der Sieg einbog. Mehrere PKW und zwei der üblichen, blauen Streifenwagen sowie ein VW-Bus standen auf dem Parkplatz.

„Na toll, die gesamte Mannschaft der Spurensicherung und der Rechtsmedizin ist bereits eingetroffen“, stellte er leicht säuerlich fest, indem seine Mundwinkel nach unten fielen.

Er mochte es nicht, wenn er am Tatort ankam und dort bereits eine Menge Menschen umherwuselten. Er erhielt dann keinen uneingeschränkten, objektiven Eindruck mehr vom Tatort. Es war nun eben heute nicht mehr zu ändern. Der Unfall am Ortseingang von Bergheim an der Einbiegung zur L 269 hatte ihn erhebliche Zeit gekostet.

Der Parkplatz war holprig und Eisenstein lenkte seinen Wagen bis zum Ende der Fahrzeugreihe seiner Kollegen. Er hatte gerade den Motor abgestellt und die Tür zum Aussteigen geöffnet, als eine freundliche und bestimmte Stimme an sein Ohr drang:

„Sie sind sicher Kriminalhauptkommissar Eisenstein? Mein Name ist Grunert, Polizeiwache Troisdorf."

Ein Mann, etwa Mitte dreißig, beugte sich zu ihm hinunter und reicht ihm seine Hand. Eisenstein fand es noch immer recht befremdend, wenn ihn jemand mit seiner neuen, vollständigen Berufsbezeichnung ansprach. Die Anrede mit Kriminalhauptkommissar durch den freundlichen Polizisten war für Eisenstein noch ungewohnt.

„Ja, richtig. Sie begleiten mich zum See", entgegnete Eisenstein mehr als Aufforderung denn als Frage.

„Ja, ja. Folgen Sie mir bitte. Es sind nur wenige Hundert Meter bis zu der Stelle am See."

Und schon schritt der freundliche Polizist vorweg. Eisenstein schwang sich aus dem Wagen und folgte mit einigen Metern Abstand.

Sie überquerten den Damm und kamen in ein Waldgebiet. Der Weg wurde feuchter und an manchen schattigen Stellen standen noch Wasserlachen der vergangenen Tage. Eisenstein schaute missmutig auf seine dunkelblaue Anzugshose und seine schwarzen Lackschuhe. Wie sollte er heute Morgen ahnen, dass ein Einsatz an einem matschigen Seeufer bevorstand? Noch heute würde er ein Paar derbe Schuhe oder Stiefel für Einsätze wie diesen im Wagen platzieren. Sein Dienstbereich umfasste schließlich jetzt auch ländliche Gegenden. Und dem musste er Tribut zollen.

Kurz vor dem Seeufer wollten sie in einen schmalen Pfad einbiegen, der mit einigen Metern Abstand zum Wasser am Seeufer entlangführte. Ein Absperrband der Polizei sollte dafür sorgen, dass kein Unbefugter den Weg betrat. Zusätzlich achtete ein Polizist darauf, dass diese Maßnahme auch beachtet wurde.

„Guten Morgen, ich bin Kommissar Eisenstein“, grüßte Eisenstein freundlich und Grunert nickte bestätigend dem Polizisten zu.

„Waren noch keine Schaulustigen hier?“, fragte er.

„Es waren einige Spaziergänger hier und ein, zwei Jogger. Aber kein Problem“, antwortete der Polizist.

Eisenstein und Grunert bückten sich unter das Absperrband und folgten dem Pfad. Inzwischen stand die Sonne direkt über den Wipfeln der Bäume am gegenüberliegenden Ufer. Ihre Strahlen ließen das Wasser glitzern und drangen auch auf den schmalen Weg. Der Morgennebel hatte sich vollständig aufgelöst und um die rosafarbenen Blüten des Springkrautes surrten die ersten Wespen. Obschon Eisenstein seine Kollegen noch nicht sehen konnte, hörte er bereits aus einiger Entfernung deren leises Gemurmel und geschäftiges Treiben. Hinter der nächsten Wegbiegung hatten sie ihr Ziel erreicht. Der Pfad war vollständig zugestellt mit irgendwelchen Koffern, Stangen, Stativen und sonstigem Gerät.

„Da wären wir“, bemerkte Polizist Grunert unnötiger Weise, als ob Eisenstein dies nicht selbst bemerkt hätte.

Grunert ließ Eisenstein den Vortritt, indem er sich mit dem Rücken in das Springkraut drängte und Eisenstein mit der Hand auffordert vorbeizugehen. Eisenstein zog die Beine hoch und in einem fast anmutig wirkenden stelzenden Gang über niedergetretene Stängel des Springkrautes suchte er sich den Weg bis zur Angelstelle.

Der Polizeifotograf hatte seine Arbeit bereits erledigt und packte gerade seine Kamera und die weiteren Utensilien in mehrere, bereitstehende Koffer.

„Hallo, Herr Kommissar. Ich bin hier fertig. Endlich mal wieder eine Leiche in unserem Bereich und dann noch in so einem schönen Ambiente hier am See. Viel Erfolg“, meinte er scherzend zu Eisenstein.

Eisenstein kannte den Mann nicht. Der Mann trug eine helle Cordhose und ein dunkleres Cord-Sakko und entsprach mit dieser Kombination überhaupt nicht Eisensteins Stil. Insgesamt machte er jedoch auf ihn einen gepflegten Eindruck. Woher dieser Fotograf wusste, dass er der zuständige Kommissar war, konnte Eisenstein nicht nachvollziehen.

„Schön, dass Sie sich über den Leichenfund so freuen können. Nun lassen Sie mich mal vorbei“, bat er bestimmt.

Eisenstein drängte sich an dem Fotografen vorbei, um die Fundstelle der Leiche in Augenschein zu nehmen, vergaß dabei aber nicht, ihn höflich anzulächeln.

Nun stand er zwischen den hohen Stängeln des Springkrautes. Inzwischen war eine größere Anzahl der Pflanzen niedergetrampelt und der Zugang zur Angelstelle war dadurch erheblich breiter als ursprünglich.

Durch seine schnelle Auffassungsgabe und aus der Erfahrung der vielen Dienstjahre bei der Polizei, registrierte Eisenstein in wenigen Augenblicken alle Details am Fundort der Leiche. Ein umgekippter Stuhl, der ebenfalls umgekippte Angelkoffer und die herausgefallenen Kleinteile, unter anderem ein Totschläger zur Betäubung der gefangenen Fische, lagen in der Nähe des Wassers. Ein Klappmesser und eine

Taschenlampe, die nicht mehr leuchtete, lagen dagegen am oberen Rand der Lichtung. Direkt am Wasser waren zwei eiserne Rutenhalter in die Erde gesteckt, auf denen je eine Angelrute abgelegt war. Die Angelschnüre beider Angeln verschwanden bereits nach kurzer Entfernung vom Ufer im trüben Wasser des Sees. Einen Bissanzeiger konnte Eisenstein auf der Wasseroberfläche nicht erblicken. Mehrere leere Flaschen Bier lagen verstreut am Angelplatz. Eine noch ungeöffnete Bierflasche ragte aus einer Angeltasche heraus, die neben dem umgefallenen Stuhl lag. Eisenstein zog die Stirn in Falten. Irgendetwas fehlte hier. Nur was?

In seiner Jugend hatte er einen Vorbereitungskurs zur Fischerprüfung besucht und danach auch die Fischerprüfung abgelegt. Tatsächlich hatte er in der Folgezeit nur wenige Male geangelt. Andere Interessen drängten sich in den Vordergrund und fesselten ihn mehr. Dies hatte sich bis heute nicht geändert.

Wenn er wieder den Kopf freihatte, würde er sich sicher erinnern, was hier fehlte.

Er schob den Gedanken beiseite und konzentrierte sich auf die Leiche, die noch immer im Wasser lag. Davor kauerte eine Person in einem weißen Overall und weißer Kopfhaube. Ihre Beine steckten in Stiefeln, die bis über ihre Knie reichten.

Zwei Mitarbeiter der Spurensicherung knieten auf dem Boden und erledigten ihre Arbeit, indem sie alle Gegenstände auf Fingerabdrücke überprüften. Als sie Eisenstein sahen, erhob sich einer von ihnen und meinte zu Eisenstein:

„Sie können bis zu der Leiche gehen. Wir sind noch nicht ganz fertig mit unserer Arbeit. Verwertbare Fußabdrücke haben wir nur in der Nähe des Wassers sichergestellt.“

Eisenstein ging konzentriert und behutsam bis direkt ans Wasser und stellte sich neben die Person im weißen Overall.

„Guten Morgen, Frank. Was machst du denn hier?“

Mit diesen Worten erhob sich die in weiß gekleidete Person. Zwei rehbraune Augen sahen Eisenstein an und er erkannte Susanne Ohlrogge. Ihre langen schwarzen Haare hatte sie geschickt unter der weißen Haube versteckt.

„Hm, ja. Hallo ... Susanne. Und was machst du hier?“, stotterte Eisenstein und schluckte mehrmals.

Er war mehr als überrascht. Diese Konfrontation hatte er nicht erwartet, und es war ihm mehr als unangenehm.

Vor vier Jahren, gerade als seine zweite Frau ihn verlassen hatte, lernte er Susanne auf einer mehrtägigen Fortbildungsveranstaltung der Polizeigewerkschaft kennen. Beide wollten dem stressigen Polizeialltag entrinnen und hatten das Seminar im Rahmen des Bildungsurlaubs gebucht.

Bereits am ersten Abend an der Bar funkte es zwischen ihnen. Am Anfang plätscherte ihr Gespräch nur auf beruflicher Basis dahin. Im Laufe des Abends kamen sie sich näher und die Themen wurden persönlicher und intensiver. Es war nicht der Alkohol dafür verantwortlich, dass beide noch am gleichen Abend in Susannes Bett landeten. Eisenstein hatte tatsächlich Feuer gefangen und auch Susanne war verliebt. Es wurde für beide das schönste Seminar, das sie je besucht hatten. Die Beziehung dauerte nur zwei Monate. Als Eisenstein merkte, dass er und Susanne das Gesprächsthema bei fast allen Kolleginnen und Kollegen war, beendete er die Beziehung. Aus Feigheit vor dem Gerede der Kollegen, und weil er Angst vor einer neuen Beziehung hatte. Nicht aus fehlender Liebe, wie er sich nachher eingestand.

Er selbst haderte lange mit seiner Entscheidung, die er aber nicht zurücknehmen wollte. Susanne war wütend und enttäuscht. Sie ließ sich sogar nach Stuttgart versetzen, um jede mögliche Begegnung mit ihm für die Zukunft auszuschließen. Und dann heute diese unerwartete Begegnung.

„Wieso bist du hier an diesem Tatort in Troisdorf?", frage Susanne, nachdem auch sie ihre Überraschung überwunden hatte.

„Das ist eine lange Geschichte. Ich bin vor zwei Monaten nach Bonn versetzt worden. Und du? Du warst doch in Stuttgart?"

„Ach ja, auch das ist eine lange Geschichte. Ich bin seit fast einem halben Jahr hier in Bonn in der Rechtsmedizin und es gefällt mir recht gut – viel besser als in Stuttgart."

Es entstand eine peinliche Pause. Eisenstein fühlte sich unwohl in der Situation. Nicht nur um die Pause zu überbrücken, sondern auch aus wirklichem Interesse meinte er spontan: „Wir können ja mal ein Bier zusammen trinken."

Fast hätte er hinzugefügt: So wie früher.

„Dann hätten wir Zeit auch für lange Geschichten", fuhr er stattdessen fort.

Irgendwie brachen alte, verdrängte Gefühle bei Eisenstein wieder auf. Wahrscheinlich hatte Susanne die damalige Trennung gut verkraftet und hegte keinen Groll mehr gegen ihn. Er war sich seiner Sache, oder besser gesagt, seiner Gefühle nicht so sicher.

„Okay. Machen wir. Ich ruf dich an", entgegnete Susanne ebenso spontan.

Eisenstein war überrascht – und erfreut über diese Zusage.

Doch wie sagte man hier im Rheinland? Dienst ist Dienst und Schnaps ist Schnaps.

Und jetzt war er im Dienst.

„Prima. Doch jetzt zu unserem Toten hier. Kannst du bereits etwas sagen?“

„Nein. Ich kann nicht viel sagen. Wir müssen den Mann erst einmal an Land ziehen. Ich schlage vor, du wartest noch die Obduktion ab. Im Augenblick kann ich nur sagen, dass der Tod in der letzten Nacht, vielleicht so gegen Mitternacht eingetreten ist. Mord oder Unfall kann ich zum jetzigen Zeitpunkt nicht sagen. Wenn ich das alles hier so sehe, die leeren Bierflaschen, würde ich fast auf einen Unfall tippen.“

„Okay, ich verstehe. Es sieht tatsächlich so aus, als ob er zu viel getrunken hat, stolperte und in den See fiel“, stimmte Eisenstein zu.

„Konntest du feststellen, wer der Tote ist?“, fragte Eisenstein.

„Ja, ich bin ein, zwei Meter ins Wasser hineingegangen. Der See ist hier am Ufer sehr flach. Dort konnte ich immer noch stehen. In der Innentasche seiner Jacke habe ich seine Angelpapiere gefunden. Sein Name ist Franz Bertram. Vierundfünfzig Jahre alt. Hier die Papiere. Die Anschrift kannst du daraus entnehmen. Er wohnt drüben in Troisdorf-Müllekoven“, gab Susanne als Auskunft und reichte ihm die Angelpapiere, die durch das Wasser aufgequollen waren. Zum Glück war die Schrift noch lesbar.

„Ich würde sagen, wir sehen uns morgen bei der Obduktion. Solltest du heute noch neue Erkenntnisse gewinnen oder den Termin der Obduktion für Montag konkret festgemacht haben, ruf mich an“, entgegnete Eisenstein, der im Stillen hoffte, dass sie mit dem Anruf bis morgen warten würde. Er wollte sich heute noch mit Inka um die Wohnung kümmern.

Zumindest wollten sie sich eingehend besprechen. Vor allem aber musste er diese Begegnung verdauen und sich über seine Gefühle klar werden.

Eisenstein drehte sich abrupt um und verließ den Leichenfundort. Susanne schüttelte leicht ungläubig ihren Kopf. Charmant, wie sie ihn kannte, hatte Eisenstein ihr zu verstehen gegeben, dass er Ergebnisse wollte, und die möglichst schnell. Sie würde wohl Montag die Obduktion der Leiche vornehmen. Geplante andere Termine musste sie verschieben, denn Eisenstein konnte grantig werden, wenn er auf wichtige Ergebnisse warten musste.

Im Grunde ihres Herzens freute sich Susanne, dass sie Frank getroffen hatte. Wahrscheinlich würden sie in Zukunft öfter miteinander arbeiten. Damals war sie enttäuscht und hasste ihn, da sie seine Gründe für die Trennung nicht verstand und nicht akzeptieren konnte. In den vier Jahren hatte sie viel erlebt. Die eine oder andere Beziehung war zerbrochen und sie konnte heute verstehen, warum Eisenstein damals kurz nach seiner zweiten Scheidung keine Beziehung mehr wollte. Die Angst vor einer weiteren Enttäuschung sitzt in solchen Situationen sehr tief. Ihr ging es jetzt genauso.

Aber wieso sollte sie keine Freundschaft mit einem vertrauten Kollegen eingehen? Sie würde ihn Montag anrufen. Die Zusage zu einem Bier mit ihm war ihr ernst. Sie freute sich darauf.

„Man wird sehen, wie sich das mit Frank weiterentwickelt", sagte sie sich zuversichtlich.

Eisenstein betrat wieder den Pfad, der am See entlangführte. Inzwischen hatte er sich wieder einigermaßen im Griff und vom unerwarteten Zusammentreffen mit Susanne erholt. Sein Kollege Manfred Schmitz kam ihm entgegen. So einfach wie sein Name, war auch sein Wesen. Er war zwar sehr willig, aber Kombinationsgabe oder gar eine Spürnase besaß er nicht. Außerdem konnte er den oft unregelmäßigen Dienst nicht mit seinem Familienleben vereinbaren. Immerhin war er mit Leib und Seele Vater von drei Töchtern im Alter von zwei, drei und fünf Jahren, denen er gerne seine freie Zeit widmen wollte. Nach einem ausführlichen Gespräch mit seinem Vorgesetzten, hatte er daher bereits vor längerer Zeit ein Versetzungsersuchen für den Innendienst gestellt. Seine Stelle als Kommissar war bereits ausgeschrieben und sobald ein geeigneter Bewerber gefunden war, würde seinem Versetzungswunsch stattgegeben werden.

Wie fast immer trug er eine fleckige Jeans und eine zerknitterte *Schimanski-Jacke*.

„Guten Morgen", begrüßte er Eisenstein.

„Dort drüben steht der Jogger, der den Toten gefunden hat. Möchten Sie mit ihm sprechen?" Schmitz zeigte mit dem Arm weiter den Pfad entlang, auf dem sie standen.

„Haben Sie bereits mit ihm gesprochen?"

„Natürlich. Aber der kann nichts Wesentliches sagen. Während seiner Joggingrunde um den See hat er die Angelstelle von der gegenüberliegenden Seite gesehen. Da er den Verdacht hatte, eine Person liege im Wasser, ist er zur Angelstelle gerannt und hat dort den Toten gefunden. Von zu Hause hat er die Polizei verständigt. Meiner Meinung nach kommt er sich sehr wichtig vor, kann aber zur Aufklärung nichts beitragen. Wir haben Abdrücke seiner Laufschuhe genommen, um sie von den übrigen Abdrücken am Fundort zu unterscheiden", berichtete Schmitz eifrig.

„Er hat von zu Hause aus angerufen?", fragte Eisenstein nach.

„Ja, ja. Sie wissen doch. Jogger tragen kein Handy bei sich – zu viel Gewicht“, Manfred Schmitz grinste über seine eigene witzige Bemerkung.

„Da ihm niemand mit einem Handy begegnet war, ist er nach Hause gelaufen und hat von dort sofort angerufen“, berichtete Schmitz jetzt wieder mit ernster Miene.

„Dann will ich mir auch einmal den Jogger ansehen. Kommen Sie bitte mit“, bat Eisenstein und machte sich bereits auf den Weg in die gezeigte Richtung.

Schmitz beeilte sich, mit dem Kommissar Schritt zu halten.

„Das ist der Zeuge, der den Toten gefunden hat“, stellte Schmitz den Mann vor, der durch seine Kleidung unverwechselbar als Jogger erkennbar war.

Enge schwarze Leggings, ein verschwitztes, langärmeliges T-Shirt in greller, gelber Farbe. Seine Füße steckten in weißen Laufschuhen, die offensichtlich bereits oft getragen worden waren, denn an der Stelle, wo sich der große Zeh befand, war das Obermaterial der Schuhe durchgescheuert.

Er war groß. Eisenstein schätzte ihn auf fast zwei Meter, was für einen Jogger eher ungewöhnlich war. Ansonsten wirkte er sympathisch und lächelte Eisenstein und Schmitz freundlich zu.

„Ich bin Kommissar Eisenstein und leite die Ermittlungen in diesem Fall.“

Der Mann gab Eisenstein höflich die Hand, die er vorher kurz an seiner Hose abwischte. Wahrscheinlich war sie noch von der Anstrengung des Laufes, eher jedoch vor Aufregung, verschwitzt.

„Dann berichten Sie bitte, wie Sie den Toten gefunden haben. Laufen Sie hier regelmäßig und kennen Sie vielleicht den Toten?“

Der Jogger berichtete ausführlich, dass er hier um den See regelmäßig laufe und dass er die Angelstelle von der gegenüberliegenden Seite des Sees gesehen hatte. Schließlich berichtete er, wie er den toten Angler gefunden hatte. Nein, kennen würde er den Toten nicht, beendete er seinen Bericht.

Ohne die Schilderung des Zeugen zu unterbrechen, hatte Eisenstein aufmerksam zugehört und sich einige Notizen in einem kleinen Buch gemacht, das die Größe eines Taschenkalenders hatte.

„Vielen Dank. Nun laufen Sie mal nach Hause. Sie holen sich sonst noch eine Erkältung in Ihrer verschwitzten Kleidung. Wenn ich noch Fragen habe, rufe sich Sie an. Mein Kollege hat ja Ihre Telefonnummer notiert", sagte Eisenstein mit einem fragenden Blick zu Schmitz, der kurz nickte.

„Ja, danke. Aber ich bin jetzt mit meinem PKW hier. Auf Wiedersehen."

Der Jogger drehte sich um und verschwand hinter der nächsten Biegung des Pfades.

„Ich bin dann auch mal weg. Bleiben Sie bitte hier, bis die Kollegen fertig sind. Danke. Wir sehen uns morgen", sagte Eisenstein zu Manfred Schmitz gewandt.

„Einen Augenblick noch. Auf dem Parkplatz, auf dem wir alle geparkt haben, Sie wahrscheinlich auch, steht der Wagen des Toten. Ein alter Mercedes. Nehmen Sie die Schlüssel an sich?"

Manfred Schmitz reichte Eisenstein ein Schlüsselbund.

„In Ordnung. Ich werde ihn der Familie geben, wenn der Wagen von uns abgeschleppt und untersucht wurde", sagte Eisenstein und steckte den Schlüsselbund in seine Hosentasche.

Er hatte es mit einem Male eilig. Inka wartete sicher bereits ungeduldig auf ihn und vorher musste er noch die Ehefrau oder die Angehörigen des Toten aufsuchen und informieren. Er hasste diese Aufgabe. In manchen Fällen reagierten die Angehörigen fassungslos und verzweifelt. Andere wiederum erlitten einen Schock und waren völlig teilnahmslos. Manche bemühten sich Fassung zu bewahren, andere waren überraschend gelassen. Er fühlte sich in den meisten Fällen völlig hilflos, auch wenn es sich um eine traurige Routinetätigkeit handelte. Geschult für solch eine Aufgabe wurde er nicht, zumindest nicht ausreichend. Anderseits war die erste Begegnung mit den Angehörigen in vielen Fällen recht aufschlussreich, insbesondere wenn die Angehörigen natürlich reagierten. Diese Reaktion wollte er unbedingt sehen und hatte es sich daher zur Aufgabe gemacht, immer selbst den Angehörigen die traurige Nachricht zu überbringen.

„Wahrscheinlich handelt es sich hier nur um einen dummen Unfall“, dachte er.

Damit drehte er sich um und verschwand in Richtung Parkplatz.

Bevor er in seinen Wagen einstieg, verbrauchte er ein vollständiges Päckchen Papiertaschentücher, um seine Lackschuhe einigermaßen zu säubern. Das würde ihm nicht noch einmal passieren, schwor er sich.

Mit seinen Gedanken war er wieder bei der neuen Wohnung. Vielleicht sollten sie doch eine Wohnung direkt in Bonn suchen. Da wäre sicherlich mehr Leben und Abwechslung als in diesem kleinen Vorort Troisdorf-Bergheim. Nur sie sollten schnell eine Wohnung finden, denn lange mochte er den jetzigen Zustand nicht mehr ertragen. Sein gesamtes Mobiliar befand sich noch in seiner alten Wohnung.

Lediglich den größten Teil seiner Kleidung und einige Classic-CDs hatte er mitgenommen.

Immer wieder kam es vor, dass er zur alten Wohnung fahren musste, um irgendetwas zu holen. Dieser Zustand missfiel ihm in höchstem Maße. Im Grunde war er ein Mensch, der seine Ordnung und sein gemütliches Heim benötigte, damit er vom Arbeitsstress abschalten konnte. Der jetzige Zustand war da in höchstem Maße kontraproduktiv.

Warum nur musste sich die Wohnung in dieser Einöde befinden?, dachte er immer wieder.

Und dann beschäftigten ihn noch einige andere Fragen.

„Wie verhalte ich mich Susanne gegenüber?"

Und: „Wieso war ich ihr gegenüber so verlegen. Kribbelte es sogar bei mir im Bauch?"

„Nein", entschied er, „für solche Gefühle bin ich schon zu alt und habe zu viel erlebt."

Er wunderte sich über sich selbst, dass seine Gedanken immer wieder zu seiner Freundin und zu einer möglichen Wohnung abdrifteten. Und jetzt beschäftigten sich seine Gedanken auch noch mit Susanne.

Er musste faktisch und klar denken. Alles der Reihe nach und dann Entscheidungen mit dem klaren Verstand treffen.

Gewaltsam versuchte er, sich auf seine berufliche Aufgabe zu konzentrieren. Diese hatte jetzt unbedingt Priorität.

Wen würde er von Franz Bertrams Familie antreffen? Vielleicht die hysterische Ehefrau, die bereits seit Stunden auf ihren Mann wartete?

Oder die Tochter oder den Sohn, die vielleicht gar nicht wussten, dass ihr Vater über Nacht weg war?

Was sollte er ihnen sagen? Er hatte doch noch keine verlässlichen Ergebnisse. Sollte er von einem Unfall sprechen? Es blieb ihm nichts anderes übrig, als sich auf seine Intuition und Schlagfertigkeit zu verlassen.

Mit finsterer Miene programmierte er sein Navigationsgerät, startete den Wagen und fuhr los.

4. Kapitel

Müllekoven ist der kleinste der zwölf Stadtteile von Troisdorf und wird hauptsächlich durch Landwirtschaft und Obstanbau geprägt. Wegen seiner Lage unmittelbar an der Grenze zu Bonn ist er als Wohnort sehr begehrt. Das Naherholungsgebiet der unteren Sieg beginnt sofort am Ortsrand und bis zur Sieg sind es nur wenige Hundert Meter.

Kommissar Eisenstein parkte seinen Wagen am Rand des Bürgersteiges gegenüber einer imposanten, modernen Kirche in Müllekoven. Das Gemäuer bestand aus rotem Backstein. Auffallend waren jedoch die drei runden Kirchtürme. Ein großer Turm, den ein Wetterhahn an der Spitze zierte, und die beiden kleineren Türme waren mit schwarzem Schiefer verkleidet. Eisenstein stieg aus und blieb beeindruckt stehen, um die Kirche genauer in Augenschein zu nehmen.

„Ja, ja, unsere St.-Adelheid-Kirche. Sie sind wohl nicht von hier. Ich sehe das an ihrem Nummernschild“, hörte er eine Stimme hinter sich. Ein alter Mann auf einem noch älteren Fahrrad war stehen geblieben.

„Ein Meisterwerk von Gottfried Böhm“, sprach der Mann weiter, der sichtlich stolz auf seine Kirche war.

Eisenstein kannte diesen Gottfried Böhm nicht.

Wahrscheinlich hatte dieser Baumeister noch mehrere andere Kirchen gebaut, dachte er.

„Ja, ein tolles Bauwerk“, stimmte er dem Mann zu.

„Ich muss weiter. Vielen Dank für die Information", sagte Eisenstein und begann seinen Fußmarsch durch den Ort. Auch der alte Mann bestieg umständlich sein Fahrrad. Als er an Eisenstein vorbeifuhr, winkte er noch kurz und rief: „Einen schönen Tag."

Bald darauf war er an der nächsten Straßeneinbiegung verschwunden.

Eisenstein hatte es sich seit Langem zu Eigen gemacht, das Wohnumfeld der beteiligten Personen seiner Fälle kennenzulernen. Gemütlich, immer den Blick nach rechts und links wendend, streifte er durch den Ort. Die Straßen wurden immer enger. Oftmals fehlte der Bürgersteig. Die zum Teil alten Häuser aus dunklem Backstein und die Fachwerkhäuser übten einen Reiz auf Eisenstein aus. Während seiner früheren Tätigkeit in der Großstadt hatte er solche Ortschaften und malerischen Winkel nicht kennengelernt.

Bevor er ausstieg, hatte ihm ein letzter Blick auf das Navi verraten, dass die gesuchte Straße nicht weit entfernt war. Bei der gesuchten Hausnummer handelte es sich um ein altes, dunkles Backsteingebäude, das früher vielleicht ein kleiner Bauernhof gewesen war. Mehrere dieser Gebäude reihten sich aneinander und gemeinsam ergaben sie eine ansehnliche, alte Straßenfront, die der Straße insgesamt ein gemütliches Aussehen verlieh. Eine schwere doppelte Eisentüre versperrte den Zugang.

Er suchte gerade noch die Klingel, als sich die Türe quietschend öffnete und ein junger Mann heraustrat. Eisenstein blickte in einen kleinen mit Kopfsteinpflaster gepflasterten Innenhof.

„Wohnt hier die Familie Bertram?", fragte Eisenstein, da er kein Namensschild gefunden hatte.

„Ja, und was wollen Sie?“, fragte der junge Mann etwas schnippisch.

„Mein Name ist Eisenstein. Kommissar Eisenstein, Kriminalpolizei Bonn.“

„Ist etwas mit meinem Vater? Ich habe ihn heute noch nicht gesehen“, fragte der junge Mann und seine Augen weiteten sich fragend.

„Übrigens, ich bin Dominik, der Sohn“, fuhr er jetzt etwas freundlicher fort.

Dominik war schlank und vielleicht zwanzig Jahre alt. Seine glatten, braunen Haare waren zu einer Kurzhaarfrisur geschnitten.

„Kommen Sie bitte mit“, entgegnete der Kommissar lediglich, ohne auf die Frage einzugehen.

Mit einer Hand drückte er den jungen Mann zur Seite und schritt durch das Tor über den Innenhof in Richtung Hauseingang. Der Sohn folgte ihm, ohne weitere Fragen zu stellen.

Gott sei Dank, er fragt nicht weiter, dachte Eisenstein.

In der geöffneten Haustüre stand eine große Frau von etwa fünfzig Jahren. Ihre Figur war schmal, vielleicht sogar hager. Ihre Wangen waren eingefallen und die Wangenknochen traten stark hervor. Die braunen Haare hatte sie zu einem Knoten zusammengebunden. Auf ihrer Stirn und um ihren Mund zeigten sich tiefe, scharfe Furchen, die ihrem Gesicht ein schrecklich hartes und strenges Aussehen verliehen. Ihre Füße steckten in einfachen, blauen Sandalen. Ein katzengraues Augenpaar musterte Eisenstein neugierig. Eisenstein vermutete, dass es sich um Frau Bertram handelte, die womöglich sein kurzes Gespräch mit ihrem Sohn gehört hatte.

Nachdem Eisenstein seinen Namen und seine Dienststellung genannt hatte, stellte sich die Frau tatsächlich als

Frau Bertram vor. Höflich und bestimmt, beinahe unfreundlich, bat sie ihn ins Haus und bot ihm im Wohnzimmer einen Platz auf einem gemütlich wirkenden Ohrensessel am Fenster an. Durch das große Fenster blickte er auf eine ausladende Terrasse mit angrenzenden, gepflegten Blumenbeeten. Sowohl der Sohn als auch seine Mutter blieben mit dem Rücken zum Fenster stehen und sahen Eisenstein erwartungsvoll an.

„Setzen Sie sich doch auch bitte", forderte Eisenstein sie auf.

Frau Bertram nahm auf dem äußeren Ende der Sitzfläche eines anderen Sessels ihm gegenüber Platz. Nervös knetete sie ihre Hände. Ihr Sohn blieb hinter ihr stehen.

„Ist etwas mit meinem Mann?", fragte sie mit spröder Stimme.

„Ja. Frau Bertram, ich muss Ihnen leider mitteilen, dass Ihr Mann tot ist", begann Eisenstein und versuchte dabei, mit Frau Bertram Blickkontakt zu halten.

Er sah, wie sich unter den eingefallenen Wangen von Frau Bertram die Kieferknochen kraftvoll zuckend gegeneinander drückten. Dabei hielt sie seinem Blick stand. Keine Träne trat in ihre Augen.

Eisenstein schaute kurz zu Dominik hoch, dessen Hände sich tief in den Stoff des Sessels gruben, auf dem seine Mutter saß. Sein Gesicht war um einige Nuancen blasser geworden und seine Augen, die starr auf Eisenstein gerichtet waren, füllten sich unübersehbar mit Tränen.

„Tot? Das kann nicht sein. Er war doch nur zum Angeln drüben am See. Wo ist mein Mann?", fragte Frau Bertram und schlug fast theatralisch die Hände vor ihren Mund, als hätte sie bereits zu viel gefragt.

„Frau Bertram", fuhr Eisenstein fort. „Ein Jogger hat Ihren Mann heute Morgen am Sieglarer See gefunden. Er ist an seinem Angelplatz ertrunken. Genaueres wissen wir noch nicht. Ihr Mann wird zum Institut für Rechtsmedizin überführt. Dort wird man die Todesursache und den genauen Todeszeitpunkt feststellen."

Bisher hatte Frau Bertram die Nachricht außergewöhnlich gefasst aufgenommen, fast zu gefasst. Weder ein Weinkrampf noch irgendwelche anderen Anzeichen für einen nervlichen Zusammenbruch oder für Fassungslosigkeit. Lediglich das unaufhörliche Kneten ihrer Hände zeigte ihre Nervosität und Erregtheit.

Vielleicht hat sie meine Mitteilung noch nicht ganz realisiert und steht unter Schock, dachte Eisenstein als Begründung für das ungewöhnliche, unberührte Verhalten von Frau Bertram.

„Ich muss Sie bitten, morgen Nachmittag zum Institut für Rechtsmedizin der Universität Bonn zu kommen und Ihren Mann offiziell zu identifizieren. Ich hole Sie ab, rufe Sie aber vorher an", beendete hiermit Eisenstein seine unangenehme Aufgabe.

„Wann kann ich meinen Mann beerdigen lassen?", stellte Frau Bertram die Frage, die, so fand Eisenstein, zum jetzigen Zeitpunkt völlig unpassend war. Wenn einer Frau die Nachricht vom Tode des Ehemannes überbracht wird, sollten andere Fragen Priorität haben.

„Das kann ich noch nicht sagen. Das kommt darauf an, wann die Obduktion ist und was sich daraus ergibt", antwortete Eisenstein.

Frau Bertram nickte kaum merklich. Das war ihre ganze Reaktion. Keine Träne, nicht einmal ein Blick zu ihrem Sohn, der gerade erfahren hatte, dass sein Vater verstorben war. Keine Frage wieso, und wie ihr Mann ertrunken war – nichts.

„Mama", schrie plötzlich Dominik und fiel seiner Mutter um den Hals. Im Gegensatz zu seiner Mutter konnte er seine Tränen nicht mehr zurückhalten.

Seine Mutter nahm ihn in den Arm, legte ihm eine Hand auf den Kopf und zog ihn an sich. Kein tröstendes Wort kam über ihre Lippen. Trotzdem war es die erste menschliche Reaktion, die Eisenstein bei Frau Bertram feststellte.

Was für eine harte Frau!, dachte er.

Eisenstein war froh, dass er die Überbringung der Todesnachricht hinter sich gebracht hatte. Anderseits war es interessant für ihn, zu sehen, mit wie wenig Emotion Frau Bertram die Nachricht aufgenommen hatte.

Er spürte: Irgendetwas war hier seltsam. Er hatte keine direkten Beweise dafür. Zumal viele Menschen ungewöhnlich reagieren, wenn sie die Nachricht vom Tode ihres Angehörigen durch die Mordkommission erhalten. Überraschung, Angst und Unsicherheit auf die unvorbereitete Mitteilung können solche Reaktionen auslösen. Vielleicht war es aber auch mit der Ehe der Bertrams nicht zum Besten gestellt und Frau Bertram weinte ihrem Mann deswegen keine Träne hinterher?

Eisenstein hoffte, dass er den wirklichen Grund noch herausfinden würde.

Der Sohn hatte sich inzwischen von der Mutter gelöst und kauerte in der Sofaecke und ließ weiterhin seinen Tränen freien Lauf, wobei sein Körper immer wieder von heftigen Weinkrämpfen geschüttelt wurde.

Eisenstein erhob sich zum Gehen und verabschiedete sich mit dem Hinweis an Frau Bertram, an die Identifizierung morgen zu denken. Er war froh, dass er diese schwierige Aufgabe erledigte hatte.

„Wenn Ihnen etwas Wichtiges einfällt, das Sie mir sagen wollen, rufen Sie mich einfach an", sagte Eisenstein und händigte Frau Bertram seine Visitenkarte aus. Für ihren Sohn legte er seine Visitenkarte auf den Tisch.

Nachdem sich die Haustüre hinter ihm geschlossen hatte, blieb er einen Augenblick stehen und lauschte. Kein Laut drang an sein Ohr. Wie konnte eine Frau bloß die Todesnachricht des Mannes so ruhig ertragen? Oder war das tatsächlich der Schock?

Bevor er den Innenhof verließ, schweifte sein Blick über den Hof. In der Mitte parkte ein großer Audi, der neu zu sein schien. Irgendwie passte dieser Wagen nicht zu diesem Ehepaar. Schon gar nicht zu dieser harten, kalten Frau, dachte Eisenstein. Sie stellte er sich eher in einem einfachen, nüchternen, den Zweck erfüllenden Kleinwagen vor.

In diesem Augenblick fiel ihm ein, dass er Frau Bertram oder ihrem Sohn noch sagen musste, dass sie den alten Mercedes am Wanderparkplatz am See gefunden und zur Untersuchung ins Polizeipräsidium gebracht hatten. Er würde ihnen Morgen in der Gerichtsmedizin die Schlüssel geben. Bis dahin war der Wagen gewiss von der Spurensicherung untersucht und freigegeben worden.

Er verließ den Hof und schlenderte zu seinem Wagen, noch immer beeindruckt von dieser seltsamen Familie.

Im Wagen wischte er die Gedanken beiseite. Jetzt konnte er endlich zu Inka fahren und hören, was aus der Wohnung geworden war.

Kurze Zeit später verließ Dominik Bertram sein Zuhause, stieg in seinen Wagen, der am Straßenrand parkte und fuhr zu seiner Freundin. Die Visitenkarte von Kommissar Eisenstein hatte er in der Hand und warf sie achtlos ins Handschuhfach.

*

Eisenstein war in Gedanken versunken und hatte sein Navigationsgerät nicht eingeschaltet. Aus mangelnder Ortskenntnis wählte er den Weg über Sieglar, um dann über die Autobahn nach Pützchen, um zu seiner Freundin zu fahren. Er fuhr langsam und schaute sich dabei die Umgebung an. Von der Straße „Im Kirchtal“ fuhr er geradeaus in die Larstraße, direkt in das Zentrum von Sieglar. Die Straße wurde enger und er war mehr und mehr beeindruckt von den alten Backsteingebäuden, wie es die Gaststätte „Zur Küz“ eines war und von den prachtvoll gepflegten Fachwerkhäusern. Als er direkt auf den alten Mühlenhof zufuhr, nahm er seine Geschwindigkeit bis auf zwanzig Stundenkilometer zurück, damit er das alte Fachwerkhaus ausreichend betrachten konnte.

Auf der anderen Straßenseite ging eine ältere Frau, die eine prall gefüllte Stofftasche trug. Eisenstein konnte darauf das Wort Café lesen. Er hielt an und drehte das Seitenfenster herunter.

„Entschuldigung. Können Sie mir sagen, wo hier ein Café ist?“, rief er über die Straße.

„Nächste Straße links ab, dann sehen Sie das Café bereits“, rief die Frau zurück und ging weiter ihres Weges.

Nach einigen Hundert Metern bog er links ab. Es schien ihm, als ob diese Straße ins Ortszentrum führte. Er hatte Lust auf einen leckeren Cappuccino, vielleicht auch ein Stück Kuchen, denn er hatte heute noch nicht zu Mittag gegessen. Tatsächlich sah er an der nächsten Straßenecke den Hinweis auf das „Café Bröhl“.

Alle Parkplätze rechts und links der Straße waren belegt, bis direkt vor dem Café ein Wagen zurücksetzte und einen Parkplatz freigab, den er dankbar nutzte.

Er stieg aus und stand direkt neben einem riesigen bronzenen Stier oder Ochsen. Da er vor einer Raiffeisenbank parkte, überlegte er, ob es hier wohl eine Verbindung zu dem großen Bullen und Bären vor der Frankfurter Wertpapierbörse gab. Mit diesen Überlegungen betrat er das Café. Es wirkte gemütlich und sehr gepflegt. Er fand einen Platz direkt am Fenster. Was Eisenstein noch nicht wusste, war, dass das „Café Bröhl“ für Sieglar das Gleiche war, wie für Berlin das „Café Kranzler“, oder für Wien das „Wiener Café“. Hier traf man sich und tauschte die Neuigkeiten des Tages aus.

Kurz nachdem er Platz genommen hatte, erschien die Bedienung, eine auf den ersten Blick sympathische junge Frau. Ein schwarzes Oberteil, ein kurzer, schwarzer Rock, dem eine kleine weiße Schürze vorgebunden war und ordentlich zu einem Pferdeschwanz zusammengebundene, schwarze Haare verliehen ihr ein seriöses, ansprechendes Äußeres. Sie begrüßte den Kommissar mit einem freundlichen, ungezwungenen Lächeln und fragte nach seinen Wünschen.

Nachdem er seinen Cappuccino bestellt hatte, konnte er es sich nicht verkneifen, die junge Frau nach dem Sinn des Stieres vor der Raiffeisenbank zu fragen.

„Na, das ist der Sieglarer Ochse. Wir nennen ihn *Lööre Oohs* und er ist unser Maskottchen.“

„Und was hat es für eine Bewandtnis mit diesem Tier?“, wollte er jetzt genau wissen.

„Das ist eine lange Geschichte. Vor vielen Jahren benutzten die Sieglarer die Ochsen als Fleisch- und Arbeitstiere. Die Sieglarer züchteten speziell die Ochsen. Die Menschen aus den anderen Stadtteilen riefen scherzhaft, wenn sie Bewohner aus Sieglar sahen: Da kommen die Lööre Oohse. Der Ochse steht grundsätzlich für Stärke und Beharrlichkeit“, schloss die junge Frau ihren Vortrag.

„Und woher wissen Sie das alles?“, fragte Eisenstein neugierig.

„Von meinem Vater. Der ist Mitglied im Heimat- und Geschichtsverein.“

„Vielen Dank für die wirklich umfassenden Informationen. Sie haben meine Neugierde total befriedigt. Bringen sie mir bitte zum Cappuccino noch ein Stück Kirschstreusel, der sieht ganz lecker aus“, lächelte er.

Zum ersten Mal an diesem Tag hatte Eisenstein für ein paar Minuten die Gedanken an den Toten im See und an Inka und die Wohnung verdrängen können.

Wenn er jetzt wieder an Inka und die Wohnungsfrage dachte, drängte sich ihm nicht nur die Frage auf, ob es richtig war, eine Wohnung hier in einem Vorort, abseits der größeren Stadt zu suchen. Nein, inzwischen stellte sich ihm sogar die Frage, ob es richtig war, zusammen mit Inka eine Wohnung zu beziehen? Mochte er überhaupt diese totale Nähe zu ihr? Er liebte Inka und er liebte es auch, wenn er an den Wochentagen abends bei ihr war. Im Hinterkopf hatte er aber immer noch seine Wohnung in Duisburg als Fluchtort. Hier konnte er allein sein, wenn ihm danach war, und überhaupt hatte er dort einen Rettungsanker für alle Fälle.

Dann war da noch Susanne, die er nach Jahren jetzt wieder gesehen hatte. Bedeutete sie ihm immer noch etwas? Neben dem Unwohlsein bei dem überraschenden Zusammentreffen am See hatte er keine Gleichgültigkeit bei sich bemerkt – im Gegenteil.

„Hallo Herr Kriminalhauptkommissar", holte ihn der Ruf, der durch das Café schallte, in die Wirklichkeit zurück.

Erschrocken wandte Eisenstein seinen Blick zur Theke, wo einige Menschen standen und Gebäck oder Kuchen kauften. Ein Mann wedelte mit einem Arm in der Luft und lachte Eisenstein an. Im ersten Moment konnte Eisenstein die freudig erregte Person nicht erkennen. Doch dann dämmerte es ihm. Polizist Grunert, der ihn zum See begleitet hatte. In Zivil sah er völlig anders aus als heute Morgen am See.

Eisenstein wollte lediglich kurz zurück grüßen, als Grunert bereits bei ihm am Tisch stand. Die Blicke aller Gäste und auch des Personals klebten an seinem Rücken und auch an Eisenstein. Jetzt hatte es auch der Letzte vernommen, dass er Kommissar war.

„Darf ich mich kurz zu Ihnen setzen?"

Ohne eine Antwort abzuwarten, saß er bereits auf dem freien Platz Eisenstein gegenüber.

„Gibt es etwas Neues vom Toten am See?", fragte er erwartungsvoll, um neue Informationen aus erster Quelle zu erhalten.

„Nein, noch nichts. Wir müssen die Obduktion abwarten", antwortete Eisenstein etwas ungehalten über die Direktheit des Kollegen.

„Ihr Cappuccino und Ihr Kuchen, bitte Herr Kommissar", meldete sich jetzt die Kellnerin zu Wort, die inzwischen ebenfalls an den Tisch getreten war und das Getränk auf den Tisch stellte.

„Ach, Herr Kommissar, Sie untersuchen sicherlich den Tod von Franz Bertram?", fragte sie neugierig.

„Woher wissen Sie denn bereits jetzt davon. Und vor allem, woher kennen Sie den Namen des Toten?“, war Eisenstein sichtlich überrascht.

„Sieglar ist ein Dorf. Nach ein paar Stunden weiß hier jeder alles, und Franz saß immer an dieser Stelle am See, wo Sie ihn gefunden haben“, meinte die Kellnerin wie selbstverständlich.

„Kennen Sie Franz Bertram persönlich?“, hakte Eisenstein nach.

„Natürlich. Viele in Sieglar, Eschmar und Müllekoven kennen ihn.“

Sie stemmte ihre Hände auf den Tisch und beugte sich zum Kommissar hinunter. Ihre Stimme wurde eine Nuance leiser, wobei der Tonfall erheblich bedeutender wurde.

„Franz ist doch ein reicher Mann geworden. Er hat als Erster den Vertrag für den Verkauf seines Grundstückes unterschrieben. Auf die anderen hat er immer wieder eingeredet, auch zu verkaufen, bis alle dann auch unterschrieben hatten. Außer diesem alten Paul, der will wahrscheinlich aus Altersstarrheit sein Grundstück nicht verkaufen. Der Franz und der Paul sind sich darüber schon oft in die Haare geraten. Da flogen schon mal die Fäuste – das war gar nicht lustig. Denn Sie müssen wissen, wenn der Paul nicht verkauft, steht das gesamte Bauvorhaben auf der Kippe. Auch hier bei uns im Café haben die Beiden schon einmal Geschirr zerdeppert. Da beide normalerweise recht nett und friedlich sind, hat der Chef nichts weiter unternommen“, berichtete die junge Frau und holte Luft, um fortzufahren.

Diese kurze Pause nutzte Eisenstein zu einer Frage: „Um welches Bauprojekt geht es denn dabei – und wer ist Paul?“

„Am Ortsausgang von Müllekoven will die *Eigenheim GmbH* mehrere Mehrfamilienhäuser bauen. Dem Paul Altmann ist das ein Dorn im Auge. Er braucht das Geld dieser Haie nicht, sagt er immer wieder. Die anderen Grundbesitzer, insbesondere Franz, können das Geld ganz gut gebrauchen. Bei Franz sind das ungefähr 500.000 €, bei Paul noch um einiges mehr."

„Oh, das ist heftig", entfuhr es Eisenstein.

Er sah jetzt den Tod von Franz Bertram in einem völlig anderen Licht. Der Besuch im Café hatte ihm sehr geholfen.

„Wiederum vielen Dank für Ihre Auskünfte. Wenn ich weitere Informationen benötige, komme ich wieder einen Cappuccino hier trinken. Wie heißen Sie eigentlich?", fragte Eisenstein mit einem breiten Lächeln, denn jeder gute Kommissar will den Namen seines Gesprächspartners wissen. Und Eisenstein war ein guter Kommissar.

„Ich bin die Liesbeth, das reicht", sagte die junge Frau.

Grunert saß bisher schweigend am Tisch.

„Wussten Sie das auch alles?", fragte ihn Eisenstein gerade heraus.

„Mh, ja, zum Teil", stottert Grunert.

„Ein für allemal: Künftig möchte ich alle Informationen, die für den Fall wichtig sein könnten, unaufgefordert sofort von Ihnen erhalten", ordnete Eisenstein mit freundlicher Strenge im Ton an.

Auffallend war, dass er zum ersten Mal von einem Fall gesprochen hatte. Ein möglicher Unfall schien für ihn nicht mehr relevant. Nur entsprechende Beweise hatte er noch nicht. Vielleicht brachte die Obduktion etwas zutage.

Eisenstein verschlang schnell seinen Kuchen und trank den Cappuccino, denn er hatte keine Lust auf ein längeres Gespräch mit Grunert.

Er stand auf, verabschiedete sich von Grunert und zahlte seine Rechnung bei der Kellnerin an der Theke, wobei er nicht vergaß, ihr ein reichhaltiges Trinkgeld zu geben.

Als er wieder im Wagen saß, gingen ihm die Bilder vom Leichenfund durch den Kopf. Die leeren Bierflaschen, der umgekippte Stuhl und die umherliegenden Angelutensilien.

Wenn Bertram gestolpert und in den See gefallen war, wieso konnte er dann nicht mehr aufstehen? Wie Susanne sagte, konnte sie noch zwei Meter vom Ufer entfernt stehen. Sicher, er hatte einige Flaschen Bier getrunken. Aber so betrunken, dass er nicht mehr aufstehen konnte, war er bestimmt nicht gewesen.

Plötzlich wusste er, was er an der Angelstelle vermisst hatte: Der Kescher – wo war der geblieben? Am See wurde er nicht gefunden. Seltsam. Jeder Angler benötigt einen Kescher und hat ihn auch immer griffbereit dabei. Außer Franz Bertram – er hatte anscheinend keinen Kescher dabei gehabt?

Er überlegte weiter, wie sich ihm die Angelstelle präsentiert hatte. Das Messer lag ziemlich weit oberhalb des Wassers im Gras, beinahe am Rand des Angelplatzes. Wieso lag das Messer dort oben? Bertram würde das Messer doch in der Nähe des Wassers benötigen, wenn er einen Fisch gefangen hatte. Die Messerspitze zeigte seltsamerweise vom Wasser weg. Wenn Bertram das Messer aus der Hand gelegt oder fallen gelassen hätte, würde es bestimmt mit der Spitze zum Wasser, höchstens jedoch zur Seite zeigen, aber niemals mit der Spitze vom Wasser weg. Auch seine Taschenlampe lag in der gleichen Entfernung vom Wasser wie das Messer.

Alle diese möglichen Ungereimtheiten sah Eisenstein jetzt, nachdem er den Fall mit anderen Augen betrachtete.

Eisenstein wäre fast an der Ausfahrt Bonn-Pützchen vorbeigefahren. Gerade noch konnte er seinen Wagen abbremsen und in die Ausfahrt lenken.

Inzwischen war es bereits dämmrig geworden. Den Fall sollte er jetzt bis morgen zurückstellen. Inka wartete bestimmt schon lange auf ihn.

Er schloss die Haustüre auf und betrat den Hausflur. Inka kam ihm strahlend aus dem Wohnzimmer entgegen.

„Wie war's? Ein schwieriger Fall?", fragte sie pflichtgemäß, hatte Eisenstein zumindest den Eindruck.

„Wie üblich. Wir wissen noch nichts Genaues. Wie bist du mit dem Makler verblieben?"

„Die Wohnung ist einfach toll. Ich habe ihm gesagt, dass du auch nicht abgeneigt bist, ich aber noch mit dir sprechen werde. Er will uns die Wohnung bis Ende der Woche reservieren. Ist das nicht toll? So haben wir Zeit, ausführlich darüber zu sprechen", erzählte sie begeistert.

„Ja, das ist toll. Aber heute habe ich keinen Kopf mehr dafür. Reden wir morgen darüber", bat er und war erleichtert, dass er das Gespräch und damit auch eine Entscheidung verschieben konnte.

Inka hingegen machte ein beleidigtes Gesicht. Sie hatte sich vorgestellt, heute Abend mit Frank den Mietvertrag auszufüllen und ausgiebig über die Einrichtung und den Kauf von Gardinen und Vorhängen und sonstigen Einrichtungsgegenständen, die ihnen noch fehlten, zu diskutieren. Sie verstand nicht, wie Frank das bis Morgen hinausschieben konnte. Womöglich würde er sich jetzt in ein Buch vertiefen oder den Fernseher einschalten. Der Abend war für sie gelaufen.

5. Kapitel

Die in dieser Jahreszeit schon tief stehende Herbstsonne schien direkt ins Fenster hinein. Daher hatte er ein einfaches Rollo heruntergezogen und die Lamellen verursachten ein Muster aus Schattenstreifen auf Schränken und Wänden. Es würde nicht mehr lange dauern, bis sich die von Westen kommenden Wolken vor die Sonne geschoben hätten. Paul Altmann saß in seiner Küche am Frühstückstisch. Die Küche war nicht groß aber geschmackvoll eingerichtet. Ein Verdienst seiner Frau Hermine, die im Sommer des vergangenen Jahres an Krebs verstorben war. Sie hatte fast nie einen Arzt aufgesucht und der Krebs wurde demzufolge viel zu spät entdeckt. Nach einer kurzen, schmerzhaften Leidenszeit schien sie am Ende froh gewesen zu sein, dass es vorbei war. Mit vierundsechzig Jahren war sie noch aktiv im Frauenchor tätig und zu ihrer Beerdigung fanden sich nahezu alle Einwohner des Ortes ein.

Paul war sein Leben lang ein Schürzenjäger gewesen. Und auch nach dem Tode seiner Frau warf er gerne einen oder mehrere Blicke auf hübsche Frauen. Manche Frauen erwiderten lächelnd seinen Blick, denn er war trotz seiner siebzig Jahre eine ansprechende Person. Obschon das offizielle „Trauerjahr" gerade vorbei war, wollte er vorsichtig sein und sich nicht mit einer Frau im Ort sehen lassen. Man sollte ihm nichts nachsagen können. Nicht, dass er seine Frau nicht geliebt hätte. Nein, das war es nicht. Er war einfach so veranlagt. Ohne Frau konnte er nicht sein.

„Guten Morgen Paul, du bist schon auf?“, wunderte sich Andrea, die mit einem Morgenmantel bekleidet die Küche betrat.

Andrea war eine klein gewachsene Brünette, der man ihre 60 Jahre nicht ansah. Seit einigen Wochen waren beide ein Paar. Auch sie war darauf bedacht, dass kein Dorfbewohner etwas von ihrer Beziehung wusste. Sie war schließlich verheiratet und Ortsvorsteherin. Gerede im Ort konnte sie sich nicht leisten. Daher betrat und verließ Andrea das Haus immer durch den Garten und schlich dann an den Sträuchern vorbei zu ihrem PKW, den sie in einiger Entfernung geparkt hatte.

In der Woche trafen sie sich unregelmäßig, so wie es gerade passte. Paul war Rentner und hatte keine regelmäßigen Verpflichtungen mehr und in der Regel immer Zeit. Andrea hatte ihre Tätigkeit als Arzthelferin bereits vor vielen Jahren aufgegeben, als ihre politische Arbeit sie immer mehr in Anspruch nahm. Anfangs war sie noch halbtags beschäftigt, doch nach einiger Zeit wurde ihr auch dies zu viel. Seitdem arbeitete sie intensiv für die Partei, als Mitglied im Stadtrat und in vielen Ausschüssen. Als Ortsvorsteherin kümmerte sie sich um jeden und alles und war daher im Ort beliebt und geschätzt. Dies kostete sie die Woche über viel Zeit. Seitdem sie Paul kannte, hielt sie sich zumindest die Wochenenden weitgehend nur für ihn frei. Das war kein Problem für sie, denn ihr Mann Josef war Schiedsrichter und fast jedes Wochenende von Samstag bis Sonntagabend auf irgendwelchen Fußballplätzen im Einsatz oder führte Seminare durch. Auch dieses Wochenende war er zu einem Schiedsrichterseminar in der Sportschule Hennef und würde erst Montagnachmittag zurückkommen.

Paul erhob sich und drückte ihr einen flüchtigen Kuss auf den Mund. Wenn er wie jetzt vor Andrea stand, überragte er sie um fast einen Kopf. Ihn störte das nicht. Andrea hatte andere Vorzüge, die die körperliche Ungleichheit bei Weitem ausglichen.

Seitdem er aufgestanden war, war er schlecht gelaunt.

Letzte Nacht war er erst spät eingeschlafen. Als er dann endlich eingeschlafen war, plagten ihn schreckliche Albträume, in denen er gefoltert und zum Verkauf seines Grundstückes gezwungen wurde.

„Wieso hast du so unruhig geschlafen? Du hast dich hin und her gewälzt und dabei furchtbar gestöhnt", fragte Andrea.

„Ich glaube, die ganze Nacht über hatte ich entsetzliche Albträume. Ich habe dir doch erzählt, dass heute die Vermesser anrücken, und ich möchte vor Ort sein, wenn sie kommen. Ich werde denen meine Meinung sagen, diesen Dieben und Gaunern", ereiferte sich Paul. Aufgeregt ging er im Zimmer auf und ab und schaute dabei immer wieder zum Fenster hinaus.

„Reg' dich doch nicht so auf. Du kannst doch nichts daran ändern. Die Stadt hat das Areal als Bauland freigegeben und die *„Eigenheim"* wird dort ihre Mehrfamilienhäuser bauen. Auch wenn du dein Grundstück nicht verkaufen willst. Im Extremfall wird dein Grundstück zum Wohle der Allgemeinheit enteignet. Du allein kannst weder den Bau der Häuser noch die Straße zur Erschließung verhindern", versuchte Andrea ihn zu beruhigen.

„Ich dachte, du als meine Freundin, bist auf meiner Seite und unterstützt mich? Aber nein, auch du vertrittst als Ortsvorsteherin die Meinung der Stadt und der Baufirma und fällst mir in den Rücken", empörte er sich weiter.

„Aber denk doch einmal an das Geld, das dir die Baufirma geboten hat. Mit den achthunderttausend Euro könntest du auch deinen Kindern, Theo und Brigitte, helfen."

„Paperlapapp, meine Kinder. Theo würde das Geld sowieso nur zur Spielbank bringen und für seine Schulden wäre dann nichts mehr da. Und Brigitte, die denkt doch nur an ihren neuen Lover. Mir hat sie noch nicht einmal gesagt, wer das ist."

Paul drängte Andrea zur Seite und eilte in Richtung Türe.

„Ich bin weg. Wenn du mich unterstützen willst, weiß du ja, wo du mich findest", rief er über die Schulter, griff sich seine Jacke und verschwand durch die Haustüre.

„Du verdammter Narr", schalt Andrea und schlug mit der Faust gegen die Küchentüre.

Sie wollte und konnte ihm nicht bei seinem geplanten Auftritt auf seinem Grundstück hinterherlaufen. Außerdem hatte sie gleich einen Termin in der Stadtverwaltung.

*

Paul eilte so schnell, es ihm möglich war, zum Ortsende von Müllekoven, wo sich sein Grundstück befand.

Das Stück Land lag direkt an der Straße. Einen Zaun gab es nicht. Bis zu der Zeit, als das Leid mit seiner Frau begann, hatte er den an der Straße gelegenen Teil des Grundstücks als Anbaufläche für Blumen, in der Hauptsache Sonnenblumen, verpachtet. Den auslaufenden Pachtvertrag hatte er einfach nicht mehr verlängert. Jetzt lag das Grundstück brach. Gras und Unkraut übernahmen ungehindert die Herrschaft über das Gelände. Auf dem hinteren Teil weideten die Ziegen eines Freundes, der auch weiterhin die kostenlose Weidemöglichkeit für seine Tiere nutzte. Ein an einfachen Holzpflöcken befestigter Maschendrahtzaun verhinderte, dass die Tiere entkommen konnten.

Von weitem erblickte er nicht nur die Ziegen, die friedlich grasten, sondern auch einige, in dunkelgrüne Parkas bekleidete Personen. Da leichter Regen eingesetzt hatte, waren die Kapuzen hochgezogen. Paul konnte daher aus der Entfernung nicht ausmachen, ob es sich um Frauen oder Männer handelte.

Bevor er sein Grundstück erreichte, schrie er bereits lautstark: „Was macht Ihr da? Verschwindet! Das ist Landfriedensbruch!“

Als er die erste Person erreichte, drehte diese sich um und er schaute in das hübsche Gesicht einer jungen Frau. Er war überrascht. Eine junge Frau bei diesen „Gangstern“ hatte er nicht erwartet.

„Wer sind Sie, dass Sie hier so rumschreien? Wir haben den Auftrag, hier einiges zu vermessen“, fuhr die junge Frau ihn an und schaute ihn dabei feindselig an.

„Ich bin der Eigentümer dieses Grundstückes und verlange, dass Sie und Ihre Kumpanen sofort verschwinden. Hier gibt es nichts zu vermessen – nicht jetzt und auch nicht später“, schrie er, nachdem er sich von der ersten Überraschung erholt hatte.

Er fasste die Frau beim Oberarm und schob sie kompromisslos in Richtung Straße. Der Kollege der jungen Frau, der durch Pauls Geschrei aufmerksam geworden war, eilte herbei und versuchte Paul an der Schulter zurückzuhalten. Durch die unverhoffte Berührung drehte sich dieser mit einem Ruck um und versetzte dem vermeintlichen Angreifer eine gekonnte Linke.

Im Nachhinein musste er sich eingestehen, dass er nur die Brust des Mannes treffen wollte. Da dieser aber kleiner als angenommen war, traf sein Faustschlag direkt das Gesicht des Mannes. Sofort schoss Blut aus der Nase und tropfte auf den noch ziemlich neuen Parka.

„Das ist Ihre eigene Schuld. Verschwinden Sie einfach", pustete Paul außer Atem, jedoch jetzt wesentlich leiser.

„Das wird ein Nachspiel für Sie haben", hörte er eine dritte Person, einen weiteren jungen Mann, sagen, der sich zuerst einmal um seinen verletzten Kollegen kümmerte.

„Kommt, lasst uns gehen, bevor das hier weiter eskaliert. Wir machen einen Bericht, und dann soll sich die Baumfirma doch darum kümmern, diesem Verrückten Einhalt zu gebieten", schlug die junge Frau vor.

Während der Verletzte mit einem Taschentuch den Blutfluss zu unterbinden versuchte, packten sein Kollege und die Frau ihre Stative und die übrigen Utensilien zusammen und machten sich auf dem Weg zu ihrem Kombi, der vor dem Grundstück auf der Straße parkte.

Paul sah ihnen mit gemischten Gefühlen nach. War er doch zum ersten Mal in dieser Sache gewalttätig geworden. In seiner Jugend hatte er sich oft auf der Kirmes oder spät nachts beim Schützenfest geprügelt. Damals schon hatte er einen ordentlichen Schlag und gewandt war er ebenfalls.

Doch jetzt, als alter Mann. Nein, das durfte ihm nicht passieren. So recht konnte er sich daher über seinen Sieg nicht freuen. Und er sah sich durchaus als Sieger dieses Zusammentreffens. Wahrscheinlich würde sein Faustschlag Folgen haben. Hoffentlich hatte er nicht die Nase des Mannes gebrochen, dann konnte der Sieg womöglich teuer werden.

Bisher hatte er nicht bemerkt, dass der Regen stärker geworden war. Eine Kapuze oder einen Schirm hatte er nicht. Triefend vor Nässe machte er sich auf den Weg nach Hause.

Er öffnete die Haustüre und sah, dass die Jacke von Andrea an der Garderobe fehlte und dass Andrea fort war. Er würde ihr nicht hinterherlaufen. Wenn sie nicht für ihn war, war sie gegen ihn und dann sollte sie ihn künftig in Ruhe lassen.

Deprimiert begab er sich ins Bad, zog sich aus, duschte und zog trockene Kleidung an. Dann setzte er sich in der Küche ans Fenster und stierte in Gedanken versunken nach draußen.

Nein, er würde sein Grundstück nicht verkaufen – nie und nimmer! Mehrfamilienhäuser in direkter Nachbarschaft, womöglich noch mit Sozialwohnungen – nein, nicht mit ihm. Das Geld dieser Bauhaie brauchte er nicht. Er hatte mehr als genug Geld für seine restlichen Jahre.

6. Kapitel

Es war bereits 9 Uhr vorbei, als Frank Eisenstein die Tür zu seinem Büro öffnete. Er teilte sich einen großen Raum mit Manfred Schmitz und Sybille Baum, einer jüngeren Kollegin, die die Telefonate und Schreibarbeiten erledigte. Sein Schreibtisch war durch eine Sichtschutzwand und durch eine größere Entfernung von den anderen beiden Schreibtischen getrennt.

„Rauchen sie schon wieder hier im Büro? Frau Baum, ich habe ihnen bereits mehrmals gesagt, dass ich das nicht wünsche“, waren seine ersten Worte, noch bevor er an seinem Schreibtisch Platz genommen hatte.

Er konnte nicht einschätzen, ob es Rücksichtslosigkeit von Frau Baum war, ... oder dumme Gedankenlosigkeit, weswegen sie seiner Anordnung nicht nachkam.

„Entschuldigung, Chef. Kommt nicht wieder vor. Aber Sie waren noch nicht da, und ich dachte ...“

„Schluss jetzt damit. Sie wissen für die Zukunft Bescheid“, unterbrach sie Eisenstein und beendete damit die Diskussion.

Insgesamt betrachtet fühlte er sich nicht recht wohl mit seinen Mitarbeitern. Manfred Schmitz war als Kommissar überfordert und Sybille Baum zeigte keinerlei Initiative und Kreativität. Jeden Handgriff und jede Aufgabe musste Eisenstein ihr haarklein erklären, bevor sie tätig wurde.

Es war überhaupt kein Vergleich zu seiner alten Dienststelle. Besonders die harmonische und intensive Zusammenarbeit mit seinem früheren Mitarbeiter Ronni Kern vermisste er sehr.

„Übrigens Chef, unser aller Boss möchte Sie gerne sprechen, sobald Sie hier sind“, meldete sich erneut Sybille Baum.

Eisenstein hatte kein Verständnis dafür, wenn sie so respektlos vom Polizeipräsidenten sprach.

„Frau Baum, bitte etwas mehr Taktgefühl. Sie meinen sicherlich unseren Herrn Polizeipräsidenten.“

Na prima, dachte er. Wahrscheinlich hat er schon eine Pressekonferenz einberufen und will daher schon Ergebnisse von mir von gestern hören. Typisch, keine Geduld.

Er erhob sich missmutig und überlegte kurz, was er mitnehmen sollte. Aber es gab nichts – noch nicht einmal eine Akte war angelegt.

„Ach übrigens, Frau Baum“, sagte er, bevor er aus dem Zimmer ging. „Versuchen Sie alles über Franz Bertram in Erfahrung zu bringen: Familie, hatte er Verwandte in Troisdorf und Umgebung? Arbeitsstelle, wie war er bei seinen Arbeitskollegen angesehen? Verhältnis zu den Nachbarn. Wie war seine finanzielle Situation und hatte er Vorstrafen? Einfach alles. Haben Sie verstanden?“

„Ja, Chef. Wird erledigt. Ich hänge mich sofort ans Telefon“, versprach Frau Baum.

Eisenstein hatte erhebliche Zweifel, ob sie die Recherche eigenständig mit Erfolg durchführen könnte. Aber abwarten, er würde sich gerne überraschen lassen.

Eisenstein befürchtete, dass sein Chef wieder schlechte Laune hatte. So wie immer in den letzten Tagen, wenn er mit ihm sprach. Auch sein Äußeres ließ sehr zu wünschen übrig. Seine Hemden waren zerknittert und sein Anzug nicht aufgebügelt. Hinzu kam, dass er vielfach einen Dreitagebart trug. Alles Merkmale, die Eisenstein am Anfang seiner Dienstzeit hier in Bonn nicht bei ihm festgestellt hatte. Eisenstein vermutete private Probleme als Grund für diese negativen Veränderungen. Vielleicht hatte ihn seine Frau verlassen. Das kam in seinem Beruf nicht gerade selten vor, wie er aus eigener Erfahrung wusste.

Energisch öffnete Eisenstein die Türe zum Büro seines Chefs. Auf dem ersten Blick erkannte er, dass sich an dessen Äußeres auch heute nichts geändert hatte. Zerknittertes Hemd und schlecht sitzende Krawatte.

Vor dem Schreibtisch saß ein Mann, der ihm den Rücken zukehrte und sich auch nicht bei seinem Eintreffen umdrehte.

„Guten Morgen, Eisenstein", begrüßte sein Chef ihn unerwartet freundlich.

„Ich möchte Ihnen einen neuen Mitarbeiter vorstellen, Ronni Kern."

Sowohl sein Chef als auch der Mann vor dem Schreibtisch erhoben sich.

Ronni Kern drehte sich zu Eisenstein um und strahlte ihn an. Die Überraschung schien geglückt.

„Hallo, Frank, schön dich zu sehen", begrüßte Ronni ihn und nahm ihn in seine Arme.

Eisenstein war so überrascht, dass er dies willenlos mit sich geschehen ließ und kein Wort über die Lippen brachte. Gestern Susanne und heute Ronni, sein langjähriger Weggefährte aus seiner alten Dienststelle. Das war fast zu viel für ihn.

„Setzen Sie sich doch, Eisenstein", überging sein Chef Eisensteins Sprachlosigkeit.

„Wir haben einiges zu besprechen."

„Mensch Ronni, du glaubst gar nicht, wie auch ich mich freue, dich zu sehen“, waren Eisensteins erste Worte, nachdem er sich wieder gefasst hatte.

Mit dem gleichen strahlenden Gesicht wie sein früherer Mitarbeiter setzte er sich hin.

Eisenstein empfand, dass Ronni sich in keiner Weise verändert hatte, zumindest was das Äußere betraf. Pechschwarze Haare, die eine erhebliche Portion Gel erhalten hatten. Sportliche Figur, besonders jedoch das immer vorhandene Lächeln um seine Mundwinkel. Insgesamt ein vorteilhaftes, gewinnendes Aussehen. Eisenstein war sich sicher, dass auch sein Wesen noch immer so war wie in den Zeiten der gemeinsamen Zusammenarbeit.

Der Chef des Kommissariats zeigte Geduld, indem er die beiden Freunde sich ausgiebig begrüßen ließ, bevor er das Wort ergriff.

Er erklärte Eisenstein, dass Ronni Kern die Stelle von Manfred Schmitz übernehmen würde, da dieser auf eigenen Wunsch, wie Eisenstein ja wisse, in den Innendienst versetzt werden wollte. Und diesem Wunsch konnte jetzt entsprochen werden.

„Und was hat sich gestern mit der Leiche am See ergeben? Wie ich gehört habe, war es wahrscheinlich ein Unfall“, sagte Eisensteins Chef.

„Wir wissen noch nichts Genaues. Die Obduktion ist heute. Danach wissen wir vielleicht mehr“, antwortete Eisenstein.

Das, was er im Café erfahren hatte, behielt er vorerst für sich.

„Okay, Sie halten mich auf dem Laufenden. Ich habe für zwölf Uhr eine Pressekonferenz angesetzt. Da wir noch nichts Genaueres wissen, spreche ich alleine mit den Vertretern der örtlichen Presse und werde mich dabei sehr kurz halten."

Nach einer kleinen Pause fügte er noch hinzu: „Ich wünsche Ihnen eine gute Zusammenarbeit. Aber was sag' ich da, Sie sind ja ein eingespieltes Team."

Damit war das Gespräch für Eisensteins Chef beendet. Demonstrativ vergrub er sich in irgendwelche Akten, die vor ihm auf dem Schreibtisch lagen. Für die beiden befreundeten Kommissare war das ein unmissverständliches Zeichen, das Büro zu verlassen.

„Wieso bist du nach Bonn gekommen? Und was macht deine Freundin Isabelle? Ich meine, ich finde es toll, dass du hier bist, aber ...", sprudelte es aus Eisenstein heraus, als sie allein auf dem Flur waren.

„Isabelle bekam ein Angebot, die Büroleitung einer Großkanzlei mit sechs Anwälten in Bonn zu übernehmen", unterbrach ihn Ronni.

„Bei mir klappte die Zusammenarbeit mit deinem Nachfolger, einem hochnäsigen Schönling, nicht besonders. Zufällig war dann hier bei dir die Stelle von Manfred Schmitz ausgeschrieben, und so haben wir beide zugegriffen und sind jetzt hier in Bonn", berichtete er freudig weiter.

„Und wo wohnt ihr?", fragte Eisenstein.

„Wir suchen eine Wohnung. Augenblicklich wohnen wir in einer kleinen, gemütlichen Pension in Bonn-Poppelsdorf."

„Und wie geht es dir? Bist du noch mit Inka zusammen?", wollte jetzt Ronni seinerseits wissen.

„Ja, bin ich noch. Auch wir suchen eine gemeinsame Wohnung. Ich wohne jetzt bei Inka in der Wohnung, aber die ist für uns beide viel zu klein. Derzeit geht aber alles etwas drunter und drüber. Über all das müssen wir uns später ausführlich unterhalten", wich Frank aus.

Ronni war mehr als erstaunt, als er hörte, dass Frank und Inka eine gemeinsame Wohnung suchten. Er hatte vor einigen Jahren miterlebt, wie sich die zweite Frau von Frank trennte. Danach wollte Frank keine Beziehung mehr eingehen und wurde zum Eigenbrötler. Daher freute er sich, dass Frank wieder eine Beziehung eingegangen war und er gönnte ihm dies von ganzem Herzen.

Ronni fragte nicht weiter nach. Er hatte einen eigenartigen Unterton in Franks Stimme bemerkt. Er kannte ihn genau. Wenn er so weit war, würde er ihm erzählen, was los war.

„Gehen wir in mein Büro. Du kommst gerade richtig. Seit gestern habe ich einen neuen Fall, bei dem ich deine Unterstützung brauchen kann. Ein Toter im Sieglarer See. Es sieht wie ein Unfall aus. Ich habe aber meine Zweifel."

Immer noch der Eisenstein, wie ich ihn kenne. Wenn er bei einem Fall Lunte gerochen hat, hängt sich die alte Spürnase voll rein, dachte Ronni mit einem Lächeln und folgte Frank in dessen Büro. Es war wie in alten Zeiten. Und es war gut so.

Ronni Kern saß vor Frank Eisensteins Schreibtisch auf einem der beiden Besucherstühle. Sie hatten lange über vergangene Zeiten gesprochen. Besonders ihr letzter gemeinsamer Fall hatte es ihnen nochmals angetan. Anna, eine blinde Frau, war von einem Sexualstraftäter entführt und in einem alten Fabrikgebäude gefangen gehalten worden. Anna hatte sich alleine befreien können und irrte blind durch ein verlassenes Industriegelände. In letzter Minute konnten Ronni und Frank einschreiten und Anna vor Schlimmerem bewahren. Ronni berichtete, dass

Anna kurz danach zu ihren Eltern gezogen war und es ihr inzwischen wieder gut ginge. Eisenstein freute sich riesig über diese Nachricht, denn er hatte die blinde Anna wegen ihres Lebensmutes trotz aller Rückschläge bewundert und ins Herz geschlossen.

Irgendwann fand Eisenstein die Überleitung zu seinem aktuellen Fall und erklärte seinem Freund, was vorgefallen war, und wie weit seine Überlegungen bisher gediehen waren.

Eisensteins Handy klingelte.

„Hallo Susanne, schön das Du schon anrufst. Gibt es etwas Neues?“, fragte Eisenstein neugierig.

Eisenstein hörte kurze Zeit zu, ohne ein Wort zu sagen und drehte Ronni dabei den Rücken zu.

„Natürlich möchte ich nach wie vor ein Bier mit dir trinken, schließlich kam die Idee von mir.“

Kurze Pause.

„Morgen Abend bei dir? Wieso bei dir? Ich dachte wir gehen in eine Kneipe?“, fragte Eisenstein überrascht – und er bemerkte, wie sich eine lange vergessene Aufregung in ihm breitmachte.

„Versprich dir aber nicht zu viel davon. Wir trinken nur ein Bier zusammen“, sprach er jetzt wesentlich leiser, damit Ronni nicht mithören konnte.

„Einverstanden, 18 Uhr“, stimmte er zu.

Er hatte das Gefühl, irgendwie überrumpelt worden zu sein.

Dann hörte er eine Weile zu. Susanne hatte das Thema gewechselt und sprach über den aktuellen Fall der Leiche des Franz Bertram am Sieglarer See.

„Das meinst du doch nicht ernsthaft. Elf Uhr machst du die Obduktion? Und wie sieht es mit der Mittagspause aus. Die Obduktion dauert doch bestimmt zwei Stunden?", hörte Ronni Kern jetzt Eisenstein lachend fragen.

Die Lautstärke seiner Stimme war inzwischen wieder normal laut.

„Du machst selten eine Mittagspause. Okay, das gilt aber nicht für mich. Trotzdem, wir kommen", ließ sich Eisenstein offensichtlich leicht überreden.

Kurze Pause. Eisenstein nahm einen Kugelschreiber und ein Stück Papier vom Notizblock.

„Ja, natürlich, ich freue mich auch auf morgen Abend. Deine Anschrift habe ich notiert. Liegt ziemlich weit weg von Bonn. Bis Morgen", flüsterte Eisenstein und legte auf.

Den Zettel mit Susannes Anschrift, die er gerade notiert hatte, steckte er schnell in seine Hosentasche.

Wieder zu Ronni gewandt berichtete er ihm vom Obduktionstermin um elf Uhr. Dass er sich mit Susanne für morgen Abend auf ein Bier bei ihr verabredet hatte, erwähnte er Ronni gegenüber nicht – zumindest noch nicht.

„Ich schlage vor, bevor wir loslegen, stelle ich dir zuerst deinen Vorgänger Manfred Schmitz und unsere Bürokraft Sybille Baum vor. Bei allen anderen Kolleginnen und Kollegen stelle ich dich später, vielleicht heute Nachmittag, vor. Dabei können wir dann auch einen Rundgang durch das gesamte Präsidium machen", meinte Eisenstein.

„Bevor unser Chef dich gerufen hat, hat er mir im Groben das Gebäude gezeigt. Der Rundgang kann also getrost noch einige Stunden warten", entgegnete Ronni Kern.

„Nun denn, dann wollen wir mal hinüber zu Manfred Schmitz und Sybille Baum gehen", entschied Eisenstein.

Manfred Schmitz packte gerade seine Unterlagen und persönliche Gegenstände in einen Karton ein.

Eisenstein stellte die beiden Männer einander vor, die sich höflich die Hand gaben und sich gegenseitig Glück für die neue Tätigkeit wünschten.

„Lassen Sie sich Zeit, Kollege. Heute werde ich Ihren Arbeitsplatz sicherlich noch nicht übernehmen“, meinte Ronni Kern kollegial zu Manfred Schmitz, der das mit einem dankbaren Lächeln quittierte. Das war es dann auch schon.

Währenddessen hatte Sybille Baum ihre Arbeit eingestellt und horchte der Vorstellung der Kollegen.

Frank Eisenstein und Ronni Kern gingen dann zu Frau Baum, deren Arbeitsplatz sich kurz vor der Zimmertüre befand und durch eine Sichtschutzwand vom übrigen Raum getrennt war.

Frau Baum saß aufrecht an ihrem Arbeitsplatz und erwartete neugierig den neuen Kollegen. Als die beiden Kommissare in Sybilles Blickfeld traten, sprang sie auf und streckte dem neuen Kommissar ihre zierliche Hand entgegen.

„Ich bin Sybille Baum und bin mir ganz sicher, dass wir gut zusammenarbeiten werden.“ Dabei strahlte sie Ronni Kern an.

Dieser gab ihr leicht verdutzt seine Hand, die Sybille länger als üblich festhielt. Immerhin war er ein gut aussehender Mann und sie noch ledig und ohne feste Bindung.

„Und ich bin Ronni Kern. Dann auf eine gute Zusammenarbeit“, entgegnete er ebenso freundlich, ohne jedoch das Strahlen zu erwidern.

„Da hast du ja bereits deinen ersten Fan hier im Präsidium“, lachte Frank, als sie wieder an seinem Schreibtisch saßen.

„Fan ist okay. Aber mehr auch nicht. Du weißt doch, ich bin in einer glücklichen Beziehung“, lachte auch Ronni.

„Komm, lass uns zur Rechtsmedizin fahren. Anschließend statten wir diesem Altmann einen Besuch ab. Wie ich dir eben berichtet habe, hatte der mit dem Bertram laufend Stress. So behauptete zumindest die redselige Bedienung im „Café Bröhl“. Vielleicht haben sich die beiden wieder geprügelt – diesmal am See und der Altmann ist zu weit gegangen“, mutmaßte Eisenstein. Ohne eine Antwort abzuwarten, stand er bereits auf und zog seine Jacke an. Ronni kannte diese Art von Eisenstein, zog ebenfalls seine Jacke an und folgte seinem neuen, alten Chef mit eiligen Schritten.

Kommissar Eisenstein und Ronni Kern betraten zum ersten Mal das Gebäude des Rechtsmedizinischen Institutes der Universität Bonn. Eisenstein wusste noch nicht, wo er Susanne finden würde. Ihm war lediglich bekannt, dass üblicherweise die Räume für die Obduktionen im Keller untergebracht waren. Kellerräume waren, insbesondere im Sommer, nicht so sehr von den Außentemperaturen abhängig.

Ohne die große Hinweistafel an der Wand gegenüber dem Eingang zu beachten, die ihm seine Vermutung bestätigt hätte, steuerte er schnellen Schrittes die Treppe hinunter und eilte durch den langen Gang des Kellergeschosses. Ronni Kern folgte wortlos seinem Chef. Vor einer stählernen Schiebetür machte Eisenstein Halt. Er vergewisserte sich auf dem rechts neben der Tür angebrachten Hinweisschild, dass er hier richtig war. „Raum 7: Obduktion“ las er.

Er musste sich sammeln. Nein, er musste sich überwinden. Das Aufschneiden der Leichen, im Brustbereich sogar mittels Säge, und das Entnehmen der Organe, wiegen, und wieder in den entleerten Körper hineinlegen, fand er pietätlos und unwürdig den Toten gegenüber. Die Geräusche, die dabei entstanden, und der penetrante Geruch nach Blut, inneren

Organen und verdorbenem Fleisch überstieg die Grenze dessen, was er ertragen konnte.

Er klopfte an und betrat den Obduktionssaal, ohne ein „Herein“ abzuwarten. Der Raum war erfüllt vom Geruch eines Desinfektionsmittels. Susanne stand hinter dem Obduktionstisch und erwartete die beiden Kriminalbeamten bereits. Die Leiche von Franz Bertram lag nackt vor ihr auf dem Tisch.

„Hier, bitte. Haltet euch das unter die Nase, dann ist es besser auszuhalten“, sagte Susanne, kam um den Tisch herum und reichte Frank und Ronni einen Wattebausch, der mit Eukalyptusöl getränkt war.

Eisenstein nahm den Wattebausch und schnupperte daran. Er wusste, dass auch dieser, leicht nach Kampfer riechende, aromatische Duftstoff nicht ausreichen würde, um den Geruch der geöffneten Leiche zu überdecken.

„Nein, danke“, er warf den Wattebausch in den neben der Türe stehenden Abfalleimer.

„Du weißt, ich kann das hier alles nicht ab. Wo finde ich dein Büro? Ich warte dort, wenn es dir recht ist?“, fragte er mit bereits blassem Gesicht.

„Direkt gegenüber“, antwortete Susanne leicht belustigt über Franks Sensibilität.

„Du kannst ja hierbleiben, wenn du das unbedingt möchtest“, schlug er Ronni vor.

Dabei drehte er sich um und verließ den Raum.

Ronni folgte ihm. Auch er musste nicht unbedingte bei der Obduktion dabei sein.

Sie warteten in Susannes Büro. Endlich, nach fast zwei Stunden, kam Susanne. Sie verrieb noch das Desinfektionsmittel in den Händen.

„Na, was kannst du sagen?", fragte Eisenstein neugierig.

„Franz Bertram ist ertrunken. Äußere Verletzungen gibt es soweit keine, bis auf ein rundes Hämatom und Hautabschürfungen unterhalb des Kehlkopfes", berichtete Susanne.

„Meine Erfahrung sagt mir, dass an dieser Stelle ein Gegenstand von circa drei Zentimetern Durchmesser kräftig auf den Mann gedrückt wurde. Wahrscheinlich wurde er mit diesem Gegenstand unter Wasser gehalten und Bertram hatte, beim Versuch sich aufzurichten, immer wieder mit Todesangst dagegen gedrückt. Bis er schließlich ertrunken ist", mutmaßte Susanne weiter.

„Danke, ich hatte mir schon etwas Ähnliches gedacht. So, wie das Angelmesser und die Taschenlampe dalagen, fand ich es seltsam für jemanden, der mit Blick zum See auf seinem Angelstuhl sitzt. Ich kann mir vorstellen, dass er in der Nacht Besuch erhielt und aufsprang. Dabei ergriff er die Taschenlampe und das Messer. Womöglich hat ein Stoß ihn rückwärts taumeln lassen, und er ist in den See gefallen. Jetzt können wir uns vorstellen, wieso Franz Bertram sich nicht aufrichten konnte, als er im Wasser lag", sagte Eisenstein.

„Vielen Dank für die schnelle und gute Arbeit. Ich komme heute Nachmittag mit Frau Bertram zur Identifikation zu dir."

Zu Ronni gewandt überlegte er weiter: „Bei dem Gegenstand, der Bertram unter Wasser hielt, handelte es sich vielleicht um einen Kescher. Jemand muss den Kescher umgedreht und Bertram mit dem Stiel, an dessen Ende sich der Handgriff befand, unter Wasser gedrückt haben. Am Angelplatz habe ich keinen Kescher gefunden. Als ich an den Tatort kam, hatte ich das Gefühl, dass etwas dort fehlte. Jetzt weiß ich es. Der Kescher fehlte. Gestern bin ich noch nicht darauf gekommen. Nur, wo ist der Kescher? Hat ihn diese Person mitgenommen?“

„Komm, lass uns zu diesem Altmann fahren. Vielleicht war das der nächtliche Besucher“, mutmaßte Eisenstein.

Er sprang unvermittelt auf und eilte in Richtung Ausgang. Susanne hatte er vollkommen vergessen. Ronni folgte ihm mit eiligen Schritten.

Bevor sie die Türe des Obduktionssaals schlossen, drehten sich beide noch einmal kurz um und mit einem „Tschüss“, wie aus gleichem Munde, ließen sie eine verdutzte Susanne Ohlrogge zurück.

Als Ex-Freundin kannte sie Frank und wusste, dass er privat ganz charmant sein konnte. Nur wenn er sich in einen Fall vertieft hatte, war er manchmal sehr spontan und auch etwas unhöflich.

Sie waren gerade auf dem Weg zum Ausgang des Gerichtsmedizinischen Institutes, als Eisensteins Handy klingelte. Am anderen Ende der Leitung meldete sich Nils Richter von der Spurensicherung.

„Wir haben die Fußabdrücke ausgewertet. Neben den Abdrücken von Bertram selbst und denen der Laufschuhe des Joggers, der die Leiche gefunden hat, sind noch Abdrücke einer anderen Person vorhanden. Wir konnten mehrere vollständige Abdrücke sicherstellen. Schuhgröße 42, grobes Profil, kein Absatz. Wahrscheinlich gehören die Abdrücke zu einem Mann, allenfalls zu einer großen Frau“, waren die Fakten, die er Eisenstein übermittelte.

„Danke“, sagte Eisenstein, beendete das Gespräch und informierte seinen Kollegen über dessen Inhalt.

Dann machten sich beide auf den Weg zu Eisensteins Wagen.

*

Ein kurzer, heftiger Regenschauer, so wie er im Herbst nicht selten vorkommt, ging nieder, als die beiden Kommissare in Müllekoven ankamen. Eisenstein parkte direkt vor dem Haus von Altmann, obschon hier eingeschränktes Halteverbot galt.

Altmann wohnte in einem zweigeschossigen, freistehenden Einfamilienhaus, verputzt und sauber weiß gestrichen. Ein kleiner Vorgarten war mit einer niedrigen Bruchsteinmauer umgeben. Er wirkte gepflegt. Der Boden war erst vor Kurzem aufgehackt worden. Einige Herbstblumen standen in Blüte. Insgesamt ließ der Garten darauf schließen, dass der Hausherr die Gartenpflege als Hobby betrieb. Ein offenstehendes, schmiedeeisernes Tor gab den Weg zur Haustüre frei. Weder Ronni noch Frank hatten einen Schirm dabei. Eisenstein zog sofort nach Verlassen des Wagens seinen Mantel an, der immer auf der Rückbank lag.

Ronni dagegen musste im Sakko in den Regen hinaus. Schnell stieg er aus dem Wagen und eilte zum Hauseingang, wo er sich unter dem mit Schiefer beschlagenen Vordach unterstellte. Eisenstein folgte mit gemessenerem Schritt.

Nachdem Ronni geklingelt hatte, dauerte es nicht lange, bis die Haustüre geöffnet wurde. Ein gut aussehender Mann mit grauem, dichtem Haar und sportlicher Figur stand den beiden Kommissaren gegenüber.

„Ja, bitte?“, fragte er.

„Mein Name ist Eisenstein, Kriminalhauptkommissar Eisenstein. Das ist mein Kollege Kern. Sie sind sicher Herr Altmann. Dürfen wir hereinkommen, wir haben einige Fragen an Sie.“

Die bisher freundliche Miene des Mannes verfinsterte sich zusehends. Eisenstein meinte auch, eine Spur Angst im Blick des Mannes zu erkennen.

„Ja, bin ich. Wenn es denn sein muss, kommen Sie herein“, forderte Altmann die beiden Kommissare mürrisch auf.

Die Kommissare folgten ihm ins Wohnzimmer. Die Möbel waren alt, aber schön, und das Zimmer wirkte gemütlich.

„Ich kann mir denken, weswegen Sie gekommen sind. Der Mann der Vermessungsfirma hat sicherlich Anzeige gegen mich erstattet“, glaubte Altmann die Anwesenheit der Kommissare zu erraten.

„Wir sind von der Mordkommission. Aber erzählen Sie einmal, wie war das mit dem Mann der Vermessungsfirma?“, fragte Ronni Kern, nachdem sie das Wohnzimmer betreten hatten.

Altmanns bisher rosiges Gesicht wurde blass und er ließ sich auf einen Sessel fallen. Die Kommissare setzten sich nebeneinander auf das Sofa.

„Ist der Mann gestorben? Das kann doch nicht sein. Das war doch nur ein Schlag auf die Nase. Die hat zwar stark geblutet – aber tot?“, fragte er ungläubig.

„Nein, nein, Herr Altmann. Der Mann der Vermessungsfirma hat bisher keine Anzeige erstattet und ist wahrscheinlich auch nicht gestorben. Nun erzählen Sie einmal genau, was da vorgefallen ist“, forderte Eisenstein Herrn Altmann auf.

Dieser berichtete jetzt eifrig, wie es heute Morgen zu dem Streit kam.

„Wieso sind Sie denn jetzt hier?“, fragte er am Ende seines Berichtes.

„Sie kennen doch Franz Bertram. Wie war Ihr Verhältnis zu ihm?“, wollte Ronni Kern wissen.

„Wir sind seit der Schulzeit befreundet und haben immer hier in Müllekoven gewohnt. Seitdem Franz sein Grundstück an diese *Eigenheim* verkauft hatte, war unsere

Freundschaft nicht mehr die beste. Immer wieder habe ich ihn gebeten, nicht zu verkaufen. Aber er sah nur das Geld und ihn interessierte nicht das Bauprojekt, das die *Eigenheim* vorhat“, antwortete Paul Altmann.

„Sie haben sich deswegen öfter geprügelt, habe ich erfahren“, warf Eisenstein ein.

„Ja – geprügelt, na ja. Es ist schon mal zu einer heftigeren Diskussion gekommen. Wieso fragen Sie nach Franz? Was ist mit ihm?“, fragte Paul Altmann mit großen Augen.

„Franz Bertram ist in der Nacht zum Sonntag im Sieglarer See ertrunken. Irgendjemand hat dabei kräftig nachgeholfen. Wo waren Sie in dieser Nacht?“, erkundigte sich Ronni.

„Mein Gott. Franz ist tot? Ich habe damit nichts zu tun. Ich war hier zu Hause, die ganze Nacht“, beteuerte Altmann, dem die Nachricht sichtlich nahe ging. Trotz aller Differenzen schien ihm der Tod seines ehemaligen Freundes nicht gleichgültig zu sein.

„Kann das jemand bezeugen?“, hakte Ronni nach.

„Mh, – ja“, zögerte Paul Altmann.

„Meine Freundin war von Samstag bis heute Morgen hier. Die kann das bezeugen. Wir haben das Haus nicht verlassen. Nur Sonntagmittag sind wir eine Runde spazieren gegangen“, sagte Altmann und schaute dabei verlegen aus dem Fenster.

„Und hat die Dame auch einen Namen und eine Anschrift?“, ließ Kommissar Kern nicht locker.

Altmann nannte unwillig Andreas Namen und Anschrift.

„Andrea ist Ortsvorsteherin hier in Müllekoven. Es muss nicht jeder wissen, dass sie hier bei mir war. Meine Frau ist im vergangenen Sommer verstorben. Krebs. Und Sie können sich denken, wie über uns geredet wird, wenn herauskommt, dass ich und Andrea …“, erklärte er den Kommissaren.

„Ja, ja. Wir werden das selbstverständlich nicht im Ort erzählen“, beschwichtigte ihn Ronni Kern.

„Okay, Herr Altmann. Das war‘s fürs Erste. Vielen Dank für die Auskünfte. Wir melden uns, wenn wir weitere Fragen haben“, sagte Eisenstein.

Die Kommissare erhoben sich. Paul Altmann begleitete sie zur Haustüre.

„Überprüfst du heute noch sein Alibi?“, fragte Eisenstein Ronni. „Ich fahre mit Frau Bertram in die Rechtsmedizin zur Identifikation ihres Mannes.“

„Ja klar. Mache ich. Ich denke, der Altmann kommt als Täter nicht infrage. Der war zu überrascht. Ich gehe auch davon aus, dass das Alibi stimmt“, dachte Ronni laut nach.

„Möglich“, stimmte sein Chef vage zu.

Ronni Kern setzte sich auf Bitte von Frank Eisenstein hinter das Steuer und fuhr los. Eisenstein rief während dessen Frau Bertram an.

Nein, sie wollte nicht abgeholt werden. Ihr Sohn würde sie fahren, sagte sie energisch. Sie verabredeten sich für vier Uhr am Eingang zum Rechtsmedizinischen Institut.

7. Kapitel

Bereits fünfzehn Minuten vor seinem Termin mit Frau Bertram wartete Kommissar Eisenstein am Eingang des Rechtsmedizinischen Institutes. Er stand an die Mauer gelehnt und dachte über den Besuch bei Paul Altmann nach.

Paul Altmann kam für ihn als Täter nicht infrage. Er war tatsächlich überrascht und geschockt, als er vom Tode Franz Bertrams erfuhr. Außerdem sah Eisenstein kein Motiv bei ihm. Gut, sie hatten sich in der Vergangenheit oft gestritten, manchmal sogar geprügelt, aber Franz Bertram hatte sein Grundstück bereits verkauft. Daran würde auch sein Tod nichts mehr ändern können. Oder sollte es noch einen anderen Grund als diese Sache mit der „Eigenheim GmbH" geben, von der Eisenstein noch nichts wusste?

Er hatte nicht bemerkt, dass Frau Bertram mit ihrem Sohn inzwischen angekommen war. Erst als er ihre Stimme hörte, blickte er auf.

„Guten Tag, Herr Kommissar. Machen wir es kurz, ich habe noch viel zu erledigen. Die Beerdigung organisieren, zum Notar und noch einige andere Termine, Sie verstehen?" sagte Frau Bertram, ohne Eisenstein ihre Hand zu reichen.

Der Sohn stand teilnahmslos hinter ihr und sagte nichts.

„Guten Tag, Frau Bertram, guten Tag Herr Bertram, kommen Sie bitte mit", sagte Eisenstein und öffnete die schwere Eingangstüre zur Gerichtsmedizin.

Nachdem er mit Ronni zur Obduktion hier war, wusste er, wo er den Obduktionsraum finden würde. Er führte Frau Bertram und ihren Sohn die Treppe hinunter in die untere

Etage und dort den kahlen, langen Flur entlang. An Raum 7 klopfte er laut gegen die stählerne Schiebetüre und trat, ohne das obligatorische „Herein“ abzuwarten, ein. Frau Bertram und deren Sohn folgten schüchtern. Das selbstsichere Auftreten bei der Ankunft war bei Frau Bertram verschwunden. Der kahle Raum mit den vielen Edelstahlfächern schien sie zu beeindrucken.

Susanne stand hinter einem Tisch aus Edelstahl in der Mitte des Raumes. Sie grüßte kurz und ging zu einem in die Wand eingelassenen Edelstahlfach. Mit einem Ruck zog sie den Rollwagen heraus, auf dem unter einem Tuch ein menschlicher Körper zu erahnen war. Sie schlug das Tuch zurück, sodass nur der Kopf sichtbar wurde. Susanne hatte den Brustkorb des Leichnams nur grob zugenäht, nachdem sie die entnommenen Organe wieder hineingelegt hatte. Den Anblick der groben, roten Naht wollte sie Frau Bertram ersparen.

Fragend schaute sie Frau Bertram, ohne etwas zu sagen, an.

„Ist das Ihr Mann, Frau Bertram?“, fragte Eisenstein formal.

Frau Bertram schaute kurz auf den Kopf, der unter dem weißen Laken hervorschaute. Die Augen waren geschlossen. Das aufgedunsene, bläulich verfärbte Gesicht war sichtlich ein Schock für sie. Aber auch in dieser Situation behielt sie äußerlich die Fassung. Sie zog lediglich die Augenbrauen hoch und nickte. Dann schaute sie schnell weg und drehte sich zum Ausgang um.

„Ja“, mehr sagte sie nicht.

Ihr Gesicht versteinerte sich. Keine Träne, keinerlei Emotion.

Susanne deckte die Leiche wieder ab und schob den Wagen wieder in das Wandfach zurück.

In diesem Augenblick hörte Eisenstein hinter sich ein Schluchzen. Der Sohn stand einige Schritte abseits. Eisenstein drehte sich um und sah, wie der Mund von Dominik Bertram ganz breit wurde. Seine Augen, die auf irgendeinen Punkt in weiter Ferne starrten, schlossen sich. Er konnte damit aber nicht verhindern, dass ihm dicke Tränen über die Wangen liefen.

Er zog ein Papiertaschentuch aus der Hosentasche und wischte die Tränen ab. Offenbar hing er mehr an seinem Vater als seiner Mutter.

„Komm, nimm dich zusammen, er hat es nicht besser verdient“, flüsterte ihm seine Mutter zu und drängte ihn zum Ausgang.

Eisenstein, dem die Worte nicht entgangen waren, schaute überrascht und sah Susanne fragend an. Ob diese ebenfalls die Worte vernommen hatte? Doch Susanne schüttelte leicht den Kopf. Sie schien nichts verstanden zu haben.

„Frau Bertram, Sie müssen noch unterschreiben. Gehen wir kurz nebenan in das Büro“, sagte Eisenstein und ging vorweg einige Meter den Flur hinunter und dann links in einen kleinen, nur mit Tisch und vier Stühlen ausgestatteten Raum hinein.

Susanne hatte dort bereits einen vorbereiteten Vordruck auf den Tisch gelegt. Frau Bertram unterschrieb, dass der Tote, den sie soeben gesehen hatte, ihr Mann war.

„Frau Bertram, Sie sind sehr gefasst. Ich bewundere das“, begann Eisenstein.

„Wie haben Sie das vorhin gemeint, als Sie sagten, *er hat es nicht besser verdient*?“

„Das ist privat. Das hat Sie nicht zu interessieren“, entgegnete Frau Bertram patzig.

„Aber Frau Bertram, was soll das? Uns interessiert alles, was mit dem Tode Ihres Mannes zu tun haben könnte. Ihr Mann erlitt wahrscheinlich keinen tödlichen Unfall. Wir vermuten, dass Ihr Mann Opfer eines Gewaltverbrechens wurde. Also, wie haben Sie das gemeint?", eröffnete Eisenstein ihr schonungslos das Ergebnis der Obduktion.

Frau Bertram hob rückartig ihren Kopf und schaute Eisenstein direkt an. Ihre Augen strahlten dabei solch eine Kälte aus, dass es Eisenstein schauderte.

„Mein Mann hatte seit Monaten ein Verhältnis mit dieser Hure. Und jetzt ist es endlich vorbei", zischte sie.

„Wen meinen Sie damit?", hakte Eisenstein nach.

„Brigitte Kunert, die Frau von diesem Alkoholiker und Tochter dieses alten Idioten Altmann", fauchte sie, inzwischen völlig außer sich.

Sie wandte sich von Eisenstein ab. Trotzdem bemerkte er überrascht, dass ihr Gesicht zum ersten Mal Farbe bekommen hatte.

„Hören Sie auf. Lassen Sie meine Mutter in Ruhe. Sehen Sie nicht, dass sie völlig fertig ist?", drängte sich Dominik Bertram zwischen seine Mutter und Eisenstein.

„Komm Mutter, wir gehen", sagte er zu seiner Mutter gewandt und nahm sie in den Arm und ging mit ihr zur Tür.

Der Sohn hatte sich inzwischen gefasst und wirkte jetzt ebenso kühl wie vorher seine Mutter. Was für eine seltsame Familie. Eisenstein unternahm nichts mehr und ließ beide gehen. Er hatte für heute genug erfahren. Zu weiteren Aussagen würden sich beide nicht hinreißen lassen. Er schaute ihnen nach, wie sie Arm in Arm eilig den Flur zur Treppe entlanggingen.

„Eine seltsame Frau. So eine gefühllose Ehefrau habe ich selten gesehen“, empfing ihn Susanne, als Eisenstein zu ihr zurückkam.

„Sie hat vielleicht auch allen Grund dazu. Wie sie mir gerade erklärte, hatte ihr Mann ein Verhältnis, von dem sie möglicherweise erst vor Kurzem erfuhr. So außer sich wie gerade habe ich die Frau bisher noch nicht erlebt“, versuchte Eisenstein Susanne das Verhalten von Frau Bertram zu erklären.

„Und dann war da noch dieser Streit zwischen Franz Bertram und Paul Altmann über den Verkauf der Grundstücke. Vielleicht hat das auch zu Spannungen und Streit zwischen den Eheleuten geführt. Du weißt doch, wenn plötzlich viel Geld ins Spiel kommt, gibt es in vielen Fällen Streit“, dachte Eisenstein laut nach.

„Eben hatte der Sohn noch hemmungslos geweint. Gerade als seine Mutter die Fassung verlor, war er genauso kalt wie vorher seine Mutter. Auch er verhält sich seltsam“, stellte Susanne fest.

„Mal sehen, wie sich das alles zusammenfügt“, sagte er weiter in Gedanken versunken.

„Vergiss es nicht. Morgen Abend um 18 Uhr bei mir. Sei bitte pünktlich. Ich werde uns auch eine Kleinigkeit zu essen machen“, wechselte Susanne das Thema.

„Wir wollten doch nur unverbindlich ein Bier trinken“, mahnte Eisenstein.

„Dabei können wir doch auch unverbindlich etwas essen. Stell dich nicht so an, Frank“, lächelte Susanne.

„In Ordnung, dann bis morgen“, stimmte Frank zu und hatte es plötzlich eilig, weg von Susanne zu kommen.

Ihm wurde die kollegiale Beziehung zu Susanne bereits zu eng. Oder war das bereits mehr, als nur eine kollegiale Beziehung?

Hätte ich doch nur nicht die Idee mit dem Bier gehabt, sinnierte er, als er wieder in seinem Wagen saß. Sonntag hatte er sie nach Jahren zum ersten Mal wiedergetroffen – und jetzt bereits ein Abendessen bei ihr. Er fühlte sich unbehaglich, eingeengt.

Wie sollte er das Inka erklären? Nein, das würde sie nicht verstehen. Er könnte es ihr noch nicht einmal verübeln. Wahrscheinlich würde sie ihm etwas unterstellen, was er wirklich nicht wollte.

Nein, er würde Inka nichts von dem Treffen sagen.

„Das ist für alle Beteiligten besser", entschied er.

Von unterwegs informierte er Ronni über die Vorkommnisse mit Frau Bertram und ihrem Sohn im Rechtsmedizinischen Institut. Besonders erwähnte er dabei, wie Frau Bertram die Tochter von Paul Altmann, Brigitte Kunert, beschuldigt hatte.

„Diese Dame müssen wir uns einmal etwas näher ansehen", meinte Eisenstein zum Abschluss seines Berichtes.

Ronni berichtete seinerseits kurz über den Besuch bei der Ortsvorsteherin Andrea Schiffer. Nachdem er ihr erklärt hatte, worum es ging, hatte sie ihm bestätigt, dass sie von Samstag bis Montag bei Paul Altmann war. Paul hatte in der Nacht zum Sonntag das Haus auf keinen Fall verlassen. Dafür wollte sie die Hand ins Feuer legen, wie sie sagte. Hereingebeten hatte sie den Kommissar nicht. Womöglich war ihr Mann zu Hause und sollte das Gespräch nicht mitbekommen, vermutete Ronni.

8. Kapitel

Andrea stand vor dem Hochhaus auf der rechten Rheinseite in Köln-Deutz. Das Haus schien ausschließlich aus Glas zu bestehen und flößte jedem Besucher Respekt ein. Wegen seiner dreieckigen Form hatte es den Namen „Triangel“ erhalten.

Andrea schaute mit ängstlichem Blick nach oben und betrat den Eingangsbereich, von dem mehrere Aufzüge die Besucher zu einem der 29 Stockwerke brachten. Ihre Armbanduhr zeigte drei Minuten vor fünfzehn Uhr. Sie war pünktlich – was jeder, der sie kannte, auch nicht anders erwartet hätte.

Sie drückte einen der Aufzugknöpfe und war überrascht, dass sich sofort die Türe öffnete. Entschlossen wählte sie die 18. Etage. Hier befanden sich die Büros der „Eigenheim GmbH“. In weniger als dreißig Sekunden erreichte sie ohne Zwischenstopp die gewünschte Etage. Direkt gegenüber dem Aufzug wies ein Schild nach rechts zur Baufirma „Eigenheim GmbH“. Sie folgte dem Hinweisschild durch einen kahlen, weiß gestrichenen Flur. Vor einer Türe mit dem Hinweis „Sekretariat“ blieb sie stehen. Sie atmete einmal tief durch, drückte energisch, ohne anzuklopfen, den Türgriff herunter und betrat das Büro. Hinter einem Schreibtisch aus Palisanderholz saß eine schwarzhaarige Schönheit in einem grauen Hosenanzug. Das tief ausgeschnittene schwarze T-Shirt zeigte ein makelloses Dekolleté. Ihre Haare hatte sie zu einem Knoten gebunden. Zusammen mit einer

Brille mit einem dicken, schwarzen Gestell verlieh ihr das ein strenges Äußeres.

„Guten Tag“, sagte Andrea und schaute der Sekretärin fest in die Augen.

„Mein Name ist Andrea Schiffer. Ich habe einen Termin mit Herrn Stelter.“

Andrea ließ ihren Blick durch das weiträumige Büro gleiten. Alles wirkte ungewöhnlich aufgeräumt. Eine Sitzgruppe in dickem, braunem Echtleder strahlte Gemütlichkeit aus.

„Einen Augenblick bitte. Ich sage Herrn Stelter Bescheid. Nehmen Sie bitte so lange dort Platz“, dabei deutete sie mit der Hand auf die Sitzgruppe und verschwand fast geräuschlos durch die hinter ihr liegende Türe.

Bereits nach wenigen Augenblicken kam sie zurück.

„Herr Stelter bittet Sie, sich noch wenige Minuten zu gedulden“, sagte sie mit einem breiten, wie Andrea fand, geschäftsmäßigem Lächeln.

Andrea musste sich also gedulden. Wieder überlegte sie, weswegen Stelter sie so kurzfristig hierher bestellt hatte. Konnte er nicht mehr warten? Wollte er jetzt schneller ein Ergebnis von ihr?

Sie schaute aus dem Fenster. Unter ihr breitete sich Köln mit Rhein, Dom, Hauptbahnhof und Deutzer Brücke aus. Am Horizont konnte sie die Industrietürme von Dormagen und Leverkusen erkennen. Ein beeindruckendes Panorama, das Andrea von ihren Überlegungen ablenkte.

„Hallo Andrea, schön dich zu sehen“, kam Stelter mit ausgestreckter Hand auf sie zu.

Klaus Stelter war groß gewachsen und überragte Andrea um Kopflänge. Sein kurz geschnittenes Haar war fast weiß und stand in deutlichem Kontrast zu seiner gebräunten Gesichtshaut. In einem maßgeschneiderten Anzug, hellblauem Hemd mit weißem Kragen und mit einer Krawatte in kräftigem Rot stellte er den erfolgreichen Geschäftsmann dar, der er auch war.

„Hallo Klaus", erwiderte Andrea frostig.

Obschon sie Klaus seit ihrer Jugend kannte, war sie angespannt. Ein Lächeln brachte sie nicht zustande. Zudem fühlte sie sich in ihrem grauen Kostüm von der Stange unbehaglich.

„Komm, gehen wir in mein Büro", forderte er sie auf und schüttelte mit einem kräftigen Händedruck ihre zierliche Hand. Ihre Hand schmerzte.

„Setz dich", befahl er ihr, als sie sein Büro betrt und er die Türe geschlossen hatte.

Lässig wies er zu einer ähnlich pompösen, braunen Sitzgruppe, von wo man, wie im Vorzimmer seiner Sekretärin, das Panorama von Köln genießen konnte. Alle Freundlichkeit war mit einem Male bei diesem Befehl aus seiner Stimme und Miene gewichen. Er schaute Andrea an, ohne ein weiteres Wort zu sagen. Eisiges Schweigen breitete sich aus. Andrea hatte plötzlich keinen Blick mehr für die schöne Aussicht über Köln.

„Wieso hast du mich hierher bestellt?", fragte sie, um die unerträgliche Stille im Raum zu brechen.

„Ich brauche Ergebnisse. Von dir. Sofort", kam es wie Peitschenhiebe aus Stelters Mund.

„Ja, aber du hast ...", versuchte Andrea den Ansatz eines Einwandes.

„Ich hab dir dreißigtausend Euro vorab gegeben und du hast nach drei Monaten noch überhaupt nichts erreicht. Wahrscheinlich liegst du mit dem alten, sturen Sack nur im Bett herum und vergnügst dich – und vergisst dabei unsere Abmachung", schrie er fast und sprang aus seinem Sessel auf.

Verärgert und mit hochrotem Kopf schritt er durch sein Büro, bis er wieder vor ihrem Sessel stand. Eine Hand auf die Armlehne aufgestützt und sein Gesicht direkt vor ihrem, sprach er jetzt ganz leise und seine blauen, eiskalten Augen schauten fest und unerbittlich in die ihren.

„Mir steht das Wasser bis zum Hals. Wenn dieser Altmann nicht bald einem Verkauf zustimmt, ist das gesamte Projekt in Gefahr – und du weißt, was ich alles darin investiert habe."

Er baute sich jetzt gerade vor Andrea auf und schaute von oben auf sie herab.

„Ich gebe dir noch zwei Wochen Zeit. Dann will ich seine Unterschrift, andernfalls will ich sofort den Vorschuss zurück und, glaube mir, dann wird es dir schlecht ergehen", drohte er.

Andrea schluckte schwer und wandte den Blick von ihm ab.

„Das kannst du doch nicht von mir verlangen. Wie soll ich ihn denn in zwei Wochen zu einer Unterschrift bewegen? Und den Vorschuss habe ich längst ausgegeben. Damit habe ich meine Schulden beglichen", stammelte sie.

„Du kennst jetzt meine Forderung. Davon gibt es kein Zurück mehr. Unternimm irgendetwas. Was, ist mir völlig egal, Hauptsache wir bekommen das Grundstück", stellte Stelter unnachgiebig fest und fügte im Nachsatz mit einem Lächeln ganz leise hinzu: „Die Kinder des Alten würden sofort verkaufen, wenn die das Grundstück erben würden."

Stelter drehte sich zum Fenster um und schaute auf die Kulisse von Köln. Andreas Blick wanderte irritiert von Klaus Stelters Rücken, den er ihr zugekehrt hatte, zu seinem unaufgeräumten Schreibtisch.

Trotz ihrer Anspannung musste sie irgendwie innerlich lächeln. Er liebte Ordnung noch genau so ungern, wie seinerzeit in ihrer Jugend. Mappen, Papiere lagen durcheinander neben und übereinander. Dazwischen lag seine Lesebrille, die er in Anwesenheit von Besuchern aus Eitelkeit nicht aufsetzte, und am oberen Rand des Schreibtisches stand eine Flasche mit einem Medikament. Andrea beugte sich vor, damit sie lesen konnte, um welches Medikament es sich handelte. Danach ließ sie sich sofort wieder in die Polster des Sessels zurückfallen.

Klaus Stelter zeigte keinerlei Reaktion, das Gespräch weiter fortzuführen zu wollen. Andrea merkte, dass für Stelter das Gespräch beendet war, und sie erhob sich aus dem luxuriösen Ledersessel. Sie hatte verstanden, was Stelter von ihr verlangte, und ihr war übel. Ohne ihn nochmals anzusehen, schlich sie langsam zur Türe und verließ das Büro.

Die Sekretärin schaute ihr leicht verwirrt hinterher, als Andrea langsam, ohne aufzublicken, und ohne Gruß, die Firma verließ.

Wie in Trance durchquerte sie den riesigen Eingangsbereich des Bürohauses und betrat durch die Drehtür den Bürgersteig. Ein frischer Wind schlug ihr ins Gesicht. In ihrem Kopf hatte sich ein massives Chaos ausgebreitet und Sie konnte keinen klaren Gedanken mehr fassen. Sie hatte ihren Wagen im Parkhaus an der LANXESS-Arena abgestellt und musste daher noch einige Hundert Meter gehen. In der Zeit konnte sie versuchen, wieder einen klaren Kopf zu bekommen. Als sie in ihren Wagen eingestiegen war, blieb sie noch einige Minuten sitzen und überlegte.

Sie wusste, Stelter hatte sie in der Hand. Wenn sie nicht zum Ziel kam, würde er ohne Zögern ihre politische Stellung, ihre Existenz, ihr ganzes Leben vernichten. Stelter hatte nicht nur durch seine Firma Einfluss. Er war gebürtiger Troisdorfer wie sie, wohnte in Troisdorf und genoss durch seine vielen Engagements, Spenden und Mitgliedschaften in Vereinen großes Ansehen.

Auf ihren Mann konnte sie nicht zählen. Der hatte nur den Fußball und seine Schiedsrichtertätigkeit im Sinn.

Sie durfte keine Zeit verschwenden. Auch wenn sie heute Morgen Paul verärgert verlassen hatte, als dieser in Rage zu den Vermessern hinauseilte, musste sie zu ihm zurück und etwas unternehmen – und zwar umgehend.

Sie startete den Motor, verließ das Parkhaus und fuhr zurück nach Troisdorf.

*

Theo Altmann, der Sohn von Paul Altmann, ging zielstrebig die Kerpstraße in Sieglar entlang, direkt auf „Café Bröhl" zu. Er trug, wie fast immer, einen feinen, grauen Nadelstreifenanzug. Trotz der kühlen Witterung hatte er auf eine Jacke oder einen Mantel verzichtet. Seinen Wagen, einen alten Opel Astra, hatte er auf dem öffentlichen Parkplatz „Im Gässchen" abgestellt. Durch sein ansprechendes und gepflegtes Äußeres vermutete man einen Banker in gehobener Stellung oder einen erfolgreichen Unternehmer in ihm. Diese Einschätzung entsprach jedoch nicht den tatsächlichen Gegebenheiten. Er war zwar Unternehmer, der Erfolg hatte ihn allerdings vor längerer Zeit verlassen, was alleine seine Schuld war.

Die Besuche in der Spielbank in Bad Neuenahr waren zunächst noch selten gewesen. Nach anfänglichen kleinen Gewinnen wurde seine Gier nach dem großen Geld immer stärker, die Besuche der Spielbank immer häufiger und sein Verlust immer höher. Wenn er nicht bald zu einem größeren Geldbetrag kam, würde er mit seinem Softwareunternehmen „ConTex“ Insolvenz anmelden müssen.

Für heute Nachmittag hatte er sich mit seiner Schwester Brigitte Kunert verabredet. Sie war 45 Jahre und damit zehn Jahre älter als er. Nicht nur aufgrund des Altersunterschiedes war sie die Dominante unter den Geschwistern. Von Kind an, bei ihren Freundinnen, in der Schule und danach im Berufsleben gab sie den Ton an.

Theo war es wiederum gewohnt, seiner großen Schwester von klein an immer zu gehorchen. So wenig Theo seinem Vater glich, so sehr war sie im Wesen genau wie ihr Vater. Es war daher nicht verwunderlich, dass sie auch von ihrem Ehemann Konstantin uneingeschränkten Gehorsam verlangte. Sie entschied zu Hause und in der Ehe alles.

Wahrscheinlich aus „Versehen“ hatte sie vor siebzehn Jahren ihre Tochter Anja bekommen. Ein zweites Kind wollte sie unter keinen Umständen. Ihr Mann durfte lediglich ihre Entscheidung abnicken. Im Laufe der letzten Jahre war ihr Mann mehr und mehr dem Alkohol verfallen. Sie wollte nicht ihr Leben lang mit den Alkoholproblemen ihres Mannes konfrontiert werden. Daher hatte sie auch in diesem Fall nach kurzer Zeit eine Entscheidung zu ihrem Wohl getroffen und die Scheidung eingereicht. In den nächsten Wochen erwartete sie die Rechtskraft des Urteils. Nur auf die Entscheidungen ihres Vaters hatte sie so wenig Einfluss wie ihr Bruder.

Theo betrat das Café und schaute sich um. An einem kleinen Tisch, etwas abseits der begehrten Fensterplätze, entdeckte er seine Schwester. Er hatte sie lange nicht mehr gesehen. Sie sah noch immer toll aus. Nicht wie fünfundvierzig, sondern wesentlich jünger. Das gelockte, blonde Haar umspielte ihr ovales Gesicht mit der ebenmäßigen Haut. Er fand schon immer, dass sie zu blass wirkte. Aber sie achtete, aus ihm nicht bekannten Gründen, stets darauf, dass die Sonne ihre Haut nicht mehr als unbedingt notwendig beschien. Da sie am Tisch saß, konnte er ihre Figur nur erahnen. Wahrscheinlich war diese noch genauso makellos, wie bei ihrem letzten Treffen vor fast einem Jahr.

Damals trafen sie sich bei ihrem Vater. Der Verkauf der Grundstücke an die „Eigenheim“ hatte gerade begonnen und ihr Vater war damals schon wild entschlossen, nicht zu verkaufen. Alles Zureden von ihm und Brigitte war erfolglos, obschon die „Eigenheim“ einen außergewöhnlich hohen Preis anbot. An der Einstellung ihres Vaters hatte sich bis heute nichts geändert. Sowohl er als auch seine Schwester hatten sich eine ergiebige Summe aus dem Verkauf erhofft. Aus Verärgerung über die sture Haltung ihres Vaters hatten beide den Kontakt zu ihm abgebrochen. Auch ihr Kontakt zueinander war darüber eingeschlafen. Zu unterschiedlich war ihr Leben. Durch den Streit mit ihrem Vater war der einzige gemeinsame Bezug gestört.

Jetzt hatte Theo, aus finanzieller Not heraus, den Kontakt zu Brigitte wieder aufgenommen. Er wollte mit seiner Schwester eine gemeinsame Strategie entwickeln, wie sie ihren Vater zum Verkauf des Grundstückes überreden konnten.

„Hallo Bruderherz“, begrüßte Brigitte ihren Bruder süffisant und musterte ihn dabei herablassend von oben bis unten.

„Hallo Brigitte, danke, dass du gekommen bist. Du siehst wie immer toll aus“, entgegnete Theo freundlich, ohne auf die herablassende Art von Brigitte einzugehen.

Er setzte sich mit dem Rücken zu den anderen Gästen an ihren Tisch. Bei der Kellnerin, die sofort, nachdem er Platz genommen hatte, nach seinen Wünschen fragte, bestellte er ein Pils.

Theo war kein regelmäßiger Biertrinker. Wenn er sich mit Freunden auf ein Bier traf, zog er ein Pils dem hier in der Region Köln üblichen „Kölsch“ vor. Gegenüber seinen Freunden lästerte er dann manchmal aus Spaß über das obergärige, allzu süffige Kölsch und lobte das wesentlich hopfenbittere Pils in den höchsten Tönen. Wie nicht anders zu erwarten, hatte er dann alle Freunde gegen sich und es entwickelte sich ein unterhaltsames „Streitgespräch“.

„Tut mir leid, das mit Franz. Du machst aber nicht den Eindruck einer trauernden Geliebten auf mich.“

Seine Schwester zeigte sich nicht überrascht, dass Theo von ihrem Verhältnis mit Franz Bertram wusste. Wahrscheinlich hatte er sie mit Franz gesehen oder er hatte ihre Tochter getroffen, die geplaudert hatte.

„Na ja, Liebe? Er hat mir den Hof gemacht, das war ganz angenehm. Dass er jetzt tot ist, hat er sicher nicht verdient“, sagte Brigitte und blickte dabei gespielt unglücklich vor sich auf den Tisch.

Die Kellnerin brachte Theo das bestellte Pils, allerdings als Flasche zusammen mit einem Glas und schenkte Theo ein. Brigitte richtete sich wieder gerade auf und schaute Theo direkt ins Gesicht. Die Kümmernis schien verflogen.

„Trinkst auch du jetzt schon tagsüber Alkohol? So fing es bei Konstantin auch an. Mach nur weiter so, dann bist du bald soweit wie er“, spottete Brigitte und setzte dabei ein überhebliches Grinsen auf.

An diesem Morgen verspürte er ausnahmsweise Lust auf ein frisches Bier, auch wenn er wusste, dass dies in der Gegenwart seiner Schwester nicht angebracht war. Vielleicht wollte er sie auch nur provozieren, da er ihre Einstellung zum Alkohol kannte. Er ging aber auf ihre Äußerung nicht ein. Er wusste, eine Antwort hätte nur für unnötige Belehrungen und einen Vortrag über die Auswirkungen des Alkoholkonsums, wie bei ihrem Mann, zur Folge gehabt. Stattdessen nahm er einen tiefen Schluck aus seinem Glas.

„Kommen wir zur Sache. Wir müssen unbedingt überlegen, wie wir Vater zum Verkauf des Grundstückes überreden können. Die Zeit eilt. Aus Verärgerung über sein Verhalten haben wir bisher den Kopf in den Sand gesteckt. Doch das bringt überhaupt nichts. Sollten wir ihn tatsächlich überreden können, wäre der nächste Schritt, ihn dazu zu bewegen, uns einen kräftigen Batzen des Geldes abzugeben“, begann er mit dem Grund ihres Treffens.

„Steht es so schlimm um dich, dass das für dich der letzte Weg ist, um an Geld zu kommen?“, fragte Brigitte und ihr Grinsen wurde um noch einige Nuancen breiter.

„Tu nicht so erhaben, als wenn du keine Geldspritze brauchtest. Wenn demnächst die Scheidung durch ist, brauchen auch du und deine Tochter Geld. Von Konstantin wirst du nicht viel erwarten können. Und dein Lover ist jetzt tot, von dem du dir sicherlich auch einiges erhofft hast. Oder willst du tatsächlich für deinen Lebensunterhalt arbeiten gehen? Das glaubst du doch selbst nicht!“, entgegnete Theo gelassen und eine gewisse Schadenfreude konnte er nicht verheimlichen.

„Du bist geschmacklos. Aber du hast ausnahmsweise Recht. Machen wir mit dem alten Mann gemeinsam einen Termin und versuchen wir unser Glück“, gab Brigitte klein bei.

„Da du gerade von Glück redest. Vielleicht bekommt er ja einen Herzinfarkt und stirbt, wenn wir ihm gehörig zusetzen“, sagte Theo und lachte aus vollem Hals.

„Sei nicht so zynisch. Er ist immerhin noch unser Vater. Sollte er jedoch weiterhin so stur sein wie bisher, wünsche ich ihm allerdings auch kein langes Leben“, stimmte Brigitte ihrem Bruder halbwegs zu, unterdrückte jedoch ein Lachen.

„Wir machen keinen Termin mit ihm, sondern wir besuchen ihn einfach morgen Nachmittag unangemeldet. Nachmittags sitzt er immer in seinem Wintergarten und vertilgt ein Stück Kuchen. Allerhöchstens macht er einen Spaziergang zum See. Wenn wir ihn nicht antreffen, gehen wir ihm entgegen. So weit ist das nicht zum See, wie wir wissen“, schlug Theo seiner Schwester vor.

„Du hast recht. So machen wir es. Wir treffen uns siebzehn Uhr vor Vaters Haus“, stimmte Brigitte zu.

Theo trank sein Bier aus, erhob sich und reichte seiner Schwester die Hand. Er hatte nicht vor, seine Zeit mit höflicher Konversation zu vergeuden.

Er bezahlte bei der Kellnerin an der Kuchentheke und verließ das Café.

Brigitte blieb noch eine Weile sitzen, um in Ruhe ihren Cappuccino zu trinken. Sie dachte nach, wie sie den morgigen Nachmittag erfolgreich abschließen könnten. Dabei bildeten sich tiefe Falten auf ihrer ansonsten glatten und makellosen Stirn. Theo hatte recht, es musste etwas geschehen!

9. Kapitel

Es war Kirmes am Rhein, die letzte Kirmes im Umkreis für dieses Jahr ... und bevor später die Weihnachtsmärkte eröffneten, konnte hier noch mal richtig gefeiert werden. Heute war der letzte Tag des Festes.

Kurz nach Mitternacht steuerte Dominik Bertram das Bierzelt an. Die Schausteller hatten bereits vor Stunden ihre Fahrgeschäfte und Buden geschlossen und viele von ihnen waren schon abgereist. Der größte Teil des Kirmesplatzes lag jetzt nur noch im fahlen Schein der Straßenlaternen. Bei zwei größeren Fahrgeschäften waren Männer noch im hellen Licht von Scheinwerfern mit den Abbauarbeiten beschäftigt.

Lediglich im Bereich des Festzeltes, das in diesem Jahr erstmals die örtlichen Vereine und die Feuerwehr aufgebaut hatten, schien es noch hoch herzugehen. Die Musik schallte über den Platz und einige Besucher verließen das Zelt und suchten schwankend den Weg nach Hause. Die schwach beleuchtete Seite des Zeltes hatte sich ein Liebespaar zum Austausch von Zärtlichkeiten ausgesucht. In der Nähe des Zeltes saßen die Sanitäter gelangweilt in ihrem Krankenwagen und auch die Besatzung des Feuerwehrwagens sehnte das Ende ihres Einsatzes herbei.

Dominik und seine Freundin waren Freitag zur Eröffnung der Kirmes mit traditionellem Fassanstich hier gewesen. Es wurde eine lange, feucht-fröhliche Nacht, die allerdings ihren Tribut forderte. Am nächsten Tag waren er und seine Freundin daher nur wenige Stunden dort und hielten sich mit dem Trinken des Alkohols stark zurück.

Wegen des Todes seines Vaters hatte seine Mutter ihn gebeten, nicht mehr die Kirmes und das Bierzelt aufzusuchen. Sie dachte dabei auch an das mögliche Gerede der Leute. Auch Dominik selbst verspürte keine richtige Lust, sich in den Trubel der Kirmes und des Festzeltes zu stürzen.

Nachdem er heute seine Freundin Anja nach Hause gefahren hatte, empfand er plötzlich aber doch den Drang, noch einmal bei seinen Freunden im Kirmeszelt vorbei zu schauen.

In seiner Kindheit wohnte er mit seinen Eltern hier am Rhein. Bereits als kleiner Junge war er der Freiwilligen Feuerwehr beigetreten. Nachdem er mit seinen Eltern später nach Müllekoven gezogen war, blieb er trotzdem weiter Mitglied der hiesigen Löschgruppe. Er hatte die Kirmes mit seinen Freunden aus der Feuerwehr mitorganisiert und wollte daher schon sehen, was am Ende daraus geworden war.

Dominik betrat das Festzelt. Zigarettenrauch schlug ihm entgegen und es roch nach Bier und Essen. Im Gegensatz zu den kühlen, frischen Außentemperaturen war die Luft im Zelt erhitzt und von Zigarettenrauch geschwängert.

Der „Zacheies" oder „Nubbel", wie er heute genannt wurde, war wie jedes Jahr am letzten Kirmestag bei Einbruch der Dämmerung öffentlich am Rheinufer verbrannt worden. Bei diesem alten Brauch handelte es sich um eine Strohpuppe, die symbolisch die Kirmes verkörperte und als Sündenbock die Gemeinschaft entlasten sollte. Durch die Verbrennung sollten alle Sünden, die während der Kirmes begangen wurden, vergeben sein.

Danach wurde die Stimmung im Zelt immer ausgelassener und bierlastiger. Mehrere Hundert Besucher saßen noch an den Tischen oder drängten sich um die Theke. Die Musiker der Liveband hatten ihre Instrumente eingepackt. Sie belagerten die Theke und versuchten das bisher entgangene Bier aufzuholen.

Die Musik kam jetzt von einer CD-Anlage und war zwar wesentlich leiser als die Stimmungsmusik der Liveband, dafür waren die Menschen an der Theke und an den Tischen jetzt wesentlich lauter geworden. Drei Paare schwankten einsam auf der Tanzfläche im Rhythmus der Musik. Jede Frau hatte ihren Kopf an die Schulter ihres Mannes gelehnt und die Männer umfassten ihre Tanzpartnerinnen mit ihren Armen, wahrscheinlich in der Hoffnung, dadurch mehr Standfestigkeit zu erlangen.

Dominiks Freunde standen in einer großen Gruppe in der Nähe der Theke. Alle hielten ein mehr oder weniger gefülltes Glas Bier in der Hand. Dominik wurde mit großem Hallo von seinen Freunden begrüßt. Wahrscheinlich hatten viele noch nichts vom Tod seines Vaters gehört. Nachdem er verhalten die Begrüßung erwiderte, begann ein Getuschel unter seinen Freunden hinter vorgehaltener Hand, bis dann auch der Letzte über die Tat am Sieglarer See informiert war.

Die Stimmung hatte einen Bruch bekommen. Keiner wagte es, ein Wort an Dominik zu richten. Was sollte man in solch einer Situation auch sagen?

Bis dann Achim, einer der Ältesten, auf ihn zukam. Er reichte ihm ein frisches Bier. Dominik nahm dankbar an und trank gierig einen großen Schluck. Achim legte den Arm um ihn und sprach für alle anderen.

„Wir können uns vorstellen, wie es dir geht. Du hast unser aller Mitgefühl. Wir sind sicher, die Polizei wird dieses Schwein finden, der euch das angetan hat. Wir finden es gut, dass du trotzdem kurz hier vorbeischaust – du hast schließlich die Kirmes mit organisiert."

„Danke", sagte Dominik nur.

Er schluckte mehrmals schwer und dann kam seine ganze Wut heraus.

„Die Polizei braucht nicht lange zu suchen. Dieser Altmann hat sicher Dreck am Stecken. Den sollten sie mal verhören. Der ist doch sauer, dass mein Vater das Grundstück an die „Eigenheim GmbH" verkauft hat. Vor allem aber, dass er die Anderen überredet hat, ebenfalls zu verkaufen. Er hat meinem Vater sogar gedroht, wenn er nicht den Mund hält, würde er ihn umbringen."

Die Köpfe der meisten Freunde wandten sich zur Seite und schauten auf eine Gruppe älterer Besucher, die an einem der Tische in der Nähe saßen. Dominik folgte den Blicken und wurde puterrot im Gesicht, als er dort Paul Altmann erblickte, der lachend inmitten einer Runde Männer saß. Der Tisch vor ihnen war überfüllt mit leeren Bierflaschen. Mit Sicherheit war keiner dieser Männer mehr annähernd nüchtern.

Dominiks Augen waren weit aufgerissen und bohrten sich in das Gesicht von Paul Altmann. Für seine Freunde völlig unerwartet, drehte sich Dominik halb um und schoss auf den Tisch der Männer zu. Zwei der Männer drückte er zur Seite, die ihm aufgrund ihres Alkoholpegels keine ernsthafte Gegenwehr entgegenbrachten. Mit aufgestützten Armen und dem Gesicht kurz vor dem Gesicht von Paul Altmann schrie er: „Du Mörder! Du hast meinen Vater umgebracht!"

Dominik packte Altmann mit beiden Händen an dessen Jacke und wollte ihn zu sich über den Tisch ziehen. Auch wenn Altmann bereits siebzig Jahre alt war, sprang er, trotz Dominiks festem Griff, behände auf und packte Dominik und zog ihn seinerseits über den Tisch. Dominik war überrascht, damit hatte er nicht gerechnet.

Die leeren Bierflaschen fielen zu Boden und Dominik verlor das Gleichgewicht und lag mit dem Bauch auf dem Tisch. Altmann ergriff seine halb leere Bierflasche und erbarmungslos landete diese auf Dominiks Hinterkopf und Genick. Das Letzte, das er sah, waren die Fußspitzen von Paul Altmann. Kopfüber landete er unsanft auf dem Boden des Festzeltes.

Inzwischen hatten die Freunde der Löschgruppe den Tisch erreicht. Die anfänglichen Versuche, den Streit zu schlichten, verpufften kläglich, als Paul Altmann erneut zum Schlag ausholte, um einen von Dominiks Freunden ebenfalls mit der Bierflasche niederzustrecken. Der Angegriffene konnte gerade noch ausweichen. Altmann fiel vom Schwung seines eigenen Schlages nach vorne auf den Boden. Jetzt brachen alle Dämme. Zwischen Altmanns Freunden und den jungen Männern der Feuerwehr entwickelte sich eine handfeste Schlägerei.

Plötzlich knallte und zischte es mehrmals laut, und beißender Rauch breitete sich im Zelt aus. Menschen schrien wild durcheinander. Der Rauch erschwerte zunehmend das Atmen und die Sicht. Durch die Anstrengung der Prügelei drang der Rauch bei jedem Atemzug tief in die Bronchien.

Nach und nach stellten die beiden prügelnden Gruppen ihre Aktivitäten ein. Durch den Rauch und den Sauerstoffmangel, und sicherlich auch durch den hohen Alkoholkonsum, brach ein Freund von Altmann als Erster zusammen und landete unsanft zwischen Bank und Tisch. Ihm folgte ein weiterer Freund von Altmann. Auch einige der jungen Männer schwankten und suchten den Weg zum Ausgang.

Bereits im Mittelgang, noch weit vom Ausgang entfernt, drängten sich die Menschen, um möglichst schnell in die Sicherheit der frischen Luft zu gelangen.

Dominiks Lebensgeister waren wahrscheinlich durch den beißenden Rauch wieder erwacht. Er versuchte, sich aufzurichten. Sein Kopf schmerzte und er schwankte, bis er wieder unsanft auf den Boden fiel.

Er betastete seinen Kopf an der Stelle, wo ihn Altmann mit der Flasche niedergestreckt hatte. Als er seine Hand danach betrachtete, war sie rot von Blut. Er geriet in Panik. Flaschen und Gläser fielen neben ihm zu Boden und zerbrachen.

Er versucht kein zweites Mal, sich zu erheben. Auf allen Vieren kroch er über den Boden, unter Tischen und Bänken hindurch, so schnell es ihm möglich war, in Richtung Ausgang.

Trotz der Lautstärke hörte er direkt in seiner Nähe das bekannte Geräusch eines betätigten Feuerlöschers und es schien, als ob sich der Qualm noch verstärkte. Inzwischen hatte er den Hauptgang erreicht. Vor sich sah er eine Menge Füße und Beine, die sich langsam in eine Richtung fortbewegten.

Der Holzfußboden vibrierte von der trampelnden Menschenmenge. Er traute sich nicht, sich aufzurichten – aus Angst, umgestoßen zu werden und wieder unsanft auf dem Holzboden des Zeltes zu landen. Auch schien die Luft kurz über dem Boden nicht so sehr mit Qualm erfüllt zu sein. Dafür war an manchen Stellen der Boden mit Glassplittern von heruntergefallenen Gläsern übersät.

Hin und wieder schob die Menschenmenge Tische und Bänke ineinander. Dabei fielen immer wieder weitere Flaschen und Gläser zu Boden. Dominik hatte Glück, dass ihn bisher keine Flasche am bereits verletzten Kopf getroffen hatte.

Damit man ihn nicht niedertrampelte, kroch er hauptsächlich unter den Tischen und Bänken am Rand der Menschenmenge in die gleiche Richtung, in der Hoffnung, bald den Ausgang zu erreichen.

Das Atmen fiel ihm zunehmend schwerer. Schweißtropfen, gemischt mit seinem Blut von der Kopfwunde, liefen ihm in die Augen. Seine Augen schmerzten und seine Bewegungen verlangsamten sich. Er wusste, dass er nicht mehr lange durchhalten konnte.

Plötzlich rissen ihn zwei kräftige Hände in die Höhe. Zwei starke Arme schlangen sich um seinen Körper und hoben ihn mehr als er ging in Richtung zur Zeltseite. Nach kurzer Zeit verspürte er einen frischen, kühlen Luftzug und nach weiteren Augenblicken war er in der Lage, seine Lunge mit frischer Luft zu füllen. Zwei Feuerwehrmänner in Uniform und mit Atemschutzgerät ausgerüstet, hatten ihn durch eine Öffnung in der Zeltplane nach draußen gebracht. Nach einigen tiefen Atemzügen ging es ihm besser. Die beiden Feuerwehrmänner setzten ihn auf eine Bank.

Eine in weißer Hose und orangefarbenem Oberteil bekleidete Ärztin trat auf ihn zu und fragte bestimmt: „Haben Sie Schmerzen?“

„Ja, mein Kopf, hier hinten, schmerzt fürchterlich“, antwortete Dominik und befühlte mit der Hand seinen Hinterkopf.

Als er die Hand wieder nach vorne nahm, hatte er erneut frisches Blut an seinen Fingern.

Die Ärztin trat hinter ihn und er spürte, wie sie seinen Kopf abtastete, wodurch der Schmerz zunahm.

„Eine Platzwunde“, hörte er sie sagen.

„Nichts Schlimmes. Wir nehmen Sie später mit ins Krankenhaus zur Behandlung. Ich lege Ihnen jetzt einen Notverband an. Kommen Sie bitte mit zum Notarztwagen. Können Sie alleine gehen?“, fragte die Ärztin.

„Natürlich“, stimmte er kaum hörbar zu, obschon er noch etwas wackelig auf den Beinen stand, als er sich erhob.

Dominik folgte ihr langsam zum Rettungswagen.

Auf dem freien Gelände um das Zelt herum herrschte Chaos. Eine stattliche Anzahl Rettungs- und Polizeiwagen erleuchtete die Nacht in einem gespenstigen blauen, flackernden Licht. Viele Menschen saßen auf dem Boden, einige lagen auf Decken und wurden von Sanitätern betreut. Die Polizei war gerade dabei, das nähere Gelände um das Zelt mit weiß-rotem Flatterband abzusperren und die Zuschauer zurückzudrängen. Die Menschen standen in Gruppen zusammen und besprachen, was hier geschehen war, und vor allem, wer der Schuldige oder die Schuldigen waren. Eine Antwort fanden sie nicht.

Auch Dominik suchte nach einer Erklärung für den extremen Rauch und für das Chaos.

„Was ist hier los?“, fragte er die Ärztin an seiner Seite.

„Irgendwelche Verrückte haben Bengalos und Rauchbomben gezündet. Der Rauch konnte im Zelt nicht abziehen und die Menschen stürzten in Panik ins Freie“, gab die Ärztin bereitwillig Auskunft.

„Viele Besucher haben eine Rauchgasvergiftung erlitten oder wurden beim Verlassen des Zeltes in der Menschenmenge verletzt. Zum Glück haben wir keine Schwerverletzte oder sogar Tote zu beklagen“, fuhr sie fort.

Mein Gott. Und das hoffentlich nicht wegen meiner Prügelei mit diesem verdammten Altmann, dachte Dominik, sagte aber nichts.

Die Ärztin versorgte seine Kopfwunde und klebte auch ein Pflaster über eine Schnittwunde an seiner Hand, die er bisher noch nicht bemerkt hatte. Er hatte Glück.

Die Kopfwunde war nicht so schlimm, dass er ins Krankenhaus musste.

Nachdem seine Wunden versorgt waren, blieb er in der Nähe des Rettungswagens sitzen. Er schaute sich um. Paul Altmann konnte er nirgendwo entdecken. Wurde er womöglich ins Krankenhaus eingeliefert oder hatte er auch Glück und war unverletzt dem Chaos entkommen und lag womöglich bereits zu Hause im Bett?

Wenn er daran dachte, loderte der Hass in ihm wieder auf.

Nach einer Weile kam die Ärztin nochmals zu ihm und erkundigte sich nach seinem Befinden.

Es ging ihm inzwischen den Umständen entsprechend gut, obschon eine leichte Gehirnerschütterung nicht auszuschließen war. Der Schlag von Paul Altmann hatte seinen Kopf nicht voll getroffen und die Wucht des Schlages war vom Hinterkopf auf seinen Schultergürtel abgerutscht.

Er traute sich selbst nicht mehr zu mit dem Wagen zu fahren und hatte daher seine Mutter angerufen. Sie wollte ihn in Kürze abholen.

Er hatte nur noch ein Bedürfnis – er wollte schlafen.

10. Kapitel

Eisenstein betrat am Dienstagmorgen sehr früh sein Büro. Es war noch keine sieben Uhr. Weder sein Kollege Kern noch seine Bürokraft Sybille Baum waren da.

Nicht, dass Eisenstein grundsätzlich ein Frühaufsteher war, nein, er wollte nur Inka heute Morgen aus dem Weg gehen und nicht mit ihr reden.

Als er gestern nach Hause gekommen war, war Inka bereits da. Sofort begann sie wieder mit dem Thema „neue Wohnung“. Eisenstein ließ sie reden. Hin und wieder brummte er ein „Ja“. Inka störte seine Redefaulheit nicht. Sie erzählte mit Begeisterung, wie toll doch die neue Wohnung sei und wie sie sie einzurichten gedachte. Mit den Gedanken war Frank jedoch nicht bei ihr und der Wohnung. Ihn beschäftigte sein Fall.

Was war diese Frau des Toten, Ingrid Bertram, doch für eine seltsame Frau. Dann war da noch dieser Satz, den sie in der Rechtsmedizin sagte: *„Er hat es nicht besser verdient.“* Als sie ihm von dem Verhältnis ihres Mannes erzählte, konnte er sie halbwegs verstehen. Aber trotzdem – ihr Verhalten war nicht normal für eine Frau, die mit ihrem Mann Jahrzehnte verheiratet war und der plötzlich unerwartet verstorben war. Nein, sogar ermordet wurde.

Irgendwann im Laufe des Abends täuschte er Müdigkeit vor und ging zu Bett. Hier konnte er ungestört nachdenken. Aber nach kurzer Zeit fiel er in einen traumlosen Schlaf. Inka schaute währenddessen noch längere Zeit Fernsehen. Wann sie ins Bett gekommen war, hatte er nicht mehr bemerkt. Heute Morgen wollte er sich Vorwürfe ersparen und einem weiteren Gespräch über die Wohnung aus dem Weg gehen. Er stand leise auf und verließ ohne Frühstück die Wohnung. Inka schlief noch fest. Er hatte ihr einen Zettel auf den Küchentisch gelegt:

Guten Morgen, mein Schatz. Ich wünsche Dir einen guten Tag. Warte nicht auf mich, es wird heute Abend später.

Am Abend sollte das Treffen bei Susanne stattfinden. Er mochte Inka davon nichts im Vorfeld erzählen. Mit diesen paar Worten auf dem Zettel hatte er das Problem gelöst. Zumindest fürs Erste. Er hatte sich vorgenommen, nach dem Treffen mit Inka darüber zu sprechen.

Die laute Stimme von Sybille Baum riss ihn aus seinen Gedanken.

„Morgen, Chef. Haben Sie schon die Zeitung gelesen? Hier, schauen Sie einmal. Im Festzelt einer Kirmes auf der anderen Rheinseite wurden Rauchbomben gezündet. Außerdem gab es auch noch eine Schlägerei. Man ist wirklich nirgendwo mehr sicher", mit diesen Worten warf sie die Zeitung auf Eisensteins Schreibtisch. Die entsprechende Lokalseite prangte obenauf.

„Danke", sagte Eisenstein.

Frau Baum blieb am Schreibtisch ihres Chefs stehen und beobachtete aufmerksam seine Reaktion.

Eine Schlägerei auf einer Kirmes interessierte ihn nun wirklich nicht. Hatte er doch andere Probleme. Aus Höflichkeit seiner Mitarbeiterin gegenüber nahm er die Zeitung in die Hand. Ein Bild zeigte das nächtliche Chaos vor dem Festzelt. Der Reporter hatte einen ersten Bericht zu den Ereignissen geschrieben, den Eisenstein zu lesen begann:

Mindestens 20 Menschen sind in der Nacht zu Dienstag im Festzelt auf der Kirmes am Rhein verletzt worden. Im Zelt wurden bengalische Feuer und Rauchbomben gezündet und zahlreiche Besucher erlitten Rauchgasvergiftungen.

Nachdem in diesem Jahr bei einer Maifeier in Troisdorf-Kriegsdorf bereits bengalische Feuer entzündet wurden, wiederholte sich dieser Vorgang jetzt im Kirmeszelt erneut.

Zum ersten Mal hatten die Veranstalter ein Festzelt aufgebaut. Zu später Stunde zündeten vermutlich alkoholisierte Jugendliche bengalische Fackeln an, die manch einer noch von Fußballspielen aus naher Vergangenheit in erschreckender Erinnerung hat. Gegen 0.45 Uhr ging der Notruf bei der Polizei ein. Was folgte, war ein Großeinsatz von Polizei, Feuerwehr und Notärzten. In dem Zelt konnte der extreme Rauch der sogenannten Bengalos nicht abziehen und in Windeseile litten zahlreiche Besucher des Festes unter starken Atembeschwerden. Fluchtartig stürzten die Besucher ins Freie. Ca. 20 Personen wurden vor Ort oder später in Krankenhäusern behandelt, drei ältere Personen mussten im Hospital bleiben. Laut Polizei hatte es vorher eine gewalttätige Auseinandersetzung zwischen einer Gruppe Jugendlicher und mehreren älteren Besuchern gegeben. Anlass der Auseinandersetzung war wahrscheinlich ein bereits langandauernder Streit wegen des Verkaufs von Grundstücken in Müllekoven im Zusammenhang mit einem Bauprojekt der Firma „Eigenheim GmbH".

Eine der Personen, die ein Bengalo entzündet hatte, konnte bereits ermittelt werden. Es handelt sich dabei um einen 20-jährigen Mann aus Köln. Ihn erwartet nun ein Strafverfahren wegen gefährlicher Körperverletzung. Die Zündung der Bengalos und Rauchbomben soll laut Aussage der Polizei nicht im Zusammenhang mit der Schlägerei stehen.

Einige Jugendliche löschten mit einem Feuerlöscher, zumal viele der noch anwesenden Jugendlichen in der freiwilligen Feuerwehr sind. Sie konnten aber eine riesige Verqualmung im Zelt nicht verhindern. Gleichwohl sei die Räumung des Zeltes ohne größere Panik erfolgt. Der vor Ort den Einsatz leitende Feuerwehrchef zog am Ende des Einsatzes Bilanz: „Die Zusammenarbeit zwischen den Rettungskräften, die auch aus den benachbarten Orten kamen, hat gut geklappt." Zudem waren fünf Einsatzwagen der Polizei vor Ort.

Der Name *„Eigenheim GmbH"*, im Zusammenhang mit dem Verkauf von Grundstücken in Müllekoven, elektrisierte Eisenstein.

„Das ist ja ein Ding. Ich muss mit den Kollegen vom zuständigen Revier reden, damit die mir sagen, wer an der Schlägerei beteiligt war", sagte Eisenstein zu sich selbst, als er den Bericht gelesen hatte.

Und zu Frau Baum gewandt, die noch immer vor seinem Schreibtisch stand: „Danke, Frau Baum. Sie können jetzt mit Ihrer Arbeit beginnen."

Als Ronni Kern kurz vor acht Uhr das Büro betrat, legte ihm Eisenstein sofort den Zeitungsbericht vor. Ronni überflog den Bericht. Auch ihm sprang sofort der Name „Eigenheim GmbH" ins Gesicht.

„Ich habe bereits mit den Kollegen vom zuständigen Revier gesprochen. Sie hatten sich noch in der Nacht bei den jungen Leuten umgehört. Anlass der Schlägerei war ein Streit zwischen Dominik Bertram und Paul Altmann. Wo Altmann abgeblieben war, weiß niemand", informierte Eisenstein seinen Kollegen, während dieser jetzt noch ausführlich den Artikel las.

Während Ronni Kern noch las, stand Eisenstein auf und ging zu seiner Bürokraft Sybille Baum.

„Frau Baum, haben Sie gestern etwas über Franz Bertram in Erfahrung bringen können?"

„Aber sicher, Chef."

Sie nahm sich einen Block in Größe DIN A4 vom Schreibtisch und begann zu blättern. Nach einigen Seiten hielt sie inne und strahlte ihren Chef an.

„Also, Franz Bertram ist vor ungefähr zehn Jahren nach dem Tod seines Vaters von Porz-Ranzel in das elterliche Haus nach Troisdorf-Müllekoven gezogen. Anfangs wohnte seine Mutter noch mit im Haus. Sie muss ein richtiger Drache gewesen sein. Bertrams Frau verstand sich überhaupt nicht mit ihr. Da Franz seine Mutter immer in Schutz nahm, stritten die Eheleute häufig miteinander. Franz verließ dann immer öfter das Haus und ging zum Angeln, wo er seine Ruhe hatte. Als seine Mutter dann vor drei Jahren starb, besserte sich das Verhältnis zu seiner Frau trotzdem nicht mehr. Mit dem Verkauf des Grundstückes hat er das große Los gezogen. Franz lebte auf, bezahlte seine restlichen Schulden, die er von den Eltern übernommen hatte. Er machte mehrtägige Angeltouren und traf sich häufig mit Freunden. Die Nachbarin sagte, er hätte sogar eine Freundin. Mit anderen Worten: Er war immer unterwegs und selten zu Hause. Seine Frau saß alleine zu Hause und verbitterte immer mehr."

„Toll, Frau Baum, wo haben sie das denn alles erfahren?", unterbrach Eisenstein sie verwundert.

„Na ja, ich wohne in Troisdorf-Bergheim und kenne eine ganze Menge Leute, die wiederum auch eine Menge Leute kennen. So ist das halt bei uns auf dem Dorf."

„Dann machen sie mal weiter", forderte Eisenstein seine Mitarbeiterin auf.

„Also", fing sie wieder an. Wahrscheinlich begann so jeder Bericht von ihr. Eisenstein kannte seine Mitarbeiterin in dieser Beziehung noch nicht so gut.

„Sein Bruder wohnt in Troisdorf-Eschmar. Der ist Bauer. Er hatte aber zu Franz Bertram keinen Kontakt mehr. Sie hatten sich irgendwann gestritten, wahrscheinlich als Franz in das Haus der Eltern zog. Seine Frau hat keine Geschwister. Franz und Ingrid Bertram haben einen Sohn, den Dominik. Der studiert – ich glaube Sport und noch ein Studienfach, das habe ich vergessen zu notieren.

Franz Bertram arbeitete bei den Stadtwerken in Troisdorf im Außendienst. Er war beliebt und sein Chef sagte mir, dass es keine Probleme mit ihm gab.

In den Angelverein war er eingetreten, als er nach Troisdorf-Müllekoven gezogen war. Früher, in Porz, hatte er im Rhein geangelt, er war aber nicht Mitglied eines Vereins. Bei seinen Angelfreunden war er als lustiger, geselliger Kumpel angesehen.

Franz Bertram hatte keinerlei Vorstrafen und auch keine Feinde. Außer mit Paul Altmann, da schien einiges im Argen zu liegen. Die beiden, die früher befreundet waren, hatten unterschiedliche Einstellungen zum Verkauf der Grundstücke an die ´Eigenheim GmbH´. Da hatte es zwischen den beiden in der Vergangenheit schon mal gekracht."

Frau Baum schlug ihren Block zu und schaute Eisenstein stolz mit großen Augen an.

„Frau Baum, das haben Sie toll recherchiert und dann in so kurzer Zeit. Ich glaube, wenn Sie noch das Rauchen einstellen, steht uns eine gute Zusammenarbeit bevor“, lachte Eisenstein.

Als er Frau Baum anschaute, meinte er, eine leichte Röte in ihrem Gesicht aufsteigen zu sehen. Nun, es war immerhin für sie das erste Kompliment von ihrem neuen Chef.

„Lass uns später zu diesem Altmann fahren und ich möchte danach auch noch einmal mit Dominik Bertram sprechen“, sagte er zu Ronni, als er wieder an seinem Schreibtisch saß.

Eine Stunde später machten sich beide auf den Weg zu Paul Altmann nach Müllekoven.

Als sie Paul Altmanns Haus erreichten, sahen sie, dass die Rollläden an allen Fenstern noch nicht hochgezogen waren. Ronni hielt mehrmals lange den Finger auf den Klingelknopf. Nach einer Weile öffnete sich die Türe einen Spalt und Altmann blinzelte in das helle Tageslicht.

„Wissen Sie eigentlich, wie spät es ist. Ich hatte gestern einen furchtbaren Abend und ich brauche unbedingt noch etwas Schlaf“, beschwerte er sich, als er die beiden Kriminalbeamten erkannte.

„Wir haben nur ein paar Fragen. Wenn Sie uns diese beantwortet haben, können Sie weiterschlafen. Es ist schon merkwürdig. Wir besuchen Sie zum zweiten Mal und jedes Mal hatten Sie vorher eine Schlägerei. Zuerst mit den Vermessern und jetzt auf der Kirmes“, begann Eisenstein und drückte dabei die Türe weiter auf.

Altmann ging vorweg und winkte den Beamten, ihm zu folgen. Im Hausflur roch es muffig. Altmann ließ sich schwer in einen Sessel fallen. Die beiden Kommissare nahmen auf dem Sofa daneben Platz. Von Altmann gingen eine starke Bierfahne und der Geruch von kaltem Zigarettenqualm aus. Offensichtlich hatte er nach dem Besuch des Festzeltes noch nicht geduscht.

„Sie tun gerade so, als wäre ich ein Schläger. Ich bin ein alter Mann und in beiden Fällen trifft mich keinerlei Schuld. Auch gestern habe ich mich nur verteidigt“, rechtfertigte sich Paul Altmann.

„Wie ist es denn zu dem Streit gekommen?“, erkundigte sich Ronni.

„Der junge Bertram kam auf mich zugestürmt und beschuldigte mich als Mörder seines Vaters. Als er mir an den Kragen wollte, habe ich zugeschlagen. Ich lasse mich doch nicht in der Öffentlichkeit als Mörder beschuldigen!“, regte sich jetzt Altmann auf, der inzwischen vollständig wach geworden war. „Und dann brach das Chaos mit den Rauchbomben los. Ich hatte Glück und konnte mich durch einen Spalt unterhalb der Zeltplane direkt nach draußen retten.“

„Und wieso ist Dominik der Meinung, dass Sie der Mörder seines Vaters sind?“, fragte Eisenstein.

„Keine Ahnung. Wir waren zwar nicht einer Meinung mit dem Verkauf der Grundstücke, aber das ist doch kein Grund, jemanden umzubringen! Außerdem habe ich für den Samstagabend und für die Nacht ein hieb- und stichfestes Alibi. Das haben Sie hoffentlich überprüft?“

„Haben wir. Wo ist eigentlich Ihre Freundin? Sind Sie nicht zusammen zur Kirmes gegangen?“, hakte Ronni nach.

„Wir haben zur Zeit etwas Spannungen. Sie war nicht damit einverstanden, dass ich den Vermessern ordentlich Bescheid gegeben habe. Aber das legt sich wieder. Sie rief mich gestern Abend auf dem Handy an, als ich im Festzelt war. Wir haben uns für heute Abend verabredet. Sie sehen, es ist alles in Ordnung“, sagte Altmann lächelnd zu den Kommissaren.

Eisenstein erkannte, dass sie hier nicht weiterkamen. Beide Kommissare verabschiedeten sich von Paul Altmann und gingen zu ihrem Wagen.

„Da ist nichts zu machen. Ein einwandfreies Alibi und auf den ersten Blick kein Motiv für den Mord“, sagte Eisenstein, als sie im Wagen saßen.

„Fahren wir zu Dominik Bertram“, sagte er und startete den Motor.

*

Wenige Minuten später standen sie vor dem Eisentor des alten Backsteingebäudes der Familie Bertram. Eisenstein drückte die Türklinke hinunter … und dieses Mal ließ sich die Türe problemlos öffnen. Sie gingen die wenigen Meter bis zur Haustüre über das Kopfsteinpflaster.

„Hübsch“, meinte Ronni, der sich interessiert im Innenhof umsah.

Er drückte den Klingelknopf. Nach wenigen Augenblicken öffnete sich die Türe und Frau Bertram stand vor ihnen. Nicht wie es hier in dem kleinen Ortsteil üblich wäre, als Witwe in schwarz gekleidet, sondern in Jeans und rotem Pullover.

„Guten Tag Frau Bertram. Das ist mein Kollege Ronni Kern. Wir hätten gerne Ihren Sohn gesprochen“, bat Eisenstein.

„Das geht nicht. Der schläft noch. Er hat eine Kopfplatzwunde und er hat mich gebeten, ihn bis Mittag nicht zu stören“, entgegnete Frau Bertram.

„Frau Bertram, wissen Sie, woher er die Wunde hat“, fragte Ronni.

„Ja, höchst wahrscheinlich hat er sich die auf der Kirmes geholt. Da ist ja immer etwas los und gestern besonders. Ich meine, das mit den Rauchbomben. Dominik war ganz benebelt davon – und vielleicht auch von der Wunde. Er rief mich an. Ich habe ihn abgeholt. Er hat mich gebeten, heute Morgen nicht gestört zu werden. Über die Wunde hat er nicht weiter gesprochen“, antwortete sie.

„Okay. Dann kommen wir morgen nochmal vorbei. Wie geht es Ihnen, Frau Bertram“, fragte Frank Eisenstein. Er wollte sie dazu bringen, einiges über sich preiszugeben.

„Mir geht es gut. Wieso fragen Sie?“

„Immerhin wurde Ihr Mann umgebracht. Da ist diese Frage doch mehr als normal“, meinte Eisenstein.

„Ja, natürlich. Aber mir geht es gut“, bestätigte Frau Bertram nochmals und fasste die Haustüre an, um zu zeigen, dass damit das Gespräch für sie beendet war.

„Ich habe hier noch den Schlüsselbund ihres Mannes. Der Mercedes wurde von uns auf Spuren untersucht und steht noch auf dem Parkplatz am Polizeipräsidium. Sie sollten ihn abholen oder abholen lassen.“

Eisenstein griff in seine Jackentasche und reichte ihr den Schlüsselbund.

„Danke“, war die kurze Antwort von Frau Bertram.

Eisenstein und Kern sahen sich an und entschieden, dass sie keine weiteren Fragen hatten.

„Vielen Dank und bis morgen. Sagen Sie bitte Ihrem Sohn, dass wir hier waren und wir ihn morgen sprechen möchten.“

Die beiden Kriminalbeamten verabschiedeten sich und verließen unzufrieden den Hof der Bertrams.

11. Kapitel

Dominik Bertram parkte seinen nagelneuen Mini Cooper auf dem Parkplatz am Ende der Hüttenstraße hinter dem Hochwasserschutzdamm der Sieg. Neben ihm saß Anja Kunert, die Tochter von Brigitte Kunert und Enkelin von Paul Altmann. Dominik und Anja waren ein Paar und fuhren regelmäßig zu diesem Parkplatz, wo sie ungestört waren. Zu Hause konnten sie sich nicht treffen. Sowohl Dominiks Mutter als auch Anjas Mutter würden durchdrehen, wenn sie von der Beziehung ihrer Kinder wüssten. Für ihre Beziehung fehlte in der Familie jegliche Grundlage, waren die Familien doch zu sehr wegen der Verkaufsgeschichte der Grundstücke zerstritten.

Meistens parkten sie hier, wenn es dunkel war. Dann waren sie sicher, dass sie bei ihren Liebesspielen nicht beobachtet wurden. Heute war es noch hell, denn sie wollten sich nur ungestört unterhalten. Dominik war für andere Sachen nicht aufgelegt. Er brauchte jemanden, der ihn verstand und mit dem er reden konnte. Mit seiner Mutter konnte er nicht über den Tod seines Vaters reden. Sie war total verschlossen. Auch über seinen Hass zu Paul Altmann, den er für den Mörder seines Vaters hielt, hatte er bisher mit niemandem gesprochen.

Mit Anja wollte er darüber sprechen. Sie würde ihn verstehen und ihm helfen. So einen Zwischenfall wie gestern auf der Kirmes durfte es nicht mehr geben. Er durfte sich nicht so gehen lassen und musste seine Gefühle unter Kontrolle bekommen.

Er hatte heute bis Mittag geschlafen und fühlte sich einigermaßen gut, auch wenn die Wunde an seinem Hinterkopf schmerzte. Danach suchte er dann seinen Hausarzt auf, der die Wunde nochmals versorgte. Anschließend hatte er sich mit Anja verabredet.

Wie jedes Mal wartete sie am Ortsanfang auf ihn. Anja war entsetzt, als sie in seinen Wagen einstieg und das große Pflaster an seinem Hinterkopf sah.

„Komm, lass uns zum Parkplatz fahren. Ich muss dir einiges erzählen", sagte er zu ihr.

„Das glaube ich auch", entgegnete Anja.

Sie fragte aber nicht weiter – sie wollte ihn nicht drängen. Wortlos fuhren sie die kurze Strecke zum Parkplatz am Siegdamm.

Der Parkplatz war leer. Sobald er den Motor abgestellt hatte, sprudelte es nur so aus ihm heraus. Er erzählte Anja bis ins kleinste Detail, wie er mit seiner Mutter in der Rechtsmedizin war und was seine Mutter dort über das Verhältnis seines Vaters zu ihrer Mutter gesagt hatte. Anjas Gesicht wurde puterrot und Dominik sah, dass diese Information für seine Freundin neu war. Sie konnte sich nur mühsam beherrschen. Trotzdem sagte sie nichts, sondern hörte weiterhin aufmerksam zu.

Dann berichtete Dominik über seinen Besuch im Festzelt der Kirmes und wie er dort Altmann als Mörder seines Vaters beschimpft hatte und dieser ihn mit der Bierflasche zusammengeschlagen hatte. Auch das Chaos nach der Zündung der Bengalos und Rauchbomben schilderte er ihr ausführlich in schillernden Farben. Auch seine Angst, als er auf allen Vieren über den Zeltboden gekrochen war, und die Rettung durch zwei Feuerwehrmänner verschwieg er nicht.

Anja teilte nicht seine Meinung, dass ihr Opa seinem Vater etwas angetan hatte. Anja spürte, wie Dominik sich erregte, als er über ihn sprach. Seine Stimme zitterte phasenweise und seine Hände umklammerten das Lenkrad, bis seine Handknöchel weiß hervorstachen.

Gefühlvoll nahm sie ihn in ihre Arme. Als er seinen Kopf in ihre Halsbeuge legte, spürte sie Feuchtigkeit auf ihrer Haut. Dominik weinte lautlos. Sie hielt ihn fest und streichelte behutsam seinen Kopf, ohne seine Wunde zu berühren. Dabei schaute sie aus dem Seitenfenster des Minis. Am Ende des Parkplatzes, vielleicht zehn Meter entfernt, sah sie einen Mann, der sich mit schnellem Schritt dem Aufgang zum Damm näherte. Sie drückte sanft Dominik von sich, der sich kurz unauffällig über die Augen wischte.

„Dominik, schau dort drüben. Der Mann dort. Ist das nicht mein Opa?“, fragte Anja aufgeregt und wies mit dem Zeigefinger in Richtung Siegdamm.

„Ja, natürlich“, bestätigte Dominik Anjas Vermutung, als er Paul Altmann erkannte.

„Dem werde ich jetzt etwas erzählen“, tobte er außer sich vor Wut und öffnete die Türe.

Anja versuchte, ihn festzuhalten.

„Bleib hier. Sei nicht verrückt. Lass ihn in Ruhe oder soll das wie gestern Nacht enden?“

Dominik war wesentlich stärker als Anja und riss sich von ihr los, öffnete die Türe endgültig und sprang aus dem Wagen.

Paul Altmann war inzwischen nicht mehr zu sehen. Dominik lief in Richtung Damm. Als er oben auf der Dammkrone angekommen war, blieb er kurz stehen und schaute sich um. In der Ferne erhob sich die Silhouette des Siebengebirges mit ihren höchsten Erhebungen Petersberg und Ölberg. Vor ihm, zur rechten Seite, breitete sich die malerische Auenlandschaft der Siegniederung aus, die nur von wenigen Solitärbäumen unterbrochen wurde. Zur linken Seite dehnte sich hinter dem Damm ein kleiner Laubwald aus. Für all diese landschaftlichen Schönheiten hatte Dominik jetzt keinen Blick. Von Altmann keine Spur. Durch den kurzen Spurt begann seine Kopfwunde zu schmerzen. Dominik ignorierte den Schmerz und lief erneut los, allerdings mit gebremstem Tempo. Er hatte sich für das Waldgebiet entschieden und lief den Damm hinunter.

Um den Weg zum See abzukürzen, wählte er den Weg querfeldein durch eine Gruppe junger Bäume. Bald gingen die jungen Bäume in Gebüsch über, das fast undurchdringlich war. Der Untergrund war von den Regenschauern der letzten Tage morastig und tief. Äste schlugen ihm ins Gesicht und hinterließen blutige Kratzer.

Er vermutete, dass Altmann den Weg genommen hatte, der vom Damm abging. Dieser schlängelte sich durch den Wald und führte später am See vorbei.

Kurz vor dem See erreichte auch Dominik außer Atem diesen Weg. Die ruhige Wasserfläche des Sees lag vor ihm. Die Sonne befand sich bereits hinter den Bäumen und die Dämmerung legte sich über die Natur rund um den See. Langsam hob sich der Nebel vom See und breitete sich in alle Richtungen zum Ufer hin aus. Direkt gegenüber des Weges lag mitten im See eine von zwei Inseln. Unzählige Wasservögel tummelten sich dort zum Ende des Tages am Ufer oder im Wasser. Eine wunderschöne Idylle. So wie vorher die Aussicht vom Damm, so hatte Dominik auch hierfür keinen Blick übrig.

Er sah, wie sich Altmann gerade auf einer der beiden Bänke am Ufer niederließ. Schlagartig drosselte er seinen Lauf und näherte sich ihm von der Seite. Altmann schaute mit einem friedlichen Gesichtsausdruck den Wasservögeln bei ihrer Futtersuche zu und sah Dominik nicht herankommen.

„Da bist du ja wieder, du Ratte“, sprach Dominik ihn an. Er konnte ein Beben in seiner Stimme nicht verhindern.

Erschrocken dreht Altmann seinen Kopf in Richtung der Stimme. Er war sichtlich überrascht, als er Dominik erkannte.

„Ach, du schon wieder. Hast du von gestern noch immer nicht genug?“, entgegnete ihm Altmann, wobei ein spöttisches Grinsen seinen Mund umspielte.

Altmann erhob sich langsam von der Bank und ging zwei Schritte auf Dominik zu, bis er dicht vor ihm stand.

„Verschwinde, du Schwächling“, flüsterte er ihm ins Gesicht, wobei seine blauen Augen sich in die von Dominik bohrten.

Dabei stieß er ihm mit beiden Händen gegen die Brust. Dominik stolperte nach hinten, ohne jedoch zu fallen.

Er kochte vor Wut. Dieser arrogante Kerl sollte nicht noch mal binnen zwei Tagen über ihn triumphieren.

Altmann grinste jetzt nicht nur, sondern er lachte auch leise vor sich hin. Zu seinem Pech ließ er Dominik dabei unbeobachtet.

Mit zwei schnellen Schritten stand Dominik vor ihm. Schlagartig erinnert sich Dominik an seine zwei Jahre Judotraining, als er 17 war: der *Fußfeger*, eine Fußtechnik, bei der man den Fuß des Gegners attackiert, und die seinerzeit eine seiner Lieblingstechniken war.

Ein kräftiger Schlag mit seinem Fuß von außen gegen den Fuß von Paul Altmann, der dadurch in Rückenlage geriet. Dann noch gleichzeitig ein kleiner Schubs gegen die Brust und Altmann lag auf dem Boden.

Es war für Dominik eine Genugtuung, Altmanns verdutztes Gesicht zu sehen. Kein überhebliches Grinsen mehr, keine dummen Sprüche. Nur noch ein Gesichtsausdruck, der von Überraschung in Schmerz überging.

Doch das war Dominik nicht genug. Er trat auf Paul Altmann ein. Immer wieder gegen die Brust und in den Bauch. Auch sein Gesicht blieb nicht unverschont. Aus seiner Nase schoss Blut. Altmann schrie und hob vergeblich die Hände, um die Tritte abzuwehren. Allmählich gingen die Schreie in ein Wimmern über. Dominik war in Ekstase, er war wie von Sinnen. Auch er schrie und trat und trat.

„Dominik, Dominik hör auf!", schrie Anja.

Anja war Dominik gefolgt. Da sie ihn nicht mehr sah, als sie oben auf dem Damm ankam, nahm sie den offiziellen Weg zum See und erreichte gerade die beiden Streitenden, als Dominik begann, auf Altmann einzutreten.

Dominik hörte die Stimme von Anja wie durch einen Schleier. Noch ein Tritt. Anja zerrte an seinem Arm und er hielt inne. Altmann regte sich schon lange nicht mehr, auch sein Wimmern war verstummt.

Anja umfasste Dominik von hinten mit beiden Armen und zog ihn von Altmann weg. Dominik ließ es wehrlos geschehen. Er war jetzt wie gelähmt – ausgepowert – am Ende. Als Dominik auf Anjas Großvater hinabsah, wie der regungslos auf dem Boden lag, verspürte er keine Wut mehr. Er hatte seine Rache bekommen, glücklich oder zufrieden war er deshalb trotzdem nicht. Dominik konnte Anja nicht ansehen. Wie ein Wahnsinniger hatte er ihren Großvater zusammengetreten.

Anja ließ Dominik los. Sie merkte, dass keine Gefahr mehr von ihm ausging. Sie ging zu ihrem Opa und beugte sich zu ihm herab. Er hatte mehrere Platzwunden am Kopf und blutete aus Nase und Mund. Vorsichtig legte sie die beiden Mittelfinger ihrer Hand an seine Halsschlagader. Sie spürte seinen Puls, zwar schwach, aber sie spürte ihn.

Was sollte sie jetzt machen? Bei ihrem Großvater bleiben und Dominik wegschicken, um Hilfe zu holen? Nein, von Dominik konnte sie in seinem jetzigen Zustand keine Hilfe erwarten.

Dominik alleine bei ihrem Großvater lassen und selbst loslaufen und Hilfe holen, war unmöglich. Wer weiß, was dann geschehen würde. Sie traute ihrem Freund in dieser Situation nicht mehr.

„Komm, lass uns von hier verschwinden", sagte sie entschlossen zu Dominik und zog ihn dabei am Ärmel hinter sich her.

Dominik folgte ihr willenlos. Der Weg zum Wagen dauerte im Verhältnis zu vorhin wesentlich länger. Keiner der beiden sagte unterwegs ein Wort.

Am Wagen angekommen, drängte Anja Dominik hinter das Steuer. Sie hatte noch keinen Führerschein und Dominik musste fahren – egal wie.

Sie öffnete das Handschuhfach und wühlte darin, um ein Papiertaschentuch zu finden. Dabei fiel ihr eine Visitenkarte in die Hand. Frank Eisenstein, Kriminalhauptkommissar, las sie.

Mit Spucke und einem Papiertaschentuch, das sie im Handschuhfach gefunden hatte, versuchte sie, das Blut der Kratzer aus Dominiks Gesicht zu entfernen.

„Dominik, reiß dich zusammen. Wir müssen hier weg. Mein Opa lebt. Er hat zwar einige Platzwunden und vielleicht auch einen Rippenbruch, aber er lebt. Jetzt starte und fahr los. Ich muss noch telefonieren", sagte sie mit eindringlicher Stimme, die keinen Widerspruch duldete, zu Dominik.

„Wie konnte ich das bloß tun? Ich war so voller Wut von gestern, und ich bin sicher, dass er meinen Vater auf dem Gewissen hat“, jammerte er.

„Bist du sicher, dass er noch lebt?“, fragte er Anja ängstlich.

„Ja, da bin ich mir völlig sicher. Und er wird noch lange leben. An deinen Tritten wird er nicht sterben“, antwortete Anja zuversichtlich.

„Und jetzt fahr endlich“, forderte sie Dominik nochmals auf.

Dominik drehte den Zündschlüssel, der noch immer im Zündschloss steckte, seitdem er überhastet den Wagen verlassen hatte. Er schaltete das Abblendlicht ein, denn es war inzwischen dunkel geworden, und fuhr los.

Anja nahm ihr Handy und wählte.

*

Theo und Brigitte, die beiden Kinder von Paul Altmann, trafen sich wie verabredet um 17 Uhr vor dem Haus ihres Vaters. Als Erster war Theo angekommen. Kurz danach traf Brigitte ein. Theo stieg aus seinem Wagen aus und ging zu Brigittes Wagen auf der anderen Straßenseite. Er setzte sich zu ihr auf dem Beifahrersitz.

„Hallo Brigitte. Schön, dass du pünktlich bist“, begrüßt er seine Schwester.

„Hallo. Dann wollen wir einmal unser Glück versuchen und mit Vater reden“, sagte Brigitte und stieg aus dem Wagen aus.

Zielstrebig ging sie auf das Haus zu. Theo folgte ihr.

„Wir lassen uns nicht wieder abwimmeln. Er hat keine Wahl, er muss verkaufen. Er kann uns nicht im Regen stehen lassen“, unternahm Brigitte den letzten Versuch, sich und ihren Bruder zu motivieren, als sie vor der Haustüre standen.

Theo klingelte – nichts regte sich. Er klingelte nochmals, diesmal länger – im Haus blieb es ruhig.

„Er ist nicht da", sagte er enttäuscht zu seiner Schwester.

„Ich versuche, ihn auf seinem Handy zu erreichen."

Brigitte nahm ihr Handy aus der Handtasche und tippte mit dem Zeigefinger im Kontaktregister auf den Namen ihres Vaters. Die Verbindung wurde hergestellt, ihr Vater nahm aber den Ruf nicht an.

„Er geht nicht ran. Wahrscheinlich hat er sein Handy nicht mitgenommen", sagte Brigitte genervt zu ihrem Bruder.

„Warten wir im Wagen auf ihn", entschied Theo und ging zurück zu seinem Wagen.

Brigitte folgte ihm.

Sie warteten über eine halbe Stunde und hörten dabei schweigend der Musik aus dem Radio zu. Was sollten sie auch sagen? Beide wussten, was sie wollten und das bevorstehende Gespräch mit ihrem Vater theoretisch vorab durchzugehen, machte keinen Sinn.

„Er wird sicher noch am See sein. Du kennst ihn doch. Er liebt es am See zu sitzen und die Tiere zu beobachten, wenn der Tag zu Ende geht. Gehen wir zum See. Der Weg ist doch nicht sehr weit. Vielleicht kommt er uns entgegen", schlug Brigitte ungeduldig vor.

Theo schien dieser Vorschlag nicht zu gefallen. Er wirkte müde und lustlos.

„Ach, geh du ihm allein entgegen. Ich warte hier im Auto, falls er von irgendwo anders herkommt. Ich rufe dich an, falls er hier auftaucht. Deine Nummer habe ich ja. Hast du auch meine Handynummer?", fragte Theo.

„Ja, die habe ich. Du bist und bleibst ein faules Stück“, schimpfte Brigitte, drehte sich um und schritt energisch in Richtung See.

Es war inzwischen dämmrig geworden; Brigitte fürchtete sich jedoch deswegen nicht und sie war sich sicher, dass sie den Weg auch in der Dämmerung finden würde. Sie war schließlich hier aufgewachsen und es gab praktisch nur einen Weg zum See.

Theo wählte seinen Lieblingssender WDR 2. Die Rückenlehne seines Sitzes kippte er etwas nach hinten und er machte es sich im Wagen gemütlich. Er hatte kein Problem damit, seine Schwester alleine gehen zu lassen.

*

Wie geplant beendete Frank Eisenstein seinen Dienst früher als gewöhnlich und fuhr nach Hause. Da er vor dem Haus keinen Parkplatz gefunden hatte, parkte er eine Querstraße weiter vor einem Lebensmittelmarkt.

Wie er vermutet hatte, war Inka noch nicht da. Nachdem er geduscht hatte, zog er sich frische Sachen an. Er fand, ein weißes Hemd wäre für eine Einladung zum Bier mit einem kleinen Essen passend. Auf eine Krawatte verzichtete er. Sie schien ihm zu spießig.

Gut gelaunt verließ er die Wohnung und ging zu seinem Wagen. Als er ihn erreichte, fiel ihm ein, dass der gute Ton vorschreibt, zu einer Einladung eine Kleinigkeit mitzubringen. Er ging kurz entschlossen in den Lebensmittelmarkt. Es handelte sich um einen dieser riesigen XXL-Märkte, wo ihn eine ansehnliche Spirituosenabteilung mit einem reichhaltigen Weinangebot erwartete. Nach einer eingehenden

Beratung durch einen kompetenten Verkäufer entschied er sich für einen mittelkräftigen, halbtrockenen, französischen Rotwein aus der Region Languedoc Roussillon. Susanne und er sollten doch nicht den gesamten Abend nur Bier trinken müssen.

Dann setzte er sich in den Wagen und fuhr in Bonn auf die Autobahn. Nachdem er den Rhein überquert hatte, bog er auf die A59 ab, die später in die Schnellstraße B42 überging.

Als er sich Königswinter näherte, fiel sein Blick im letzten Licht des zu Ende gehenden Tages auf die bereits wunderbar herbstlich bunt gefärbten Hänge des Petersberges. Das mächtige, weiße, gleichnamige Hotelgebäude, das auch nach dem Berlin-Umzug der Bundesregierung weiterhin als Gästehaus des Bundes genutzt wird, thronte hoch oben auf dem Berg und hob sich gut sichtbar von der Umgebung ab. Eisenstein verlangsamte seine Fahrt, um möglichst lange den Anblick zu genießen. Leider verlangte der Straßenverkehr nach wenigen Augenblicken wieder seine volle Aufmerksamkeit.

In Königswinter verließ er die Schnellstraße und fuhr in Richtung Siebengebirge. Ein Blick auf „Vater Rhein“, wie der viel befahrene Fluss liebevoll genannt wird, und auf die Burgruine Drachenfels, die hoch über dem Rheintal prangt, beeindruckte ihn. In Gedanken beschloss er, dieses schöne und abwechslungsreiche Fleckchen Erde mit Fluss, Burg und Bergen in naher Zukunft zu besuchen und sich ausgiebiger anzusehen.

Die Straße wand sich jetzt in vielen, zum Teil engen Serpentinen zu den Höhen des Siebengebirges hinauf. Hier, zwischen den bewaldeten Berghängen, war es bereits dunkel. Nach wenigen Minuten erreichte er den höchsten

Punkt, die Margarethenhöhe. Die Straße führte jetzt auf direktem Weg steil hinab nach Königswinter-Ittenbach. Einige Verkehrsinseln in der Straßenmitte veranlassen Eisenstein, auf die vorgeschriebene Höchstgeschwindigkeit zu achten. Zum Glück, denn bald sah er auch schon ein Blitzgerät am Straßenrand. Er schmunzelte.

Früher als vorgesehen traf er in Königswinter-Ittenbach ein.

Die Sonne schien hier hinter den Bergen bereits vor längerer Zeit untergegangen zu sein. Die Hauptstraße, die durch den Ort führte, wurde von einem schummrigen Licht der Straßenlaternen nur mäßig erhellt. Mitten im Ort sagte ihm sein Navigationsgerät, dass er jetzt rechts abbiegen müsse und es nur noch wenige Hundert Meter bis zu Susannes Wohnung „Am Kantering" seien.

Sollte er noch im Wagen warten, bis es achtzehn Uhr war? Oder konnte er auch früher bei Susanne ankommen?

Er entschied sich für die zweite Variante. Susanne würde das sicherlich verstehen.

Vor einem großen, freistehenden Haus parkte er seinen Wagen. Er musste ganz nahe an die Böschung heranfahren, da die Straße nicht sehr breit war. Wie Susanne ihm erklärt hatte, ging er zur Giebelseite des Hauses. An der Haustüre fand er eine Klingel, die mit „Susanne Ohlrogge" beschriftet war. Sie hatte ihm gesagt, dass sie hier eine geräumige Wohnung in Parterre gemietet hatte.

Er klingelte und nach wenigen Augenblicken öffnete Susanne die Türe. Sie sah atemberaubend aus. Enge Jeans und ein schlichtes Top betonten hervorragend ihre gute Figur. Die langen schwarzen Haare trug sie offen über ihre Schulter.

„Guten Abend, Frank. Du bis früh. Was schaust du mich so an? Hast du noch keine Frau gesehen?", begrüßte sie ihren Gast mit einem gewinnenden Lächeln.

„Aber selten so eine hübsche. Guten Abend, Susanne. Entschuldige, dass ich so früh bin. Ich hatte eine längere Fahrt eingeplant“, sagte er wahrheitsgemäß und machte ihr unverhohlen ein Kompliment.

Dabei kam er sich vor wie ein jugendlicher Depp beim ersten Rendezvous.

Etwas ungelenk brachte er die Flasche Wein hervor, die er hinter seinen Rücken gehalten hatte.

„Oh, du wolltest also nicht nur ein Bier mit mir trinken. Prima“, war Susanne erstaunt und nahm ihm die Flasche ab.

„Komm rein und mach es dir bequem“, fordert sie Frank auf.

Sie ging voran durch eine kleine Diele ins Wohnzimmer, an dessen Stirnseite ein Esstisch für zwei Personen gedeckt war. Außer einer hübschen Eichenvitrine befanden sich im Zimmer noch eine gemütliche Couchgarnitur aus braunem Stoff und ein kleiner moderner Glastisch. Alles war geschmackvoll aufeinander abgestimmt.

Frank nahm auf der Couch Platz. Susanne nahm zwei Biergläser aus der Vitrine und stellte sie auf zwei gläserne Untersetzer auf dem Tisch. Dann setzte sie sich ihm gegenüber in den Sessel.

„Mit dem Essen dauert er noch eine Weile. Bis dahin können wir gerne das versprochene Bier trinken und erzählen, wie es uns bisher ergangen ist, seitdem wir uns getrennt haben“, schlug Susanne vor.

Sie ergriff zwei Flaschen Pils, die sie in einem Korb bereitgestellt hatte. Frank nahm ihr die Flaschen ab und bemerkte zu seiner Freude, dass sie gut gekühlt waren. Er öffnete die Flaschen und schenkte das Bier ein.

„Prost, auf einen schönen Abend“, sagte Susanne und beide stießen mit den Gläsern an.

Auf Franks Aufforderung hin, erzählte Susanne gerade, wie es ihr in Stuttgart ergangen war, als Franks Handy klingelte. Susanne unterbrach ihre Erzählung. Wer sie kannte, bemerkte bei ihr eine leichte Verärgerung über diese Störung.

„Sorry, aber ich muss rangehen. Immerhin stecken wir mitten in der Ermittlung eines Mordfalles“, entschuldigte sich Frank und nahm sein Handy aus der Jackentasche.

„Ist okay, Frank. Ich schaue inzwischen einmal nach unserem Essen“, sagte Susanne und verschwand aus dem Wohnzimmer.

„Frank Eisenstein“, meldete sich Frank.

„Entschuldigen Sie die Störung. Hier ist eine Frau am Telefon, die Sie unbedingt sprechen will. Es scheint dringend zu sein“, sagte die Frau der Vermittlung im Polizeipräsidium.

„Na gut, dann verbinden Sie 'mal“, knurrte Eisenstein unwillig.

„Kommen Sie zum Sieglarer See gegenüber den Vogelinseln. Hier ist soeben ein Mord geschehen“, flüsterte eine Frauenstimme.

„Kommt Ihr Anruf da nicht ein paar Tage zu spät. Der Mord geschah bereits in der Nacht zum Sonntag, liebe Frau“, lächelte Eisenstein, der den Anruf zweifellos für einen schlechten Scherz hielt.

Die Anruferin sagte nichts mehr. Sie hatte die Verbindung unterbrochen.

„Du musst doch nicht wieder weg?“, fragte Susanne, als sie ins Wohnzimmer zurückkam.

„Nein, nur eine Verrückte, die sich mit mir einen Scherz erlauben wollte“, versuchte Frank sie zu beschwichtigen.

Dann berichtete er ihr wortwörtlich, was die Anruferin zu ihm gesagt hatte.

„Das muss doch kein Scherz gewesen sein. Vielleicht liegt wirklich wieder ein Toter im oder am See. Du kannst das nicht einfach übergehen“, redete Susanne auf Frank ein.

„Du meinst wirklich ...?“

„Ja, wir müssen zum See. Die Frau hat dich angerufen und du kannst den Anruf nicht einfach ignorieren. Wer nur einen Scherz machen will, ruft im Polizeirevier an. Komm, wir fahren“, beschloss Susanne.

„Und das Essen? Und wieso wir?“, fragte Eisenstein erstaunt über Susannes Entschluss.

„Das Essen holen wir ein anderes Mal nach, wobei wir dann auch deinen sicherlich vorzüglichen Wein trinken können. Das unverbindliche *Bier*, wie du es am Sonntag genannt hattest, haben wir ja schon getrunken. Wenn da tatsächlich ein Toter liegt, brauchst du mich sowieso. Deshalb fahre ich direkt mit“, entschied Susanne und eilte in die Küche, wo sie die Herdplatten ausstellte.

Als sie in die Diele kam, wartete Eisenstein dort auf sie.

Susanne zog ein Paar derbe Wanderschuhe an und warf sich eine warme Jacke über. Dann ergriff sie ihren Koffer mit ihren Arbeitsutensilien und beide machten sich auf den Weg zum See.

*

Langsam kam Paul Altmann wieder zu sich. Sein Kopf, seine Brust, sein gesamter Körper – alles schmerzte fürchterlich. Er wagte es nicht, sich zu bewegen.

Was war mit ihm geschehen? Allmählich kam die Erinnerung zurück. Dieser Heißsporn von Bertram hatte ihn zusammengetreten. Er wollte Rache für gestern im Zelt, als Altmann ihn mit einer Bierflasche niedergestreckt hatte. Die Rache war ihm tatsächlich gut gelungen, musste Altmann sich eingestehen.

Paul hob seinen Kopf und versuchte, sich aus der Seitenlage auf die Knie zu drehen. Es schien sinnlos. Der Schmerz durchflutete ihn zu stark. Er ließ seinen Kopf resigniert auf die kalte Erde sinken und schloss die Augen.

Als er die Augen wieder öffnete, sah er plötzlich zwei Füße, die, nach den Schuhen zu urteilen, einer Frau gehören mussten. Die Füße machten noch ein, zwei Schritte auf ihn zu. Dann blieben sie nebeneinander stehen.

Sollte diese unerwartete Hilfe sein? Er öffnete den Mund, um etwas zu sagen. Es kam lediglich ein unverständliches Röcheln heraus. Jetzt schmeckte er es. Sein Mund und Hals schien von Blut gefüllt zu sein. Er versuchte, das Blut auszuspucken, was ihm auch zum Teil gelang. Trotzdem war er nicht in der Lage, ein Wort oder gar einen Satz zu artikulieren.

Die beiden Füße standen noch immer dicht vor seinem Gesicht. Er bemerkte, wie sich die Person an seiner Jacke zu schaffen machte. Er war machtlos. Er konnte nichts dagegen tun. Trotz der Schmerzen fiel ihm ein, dass er in einer der Jackentaschen sein Klappmesser immer mit sich führte. Suchte die Person womöglich sein Messer? Wenn ja, was wollte sie damit?

Eine schreckliche Vermutung schoss ihm durch den Kopf. Nein, das kann nicht sein. Er musste sich erheben. Wieder hob er den Kopf und stemmte sich mit den Händen auf den Boden, um sich aufzurichten.

Ein plötzlicher stechender, heißer Schmerz in seiner Brust beendete den Versuch jämmerlich. Er sackte in sich zusammen und sein Kopf fiel hart auf die Erde. Die beiden

Füße, die vorher sein Gesichtsfeld ausgefüllt hatten, konnte er nicht mehr sehen.

Er ahnte, was geschehen war. Er bot die letzte Kraft auf, die er noch hatte, und presste seine Hand gegen seine schmerzende Brust.

Dass seine Jacke im Bereich der Brust nass wurde und sich seine Hand rot färbte, nahm er nicht mehr wahr. Die Hand fiel leblos zu Boden.

Seine Vermutung war eingetroffen. Es wurde schwarz um Paul Altmann.

12. Kapitel

Eisenstein und Susanne fuhren jeder mit dem eigenen PKW zum See. Susanne fuhr vor, da sie die Örtlichkeiten besser kannte. Dieses Mal war ihr Ziel nicht der Wanderparkplatz am Ende der Hüttenstraße, sondern sie bogen einen Weg vorher rechts ab. Auch dieser Weg endete am Hochwasserdamm, nur dass sich hier kein Parkplatz befand. Sie parkten ihre Wagen am Ende des Weges direkt vor dem Damm. Üblicherweise standen hier rot-weiße Absperrpfosten und verhinderten die Weiterfahrt über den Damm. Heute lagen diese Pfosten rechts und links am Wegrand. Jemand musste die Pfosten herausgenommen haben und womöglich über den Damm gefahren sein.

Eisenstein nahm seine neue Led-Lenser X7R Taschenlampe, die ihm Inka zum Geburtstag geschenkt hatte, aus dem Handschuhfach. Er war stolz auf diese aufladbare Taschenlampe, die einen Lichtstrom von 500 Lumen und eine Leuchtweite von 320 Metern bot. Damit sie im Notfall auch immer gebrauchsbereit war, hängte er sie pedantisch regelmäßig an die Ladestation. So war sie auch heute ein sicherer Begleiter in der Dunkelheit am See.

Sie stiegen aus und machten sich zu Fuß weiter auf den Weg. Als sie nach wenigen Metern auf der Dammkrone angekommen waren, sahen sie einen Lichtschein, der wahrscheinlich vom Seeufer durch den Wald zu ihnen herüberdrang.

„Wir scheinen nicht alleine am See zu sein", bemerkte Eisenstein und zückte seine Dienstwaffe, die er vorsichtshalber vor dem Aussteigen aus dem Wagen mit Holster am Gürtel befestigt hatte. Auf die Entsicherung verzichtete er vorerst.

Hätte er Verstärkung anfordern sollen? Aber er hatte den Anruf nicht richtig ernst genommen. Wie würde er dastehen, wenn eine Menge Kollegen hier auftauchen würden, und der Anruf wäre nur ein schlechter Scherz gewesen?

Vorsichtig gingen sie weiter. Nur hin und wieder ließ Eisenstein seine Lampe aufblitzen, um sich grob zu orientieren. Dabei hielt er eine Hand vor den Lichtstrahl, damit die Helligkeit nicht vom See aus gesehen werden konnte.

Als Eisenstein in eine Wasserlache trat und das Wasser in seinen Schuh lief, konnte er ein leises Fluchen nicht unterdrücken. Wieder einmal hatte er die unpassenden Schuhe hier am See an. Seinen Vorsatz, Stiefel für solche Einsätze im Wagen zu platzieren, hatte er leider bisher nicht verwirklicht. Ein leises Kichern von Susanne neben ihm machte ihn noch wütender.

An der Einbiegung zum See blieben sie in gebückter Stellung stehen.

„Sieh mal, da sind ein Rettungswagen und der Notarztwagen", sagte Susanne.

Im Lichtkegel der beiden Wagen sahen sie mehrere Personen, die dort standen oder am Boden knieten.

Eisenstein steckte die Pistole in den Holster zurück und richtete sich auf. Die Anspannung ließ nach. Mit ausschreitenden Schritten ging er auf die Sanitäter zu. Susanne folgte ihm.

„Ich bin Kommissar Eisenstein von der Kripo Bonn", rief Eisenstein bereits von weitem, dabei hielt er seinen Dienstausweis für jeden sichtbar hoch.

„Was machen Sie hier?", fragt er den Sanitäter, der ihn neugierig anschaute.

Da er etwas abseits stand, nahm Eisenstein an, dass es sich um einen Praktikanten in der Ausbildung zum Rettungssanitäter handelte.

„Wir erhielten einen anonymen Anruf, dass hier ein Verletzter liegt, und sind hierher gefahren“, berichtete der Sanitäter.

Jetzt sah auch Eisenstein, dass dort direkt vor den Scheinwerfern des Rettungswagens eine Person am Boden lag. Der Notarzt war über ihn gebeugt und untersuchte ihn. Ein Sanitäter legte an einem Venenzugang eine Infusion an. Ein anderer Sanitäter hielt währenddessen die Infusionsflasche hoch.

Eisenstein bemerkte, dass er im Augenblick hier nur störte. Er hielt sich an den Sanitäter, der ihm vorher Auskunft gegeben hatte und im Augenblick mit keiner Aufgabe betraut war.

„Handelte es sich bei dem Anrufer um eine Frauen- oder um eine Männerstimme?“, frage Eisenstein.

„Eine Frau hat uns angerufen. Ehe wir nach dem Namen fragen konnten, hatte sie bereits wieder aufgelegt.“

„Können Sie sich noch an den genauen Wortlaut des Anrufes erinnern?“, hakte Eisenstein nach.

„Nein. Der Anruf ging bei der Zentrale ein“, antwortete der Sanitäter und wandte sich von Eisenstein ab, da der Verletzte jetzt soweit versorgt war und auf eine Trage gehoben werden musste.

Eisenstein sah ein, dass er im Augenblick nichts weiter machen konnte. Er schaute sich nach Susanne um. Er sah sie mit dem Notarzt sprechen, der neben der Trage zum Rettungswagen ging.

Eisenstein wartete. Ein Sanitäter schloss die Türen des Rettungswagens und wenige Augenblicke später setzte sich der

Wagen langsam in Bewegung. Der Weg war holprig und der Wagen konnte nur langsam in Richtung Damm fahren. Der Notarzt folge in kurzem Abstand.

Mit einem Male wurde es um Eisenstein wieder finster.

„Wo steckst du, Frank? Mach doch deine Superlampe an“, höre er Susannes Stimme.

Jetzt erinnerte sich auch Eisenstein wieder an seine Lampe, die er in der Hand hielt und im selben Augenblick erhellte ihr Strahl das Ufer. Susanne kam schnellen Schrittes auf ihn zu.

„Konntest du etwas erfahren?“, fragte Eisenstein sofort.

„Ja, ja. Der Arzt berichtete mir, dass der Verletzte durch einen Messerstich direkt unterhalb des Herzens verletzt wurde. So wie die Wunde aussah, wahrscheinlich ein kleineres Messer, vielleicht ein Anglermesser“, Susanne machte eine kurze Pause, damit ihre Aussage mehr Wirkungskraft bekam.

„Zusätzlich hatte er zahlreiche Prellungen am gesamten Oberkörper und im Gesicht. Rippenbrüche und ein Nasenbeinbruch können nicht ausgeschlossen werden. Der Gesamtzustand ist sehr bedenklich. Sie bringen ihn zum Sieglarer Krankenhaus“, fuhr sie fort.

„Was meinst du, wann ist er vernehmungsfähig?“, fragte Frank vorsichtig.

„Das wird sicher noch lange dauern, wenn er überhaupt durchkommt“, antwortete Susanne skeptisch.

„Verstehe. Mh. Seltsam, die ganze Sache hier“, war Eisensteins Reaktion.

„Und jetzt kommt es. Wer denkst du, ist der Verletzte?“, fragte Susanne aufgeregt.

„Mach es nicht so spannend. Wer ist es?“

„Paul Altmann.“

Auf dem Weg zu ihren Fahrzeugen konnte Eisenstein den vollen Lichtstrahl seiner Taschenlampe ausnutzen und sicher jeder Wasserlache ausweichen.

„Sehr seltsam. Ich erhalte einen Anruf, dass am See ein Toter liegt und die Notarztzentrale erhält einen Anruf, dass hier ein Verletzter liegt. Beide Anrufe wurden von einer Frau getätigt“, zog Frank ein Fazit des Abends.

„Das sieht doch so aus, als ob zwei verschiedene Frauen angerufen haben“, kombinierte Susanne.

„Richtig. Das denke ich auch, Frau Kommissarin“, scherzte Eisenstein in Anbetracht der Kombinationsgabe von Susanne.

„Auch die Verletzungen sind sehr seltsam und weichen vom normalen Schema ab. Zuerst tritt jemand den am Boden Liegenden zusammen und sticht ihm schließlich in die Brust. Wenn man jemanden überfällt, und so sieht es doch hier aus, sticht man entweder zu oder man schlägt zu. Danach kann man sein Opfer ausrauben. Wieso hat der Täter in diesem Fall zugetreten und dann auch noch zugestochen? Ob Altmann ausgeraubt wurde, können wir noch nicht sagen. Nein, irgendwie habe ich das Gefühl, dass das alles nicht zusammenpasst“, kombinierte Susanne weiter.

Gerade, was Verletzungen oder Tötungsvergehen angeht hatte Susanne jahrelange Erfahrung aufzuweisen.

Eisenstein fand ihre Kombination logisch und sie deckte sich mit seinen Überlegungen.

Von seinem Wagen aus rief er in der Zentrale an und forderte die Spurensicherung und weitere Unterstützung an. Der Tatort, auch wenn es keinen Toten gab, musste spurentechnisch abgesucht werden. Verwertbare Fußabdrücke würden wahrscheinlich keine zu finden sein, dafür waren zu viele Personen inzwischen am Tatort herumgelaufen.

Er dachte dabei an den Tatort von Franz Bertram, wo sie Fußabdrücke in Größe 42 gefunden hatten. Aber so viel Glück würden sie hier nicht haben. Ein Zusammenhang zwischen beiden Taten war nicht auszuschließen, zumal die beiden Opfer in einem direkten Kontakt, wenn auch nicht gerade freundlichem, zueinander standen.

Es musste jemanden geben, der vom Tode Bertrams und Altmanns profitierte. Für Eisenstein stand außer Frage, dass auch Altmann ermordet werden sollte. Oder sollten womöglich hier zwei voneinander unabhängige Verbrechen verübt worden sein?

„Der gemeinsame Nenner für beide Fälle ist wahrscheinlich der Verkauf der Grundstücke an die Eigenheim GmbH. Das sagt mir meine Intuition“, sagte er laut zu Susanne.

Susanne sagte nichts dazu, dafür kannte sie zu wenige Fakten.

„Fahr nach Hause. Ich warte hier auf die Spurensicherung“, forderte Eisenstein Susanne auf.

„Und vielen Dank für deinen Einsatz. Wenn du möchtest, holen wir den gemütlichen Abend demnächst nach“, hörte er sich sagen.

Was war mit ihm los? Er hatte doch eine Freundin, die zu Hause auf ihn wartete und die er noch nicht angerufen hatte. Stattdessen verabredete er sich mit seiner Verflossenen!

„Ja, machen wir, Frank“, stimmte Susanne seinem Vorschlag sofort zu und setzte dabei ein verführerisches Lächeln auf, das Eisenstein wegen der Dunkelheit leider nicht sah.

Dann setzte sie sich in ihren Wagen und fuhr heim.

Eisenstein hingegen erwartete das Eintreffen der Kollegen. Vorher wollte er noch unbedingt Inka anrufen, um ihr mitzuteilen, dass es heute spät werden würde.

13. Kapitel

Eisensteins Geduld wurde nicht lange strapaziert. Die Kollegen der Spurensicherung trafen unerwartet schnell ein.

Er ließ die Kollegen erst gar nicht aussteigen. Als sie seinen Wagen erreichten, winkte er den Kollegen, sie mögen ihm folgen, stieg in seinen Wagen ein und fuhr voraus über den Damm bis zum Seeufer.

„Hallo Frank“, begrüßte ihn der Leiter der Spurensicherung, als sie den See erreichten und aus ihrem Wagen ausstiegen.

„Schon wieder ein Mord am See? Seitdem du in Bonn bist, lernen wir die Idylle des Sieglarer Sees kennen“, sagte er lächelnd.

„Hallo Egon. Nein, kein Mord. Oder sagen wir einmal, noch kein Mord. Noch lebt der Mann. Trotzdem müsst ihr das Ufer hier nach Spuren absuchen. Wir wissen noch nicht, ob es einen Zusammenhang mit dem Mord von Samstagnacht gibt“, antwortete Eisenstein.

Der Leiter der Spurensicherung war im gleichen Alter wie Eisenstein und beide waren sich vom ersten Augenblick an sympathisch.

Eisenstein begrüßte auch die übrigen Männer der Spurensicherung, die begannen, ihre riesigen Scheinwerfer aufzubauen.

„Egon, ich bin dann mal weg. Wenn ihr etwas Interessantes gefunden habt, ruf mich bitte an. Ich fahre noch kurz nach Müllekoven zum Haus des Verletzten und dann nach Hause.

Es war ein langer Tag“, verabschiedete sich Eisenstein etwas müde.

„In Ordnung“, hörte er hinter sich Egon sagen, denn er hatte sich bereits umgedreht und stieg in seinen Wagen ein.

Inzwischen kannte er die Örtlichkeiten und wusste ungefähr, wie er nach Müllekoven fahren musste. Er verzichtete daher darauf, sein Navi zu programmieren.

In der Dunkelheit fiel ihm die Orientierung schwer. Nachdem er sich mehrmals verfahren hatte, war er überrascht, als er sich plötzlich vor dem Haus von Paul Altmann befand. Die Straße war menschenleer.

Was wollte er eigentlich hier? Das Haus wirkte verlassen. In keinem Fenster konnte er einen Lichtschein sehen. Was nicht verwunderlich war, denn Altmann selbst konnte nicht dort sein, denn der lag jetzt sicherlich bereits auf dem Operationstisch im Krankenhaus. Trotzdem ging er zum Hauseingang und klingelte. Womöglich traf er seine Freundin an.

Er klingelte einmal, zweimal und noch ein drittes Mal, dann aber wesentlich länger. Nichts. Es schien tatsächlich niemand zu Hause zu sein.

Irgendwie war Eisenstein froh, dass er niemanden angetroffen hatte, denn jetzt konnte er endlich nach Hause.

So sehr er auch aus innerster Überzeugung Polizist war, so hatte er inzwischen durch zwei gescheiterte Ehen gelernt, eine Grenze zu ziehen, damit die Arbeit nicht sein ganzes Privatleben überschattete.

Als er den Weg zum schmiedeeisernen Tor, das den Vorgarten vom Bürgersteig trennte, zurück ging, kamen zwei Personen von der gegenüberliegenden Straßenseite direkt auf das Haus zu. Es handelte sich um eine Frau und einen Mann. Der Mann rauchte und redete aufgeregt und mit den

Händen gestikulierend auf die Frau ein, die ihm nicht das Gesicht zuwandte, sondern vor sich auf die Straße schaute.

Eisenstein und die beiden Personen erreichten fast gleichzeitig das Tor.

„Was machen Sie hier?“, fragte der Mann schroff, warf seine Zigarette auf den Asphalt und zertrat sie. Dabei blies er den letzten Rauch aus seiner Lunge in Richtung Eisensteins Gesicht.

„Mein Name ist Eisenstein, Kommissar Eisenstein, von der Mordkommission in Bonn. Wer sind Sie?“

„Ich bin Theo Altmann und das ist meine Schwester Brigitte Kunert. Wir warten auf unseren Vater“, schlug Theo Altmann jetzt einen freundlicheren Ton an.

Aha, Brigitte Kunert, dachte Eisenstein.

Das war also die Frau, von der Ingrid Bertram im Gerichtsmedizinischen Institut behauptet hatte, ein Verhältnis mit ihrem Mann zu haben.

„Wenn Sie auf Ihren Vater warten, wo kommen Sie denn jetzt her?“, fragte Eisenstein sofort nach.

„Wir haben geklingelt. Vater war jedoch nicht da. Dann haben wir einige Zeit hier gewartet. Als er nicht kam, ist Brigitte runter zum See ihm entgegengegangen, da wir annahmen, dass er vielleicht dort ist. Ich habe hier im Wagen auf ihn gewartet, falls er von irgendwo anders herkommt.“

„Aber er kam mir nicht entgegen. Auf dem Damm habe ich noch einige Zeit gewartet. Weiter zum See gehen wollte ich nicht mit diesen Schuhen“, mischte sich Brigitte Kunert ein und dabei deutete sie auf ihre Schuhe, die wahrscheinlich vom Weg zum Damm bereits mitgenommen aussahen.

„Dann bin ich wieder zurückgegangen“, berichtete sie weiter.

„Und Sie haben die ganze Zeit hier im Wagen gewartet?“, fragte Eisenstein zu Altmann Junior gewandt.

„Ja. Hier ist er auch nicht aufgetaucht. Wir haben dann nochmals einige Zeit im Wagen gewartet, und wir wollten es jetzt noch einmal am Haus probieren und ihm dann eine Nachricht im Briefkasten hinterlassen.“

„Ich muss Ihnen leider etwas Unerfreuliches mitteilen. Ihr Vater war tatsächlich am See. Er wurde dort überfallen und ist schwer verletzt. Der Rettungswagen hat ihn ins Krankenhaus gebracht“, erklärte Eisenstein Altmanns Kindern.

„Mein Gott. Das ist ja furchtbar.“ Brigitte Kunert war offensichtlich erschrocken.

„Sie sagen, er ist schwer verletzt. Er wird doch überleben?“, fragte sie mitfühlend mit einem leichten Zittern in der Stimme, wobei sie mit einem Finger eine vermeintliche Träne aus dem Augenwinkel wischte.

„Das kann ich Ihnen nicht sagen“, antwortete Eisenstein.

Er fand, dass Brigitte Kunert eine schlechte Schauspielerin war und hielt das Mitgefühl für geheuchelt.

„Wissen Sie schon, wer das getan hat?“, wollte Theo wissen, der hingegen völlig gelassen auf Eisensteins Mitteilung reagierte.

„Nein, wir haben gerade erst mit den Ermittlungen begonnen“, antwortete Eisenstein wahrheitsgemäß.

Einen möglichen Zusammenhang mit dem Tod von Franz Bertram und die Ungereimtheiten von Altmanns Verletzungen verschwieg er.

„Den Rettungswagen habe ich gehört, als ich auf dem Damm gewartet habe. Ich habe mir aber nichts dabei gedacht“, erklärte Brigitte Kunert mit einem entschuldigenden Ton in der Stimme.

„Komm, Theo. Wir fahren sofort ins Krankenhaus." Brigitte fasste ihren Bruder am Arm und zog ihn hastig in Richtung seines Wagens, der ein Stück zurück am Straßenrand parkte. Ob der Kommissar noch Fragen an die Geschwister hatte, interessierte sie dabei nicht. Ihr Bruder folgte ihr willenlos.

Eisenstein kam es vor, als ob Brigitte jetzt einen Grund gefunden hatte, das Gespräch zu beenden.

Was wollten die Kinder von ihrem Vater? Theos und Brigittes Erklärung, was sie hier gemacht hatten, kam spontan und klang einleuchtend. Trotzdem, zumindest Brigitte war zu der Zeit am See, und Theo war hier im Ort nicht weit vom See entfernt, als ihr Vater zusammengeschlagen und niedergestochen wurde. Hatten beide, so wie ihr Vater und Franz Bertram, auch eine Verbindung zu dieser Baufirma „Eigenheim"? Er würde morgen mit jedem einzeln sprechen, jetzt hier vor dem Haus schien das sinnlos.

„Seien Sie vernünftig. Sie können jetzt nicht zu ihrem Vater. Der wird bestimmt operiert", rief Eisenstein den beiden hinterher. Er wusste aber gleichzeitig, dass dieser Hinweis sinnlos war. Altmanns Kinder würden so oder so ins Krankenhaus fahren.

Brigitte stieg zu ihrem Bruder in dessen Auto und Theo fuhr los.

Als er Eisenstein erreichte, der noch auf dem Bürgersteig stand, hielt er kurz an und fuhr das Seitenfenster herunter.

„In welchem Krankenhaus liegt mein Vater?", fragte Theo, selbst überrascht, dass er danach bisher in seiner Eile noch nicht gefragt hatte.

„Soviel ich mitbekommen habe, wurde er ins St.-Johannes-Krankenhaus in Sieglar gebracht", gab Eisenstein bereitwillig Auskunft.

Eine Frage wollte Eisenstein doch noch beantwortet haben.

„Noch eine Frage. Wieso wollten Sie und Ihre Schwester Ihren Vater besuchen? Was wollten Sie von ihm?"

„Nichts Besonderes. Wir haben Vater lange nicht mehr besucht. Als Brigitte und ich uns neulich begegneten, hatten wir beschlossen, ihn zusammen zu besuchen", antwortete Altmanns Sohn lapidar.

„Danke, das war alles."

Theo fuhr los und ließ Eisenstein allein vor dem Haus stehen. Gedankenverloren schaute Eisenstein dem davonfahrenden Wagen nach. Den Grund, den Theo Altmann für den Besuch bei seinem Vater angegeben hatte, konnte Eisenstein nicht glauben. Beide Kinder hatten den Vater angeblich lange nicht mehr besucht. War es Zufall, dass sie gerade heute einen Besuch geplant hatten? Eisenstein brauchte sich diese fast schon rhetorische Frage nicht zu beantworten, weil für ihn feststand, dass da etwas faul war.

Eisenstein drehte sich um und ging zu seinem Wagen.

„Nein, ich werde heute nicht ins Krankenhaus fahren. Altmann wird sowieso keine Auskunft geben können. Morgen ist auch noch ein Tag", entschied Eisenstein für sich.

Er stieg in seinen Wagen ein und fuhr in Richtung Autobahn, um auf dem schnellsten Weg nach Hause zu kommen.

Er musste unbedingt mit Inka reden. Er hatte zu lange nichts von sich hören gelassen und nur vage Andeutungen über seinen Aufenthalt gemacht. Die Aktion heute Morgen, mit dem Zettel für Inka auf dem Küchentisch, fand er im Nachhinein auch nicht gerade passend. Und dann stand da noch seine Entscheidung wegen der Wohnung aus. Bis zum Ende der Woche wollte der Makler warten, so hatte ihm Inka zu verstehen gegeben. Und morgen war bereits Mittwoch und er hatte noch keine Ahnung, wie er sich entscheiden sollte.

14. Kapitel

Mittwochmorgen war Eisenstein wieder einmal als Erster im Büro. Er wollte Diskussionen am frühen Morgen mit seiner Freundin Inka aus dem Wege gehen.

Er war leise aufgestanden, hatte sich geduscht und die Wohnung ohne Frühstück verlassen. Nicht, ohne vorher seine Freundin zärtlich mit einem Kuss zu wecken und sich zu verabschieden. Nochmals einen Zettel mit dem Hinweis hinlegen, dass er bereits weg sei, das konnte er auf keinen Fall bringen. Dafür hatte es gestern zu lange Diskussionen gegeben, nachdem er am späten Abend nach Hause gekommen war. Seine Freundin würde es sicher als Streit bezeichnen. Zudem hatte sie ihm Unentschlossenheit, sogar Desinteresse in der Sache mit der neuen Wohnung vorgeworfen.

„Frank, gefällt dir die Wohnung? Ja oder nein?“, hatte sie ihm unmissverständlich die Entscheidungsfrage gestellt.

Er hatte sich gewunden wie ein Aal, um keine eindeutige Antwort zu geben. Letztendlich hatte er ein „Ja“ gebrummt.

„Wenn dir die Wohnung gefällt, und mir gefällt sie auch, können wir doch dem Makler Bescheid geben, dass wir die Wohnung nehmen. Wo ist da das Problem?“, versuchte Inka ihn festzunageln.

Fast verzweifelt führte er an, dass sie noch bis Freitag Zeit hätten, und er sich die Pläne noch genauer ansehen wolle. Damit die Diskussion endlich beendet wurde, täuschte er Müdigkeit vor und begab sich schließlich ins Schlafzimmer. Inka kam nicht nach. Sie schmollte und blieb noch lange im

Wohnzimmer. Als sie ins Bett kam, war er tatsächlich bereits eingeschlafen.

Heute Morgen, als er sich sanft von ihr verabschiedete, schien ihre größte Wut auf ihn vergangen zu sein.

„Bis heute Abend. Ich freue mich. Komm nicht zu spät“, hauchte sie ihm verschlafen ins Ohr.

Und nun saß er in seinem Büro und konnte sich nicht auf seinen Fall konzentrieren. Immer wieder schweiften seine Gedanken zu Inka, zu der neuen Wohnung ... und zu Susanne, seiner ehemaligen Freundin in der Gerichtsmedizin, ab.

„Hallo Chef. Du siehst so nachdenklich aus. Hast du die Lösung unseres Falles gefunden?“, scherzte Ronni Kern, als er das Büro betrat und Eisenstein am Schreibtisch sah, der offensichtlich mit den Gedanken weit weg war.

„Morgen Ronni. Hast du heute gut ins Präsidium gefunden?“, fragte Eisenstein, noch mit den Gedanken abwesend.

„Na klar. Wofür gibt es denn Navigationsgeräte?“, lachte Ronni gut gelaunt.

„Ach, könnte ich mir nur Gedanken über den Fall machen. Mein derzeitiges Privatleben und meine Frauen beschäftigen mich mehr“, versuchte er zu scherzen.

„Deine Frauen? Ich dachte, du bist nur mit Inka zusammen?“

Er merkte, sein Chef hatte Gesprächsbedarf. Er kannte Frank lange genug, um zu wissen, dass jede weitere Bemerkung fehl am Platze war. Wahrscheinlich hatte er bereits zu viel gesagt. Er setzte sich Frank gegenüber.

„Erzähle, ich höre dir zu“, sagte er lediglich und sein Chef und Freund legte auch sofort los.

„Wenn es nur Inka und die Wohnung wäre", begann Frank.

Er berichtete in chronologischer Reihenfolge, wie er überraschend Susanne Ohlrogge, seine ehemalige Freundin, Sonntagmorgen am See getroffen und sich sofort mit ihr verabredet hatte.

Er fuhr fort, wie seine Freundin Inka ihn drängte, eine gemeinsame Wohnung in Troisdorf-Bergheim zu mieten. Dabei verschwieg er nicht, dass die Wohnung ihm zwar auch gefiel, aber er sich nicht damit anfreunden könne, in so einem kleinen, ländlichen Ort wie Bergheim zu wohnen. Seiner Freundin trotzdem zuzustimmen, würde ihm wahrscheinlich leichter fallen, wäre da nicht Susanne.

Frank erzählte Ronni jetzt von dem Abend in Susannes Wohnung. Glücklicherweise wurde der Abend durch den anonymen Anruf, dass ein weiterer Mord am See geschehen sei, unterbrochen.

„Wer weiß, was an diesem Abend noch alles geschehen wäre", beendete Frank die Schilderung seiner privaten Probleme.

Inzwischen war er auf seinem Stuhl in sich zusammengesunken und drückte mit dieser Körpersprache die Probleme aus, die auf ihm lasteten.

„Mensch Frank, so kenne ich dich gar nicht. Du warst in den letzten Jahren immer so besonnen – und ein Frauenproblem hattest du seit deiner Scheidung nie. Und nun hast du direkt ein Problem mit zwei Frauen", sagte Ronni völlig überrascht.

„Ich weiß auch nicht. Vielleicht war ich zu lange allein – und nun begegne ich zwei Frauen, die mir beide nicht gleichgültig sind."

„Du kommst nicht an einer Entscheidung vorbei. Und ich kann dir dabei leider nicht helfen, da ich beide Frauen nicht persönlich kenne. Da musst du alleine durch", entschied Ronni und machte dabei eine mitfühlende Miene.

Irgendwie freute er sich für seinen Chef, der anscheinend wieder die Liebe entdeckt hatte. Anderseits bedauerte er Frank, weil er vor einer schwierigen Entscheidung stand. Für welche der beiden Frauen er sich auch entscheiden würde, hundertprozentig glücklich würde er wahrscheinlich mit keiner Entscheidung sein.

„Ich weiß das auch. Aber danke, dass du mir zugehört hast."

Frank versuchte dabei ein etwas verunglücktes Lächeln.

„So, und jetzt zu unserem Fall", entschied er spontan und ohne Übergang.

Dabei setzte er sich energisch aufrecht und begann, seinem Kollegen von den Ereignissen gestern Abend zu berichten. Im Anschluss an seinen Bericht machte Eisenstein einen Aktionsplan für die nächsten Stunden:

„Ich schlage vor, wir unterhalten uns heute mit den beiden Kindern von Paul Altmann. Als ich die beiden vor Altmanns Haus traf, hatte ich ein seltsames Gefühl. Das was, und wie sie es sagten, klang nicht echt. Anteilnahme an dem Überfall auf ihren Vater habe ich nicht gespürt. Danach schauen wir im Krankenhaus vorbei. Vielleicht ist Altmann vernehmungsfähig, oder es kann uns jemand sagen, wann wir mit Paul Altmann sprechen können."

„Wir sollten auch noch einmal mit Franz Bertrams Frau und dem Sohn reden. Irgendetwas ist da seltsam. Das Verhalten der beiden ist nicht so, wie von einer Frau und einem Sohn, deren Mann und Vater umgebracht wurde", fügte Ronni noch hinzu.

Eisenstein nickte zustimmend.

„Du hast recht. Wir statten den beiden, nachdem wir im Krankenhaus waren, einen Besuch ab."

Ronni wollte sich gerade von seinem Stuhl erheben, als Eisenstein nochmals das Wort ergriff.

„Übrigens, wie ist es mit eurer Wohnungssuche? Habt ihr vielleicht schon eine Wohnung in Aussicht. Ober gefällt es euch in der Pension in Bonn-Poppelsdorf so gut, dass ihr dort noch gar nicht ausziehen möchtet? Wegen meiner Probleme habe ich ganz vergessen, dass auch du Probleme hast, zumindest was die Wohnung angeht“, erkundigte er sich bei seinem Kollegen etwas schuldbewusst.

„Isabelle und mir geht es ganz gut in der Pension. Aber zum nächsten Ersten werden wir wahrscheinlich eine Wohnung in der Altstadt von Bonn beziehen. Übermorgen unterschreiben wir den Mietvertrag. Es ist zwar ein altes Haus, aber gut gepflegt und vollständig renoviert. Die Wohnung hat hohe Zimmer aber irgendwie auch Charme. Wenn wir eingezogen sind, bist du der Erste, der uns besucht. Mit Inka oder mit Susanne. Ich denke, bis dahin hast du dich entschieden“, lachte Ronni und erhob sich jetzt endgültig, um zu seinem Schreibtisch zu gehen.

„Ich helfe euch natürlich beim Umzug. Sag Bescheid, wenn es soweit ist“, rief Frank ihm hinterher.

„Prima. Ich nehme dich beim Wort“, lachte Ronni.

„Neun Uhr fahren wir los“, rief Eisenstein noch und Ronni hob als Zustimmung, ohne sich umzudrehen, seinen rechten Arm.

*

Kurz vor neun Uhr machten sich Frank Eisenstein und Ronni Kern auf den Weg zu Brigitte Kunert, Paul Altmanns Tochter. Sie wohnte in einem Neubaugebiet in Troisdorf-Bergheim. Zu Bergheim gehört ein großes Landschaftsschutzgebiet, in dem die Sieg in den Rhein mündet. Bei Hochwasser wird das Gebiet regelmäßig zu einer riesigen Wasserlandschaft. Der alte Ortskern von Bergheim zeugt noch von dem früheren Bauern- und Fischerdorf.

Im Gegensatz dazu ist die Bevölkerung in den letzten vierzig Jahren durch neu geschaffene Wohngebiete wie in keinem anderen Troisdorfer Ortsteil so stark gewachsen. Auch Brigitte Kunert hatte zusammen mit ihrem Mann vor ungefähr zehn Jahren dort ein schlüsselfertiges Reihenhaus gekauft.

Ronni pfiff leise durch die Zähne, als sie am Haus ankamen. Er hätte Brigitte Kunert nicht so ein schmuckes Einfamilienhaus zugetraut.

„Weiß du, was die Kunert und ihr Mann beruflich machen? Das Haus war bestimmt nicht preiswert“, fragte er Frank Eisenstein.

„Keine Ahnung. Wir können sie ja jetzt einmal fragen.“

Nachdem Ronni geklingelt hatte, öffnet eine junge Frau die Haustüre. Sie war dunkelblond und schlank. Über schwarzen Leggings trug sie einen kurzen schwarzen Rock und ein graues, langärmliges Kapuzenshirt. Rosa Plüschpantoffeln zierten ihre Füße. Ihre Gesichtszüge wirkten angespannt. Sie sagte kein Wort, sie schaute die beiden Kommissare lediglich fragend an. Es war nicht Brigitte Kunert. Vielleicht war es ihre Tochter. Eisenstein meinte, eine gewisse Ähnlichkeit zu erkennen.

Eisenstein stellte sich und Ronni Kern vor und zeigte der jungen Frau seinen Ausweis.

„Wir hätten gerne Frau Kunert gesprochen.“

„Ich bin Anja Kunert. Sie wollen meine Mutter sprechen, aber die ist nicht da“, antwortete die junge Frau.

„Und ihr Vater?“, fragte Ronni.

„Der auch nicht. Ich bin im Augenblick allein.“

„Können wir uns denn mit Ihnen kurz unterhalten? Wir haben da ein paar Fragen“, schlug Ronni Kern vor.

Eisenstein schaute seinen Kollegen fragend an. Denn was sollte die Tochter ihnen sagen können? Auch Anja sah die beiden Kommissare leicht verwirrt an.

„Dann kommen sie herein“, antwortete Frau Kunerts Tochter höflich und führte die beiden Kommissare in ein gemütliches Wohnzimmer, das aufgeräumt und sauber wirkte.

Auf dem Weg dorthin kamen sie an der Küche vorbei. Die Türe stand offen. Routinemäßig schaute Eisenstein beim Vorbeigehen hinein. Auch Ronni warf einen Blick in die Küche. Als Eisenstein sich zu Ronni umdrehte, bestätigte dieser mit einem Nicken, dass auch er die vielen leeren Bier- und Weinflaschen in einer Ecke der Arbeitsplatte gesehen hatte.

„Wo sind denn Ihre Mutter und Ihr Vater?“, fragte Eisenstein, nachdem sie im Wohnzimmer Platz genommen hatten.

„Meine Mutter ist in die Stadt gefahren. Und mein Vater ... Na ja, der wird sicher wieder in irgendeiner Kneipe hocken“, antwortete Anja Kunert, wobei ihr der letzte Satz unkontrolliert herausrutschte. Dabei konnte sie ihren Ärger nicht verbergen.

Für Eisenstein und seinen Fall sollte das aber irrelevant sein. Er fragte daher nicht weiter nach.

„Wann haben Sie zuletzt Ihren Großvater Paul Altmann gesehen?“, wechselte Eisenstein abrupt das Thema.

Anja Kunerts Augen weiteten sich vor Schreck und eine unverkennbare Röte breitete sich in ihrem Gesicht aus. Eisenstein und Ronni Kern blieb die Reaktion der Enkelin von Paul Altmann nicht verborgen.

„Ich sehe, die Frage ist Ihnen nicht gerade angenehm. Aber noch mal: Wann haben Sie Ihren Großvater zuletzt gesehen?“ stellte Eisenstein nochmals schonungslos die Frage.

Anja Kunert stand auf und ging im Zimmer hin und her, wobei sie ununterbrochen ihre Finger knetete. Sie schien zu überlegen und dabei einen inneren Kampf mit sich auszutragen. Plötzlich blieb sie stehen und schaute Eisenstein offen ins Gesicht.

„Okay. Sie bekommen es wahrscheinlich sowieso heraus. Gestern am späten Nachmittag. Dominik und ich saßen im Wagen auf dem Parkplatz am See, da sahen wir, wie mein Opa zum See ging. Dominik, der Trottel, ist natürlich sofort hinterher. Am See hat er meinen Opa eingeholt. Irgendwie ist es dann zum Streit gekommen. Er hat dann auf meinen Opa eingeschlagen und hat ihn getreten, als er am Boden lag. Ich kam ein oder zwei Minuten später dazu und konnte Dominik gerade noch davon abhalten, dass nicht noch etwas Schlimmeres passierte.“

„Mit Dominik meinen Sie bestimmt Dominik Bertram? Wieso waren Sie mit Dominik am See?“, warf Ronni ein.

„Ja. Wir sind zusammen. Das darf nur niemand wissen. Meine Mutter und auch Dominiks Mutter verständen die Welt nicht mehr und würden wahrscheinlich alles tun, damit wir auseinander kommen“, antwortete Anja und drehte sich dabei zu Ronni hin.

„Sie müssen wissen, meine Eltern sind mit Dominiks Eltern total zerstritten. Entschuldigung, mit Dominiks Mutter, der Vater lebt ja jetzt nicht mehr. Aber, was ist jetzt mit meinem Opa?“, fragte Anja nochmals und mit Sorgenfalten auf der Stirn wandte sie sich wieder Kommissar Eisenstein zu.

„Hat Ihre Mutter Ihnen nichts gesagt?“, fragte Eisenstein.

„Nein, was sollte sie mir denn sagen?"

„Hat Dominik ihren Opa nur geschlagen und getreten, oder war da noch mehr?", wollte Ronni Kern jetzt wissen.

„Was soll denn da noch sein. Klar, er hätte nicht so zutreten sollen. Aber er war außer sich vor Wut. Mein Opa hat ihn schließlich gestern mit einer Flasche zu Boden geschlagen. Ich konnte ihn gerade noch rechtzeitig stoppen. Dann sind wir zum Wagen gelaufen. Von dort habe ich dann den Notarzt gerufen", berichtete Anja.

Damit ist eine der beiden Anruferinnen an diesem Abend identifiziert, dachte Eisenstein.

Nur, wer hat mich angerufen und von Mord gesprochen?, überlegte er weiter.

„Ich weiß, wir hätten ihn nicht so einfach liegen lassen dürfen. Aber ich war froh, dass ich Dominik von meinem Opa weg bekam. Ich wollte nicht, dass noch mehr passierte. Es kann sein, dass mein Opa bewusstlos war, zumindest hatte er noch normal geatmet, davon habe ich mich überzeugt, bevor wir zum Wagen gelaufen sind", fuhr Anja schuldbewusst weiter und senkte ihren Kopf.

„Paul Altmann ist schwer verletzt. Er hat eine Stichverletzung in der Brust. Ob er überlebt, wissen wir noch nicht. Ihr Freund wird sich für seine Tat verantworten müssen. Aber auch an Sie werden viele Fragen wegen möglicher Beihilfe oder unterlassener Hilfeleistung gestellt werden", sagte Eisenstein emotionslos, um Anjas Schuldgefühl nicht noch mehr zu belasten.

Anja konnte ihre Tränen nicht zurückhalten. Sie schluchzte laut los. Die Anspannung, die sie bisher unterdrückt hatte, brach jetzt aus ihr heraus. Sie ließ sich wieder in den Sessel fallen, aus dem sie vorher aufgestanden war, und ihr Körper krümmte sich in die weichen Polster.

Die beiden Kommissare ließen Anja für kurze Zeit in Ruhe, damit sie die Möglichkeit hatte, sich wieder zu beruhigen. Nach einigen Minuten hatte sie sich soweit beruhigt, dass sie die beiden Kommissare wieder ansehen konnte. Ronni reichte ihr ein Papiertaschentuch, womit sie sich die Tränen abwischte und die Nase schnäuzte.

„Dominik hat auf meinen Opa nicht eingestochen. Er hat ihn lediglich geschlagen und getreten. Er hatte überhaupt kein Messer dabei. Wo ist mein Opa jetzt?“, fragte sie mit zittriger Stimme.

„Er ist im St.-Johannes-Krankenhaus in Sieglar. Wir fahren jetzt dorthin. Bleiben Sie bitte hier zu Hause. Sie können dort nichts machen. Ihr Großvater ist wahrscheinlich operiert worden und noch nicht ansprechbar. Morgen kann er vielleicht Besuch empfangen“, machte Eisenstein Anja Kunert Hoffnung.

„Übrigens, wieso geht Ihr Freund jetzt zum zweiten Mal auf Paul Altmann los? Was hat er gegen Ihren Großvater, dass er so ausrastet?“, fragte Eisenstein.

„Dominik ist der Überzeugung, dass mein Opa seinen Vater umgebracht hat. Ich habe ihm bereits mehrmals gesagt, dass mein Opa so etwas nie tun würde, auch wenn er manchmal jähzornig und gewalttätig ist.“

Eisenstein hatte das Gefühl, dass Anja Kunert wahrheitsgemäß berichtet hatte, was am See geschehen war. Das Mädchen konnte in dem Alter nicht so abgebrüht sein und zugesehen haben, wie ihr Freund ihren Opa erstochen hatte. Und wenn ihr Freund tatsächlich zugestochen hatte, hätte sie das jetzt gesagt, davon war Eisenstein überzeugt.

„Frau Kunert, was macht Ihr Vater eigentlich beruflich?“, wechselte Ronni neugierig das Thema.

„Mein Vater ist arbeitslos. Schon lange“, antwortete Anja Kunert und schaute zu Boden, als schämte sie sich für ihren Vater.

„Und Ihre Mutter, wo arbeitet sie?“

„Meine Mutter hat nur einen Aushilfsjob in einer Boutique in Bonn“, antwortete Anja.

„Wie heißt die Boutique denn?“

Anja zögert kurz und überlegt.

„Kreative Mode oder so ähnlich“, antwortet Anja.

„Wie können denn Ihre Eltern ein so schönes Haus finanzieren?“, entfuhr es Ronni.

Anja schaute erschrocken den Kommissar an, da diese intime Frage sie überraschte.

„Ich weiß nicht“, stotterte sie.

„Ich denke, Sie sind alt genug, dass Sie sich darüber sicherlich Gedanken gemacht haben oder sogar mit Ihren Eltern gesprochen haben“, bohrte Ronni weiter.

„Ich glaube, meine Mutter kennt da noch jemand, der ihr Geld geliehen oder geschenkt hat“, antwortete sie dann doch etwas zögernd.

„Okay, ich verstehe. Wer dieser Jemand ist, wissen Sie nicht?“

„Nein“, kam die kurze und klare Antwort.

Zu kurz und zu klar, als dass Ronni Kern das glauben konnte.

„Frau Kunert, das glaube ich Ihnen nicht. Sie müssen doch mitbekommen haben, mit wem sich Ihre Mutter trifft. Wahrscheinlich war dieser Mann auch öfter hier im Haus und Sie wollen dies alles nicht mitbekommen haben?“, hakte Ronni gnadenlos nach.

„Na ja.“ Sie macht eine Pause.

„Ich glaube ...", fahrig fuhren ihre Hände über ihre Arme. Sie wandte sich leicht ab.

„Was glauben Sie", fragte Ronni jetzt bereits ungeduldig und seine Stimme wurde lauter.

„... das war jemand aus Troisdorf-Müllekoven."

„Und wie heißt der Mann?"

„Franz Bertram, der jetzt tot ist", gab schließlich Anja widerwillig zu.

Da hatte er die Bestätigung. Frau Bertram hatte bereits im Gerichtsmedizinischen Institut lautstark behauptet, dass ihr Mann mit Brigitte Kunert ein Verhältnis hatte. In ihrer Wut hatte sie Frau Kunert sogar als Hure bezeichnet.

Anja schien jetzt erschöpft. Zu viele Neuigkeiten waren auf sie eingeprasselt; und die Überwindung, von gestern Abend zu berichten und die intimen Fragen der Kriminalbeamten zu beantworten, hatte an ihren Kräften gezehrt.

Die Kommissare standen auf und verabschiedeten sich. Anja schaute sie aus rot verweinten Augen an.

„Bleiben Sie zu Hause und warten Sie auf ihre Mutter. Und vielen Dank für ihre Auskünfte. Wir finden schon hinaus", sagte Eisenstein und beide Kommissare verließen das Wohnzimmer.

Anja begleitete die Kommissare nicht bis zur Türe. Sie blieb weiterhin im Sessel kauernd sitzen.

„Was sagst du dazu?", fragte Eisenstein seinen Kollegen, als sie wieder im Wagen saßen.

„Ich denke, sie hat die Wahrheit gesagt. Da war noch jemand anderes später am See, der zugestochen hat", meinte Ronni.

Frank nickte zustimmend.

„Nur, wer war das?“

Ronni zog eine erste Bilanz des Gespräches.

„Die Ehe der Eltern von Anja Kunert scheint kaputt zu sein. Der Mann ist wahrscheinlich Alkoholiker. Hast du die Flaschen in der Küche gesehen? Und dann die verärgerte Äußerung der Tochter *´mein Vater sitzt wahrscheinlich wieder in einer Kneipe´*. Die Mutter hatte mit Franz Bertram einen Freund und wahrscheinlich auch Liebhaber, der sie finanziell unterstützt. Womöglich von dem Geld, das er für sein Grundstück von der „Eigenheim“ bekommen hat. So habe ich das verstanden, was die Tochter eben sagte.“

„Ja genau, das denke ich auch“, stimmte Eisenstein zu.

„Lass uns wie geplant zum Sohn von Paul Altmann fahren, vielleicht erfahren wir von dem noch einiges mehr“, sagte Ronni, der am Steuer saß und den Motor startete.

*

Kurze Zeit später, nachdem die beiden Kriminalbeamten die Wohnung verlassen hatten, nahm Anja Kunert ihr Handy und rief ihren Freund Dominik Bertram an. Sie berichtete ihm vom Besuch der Kommissare und sagte ihm, dass sie den Vorfall am See gestanden habe.

„Und was ist mit deinem Opa?“, fragte Dominik.

„Der ist schwer verletzt und liegt im Sieglarer Krankenhaus. Ob er durchkommen wird, wusste der Kommissar nicht. Als wir weg waren, muss noch irgendwer mit einem Messer zugestochen haben. Mensch Dominik, hoffentlich wird mein Opa wieder gesund.“

Anja begann wieder zu schluchzen.

„Das ist ja schrecklich. Ich muss unbedingt mit deinem Opa sprechen. Der glaubt bestimmt, dass ich aus Rache für das, was er meinem Vater angetan hat, auch noch mit einem Messer zugestochen habe.“

„Ach Dominik. Mein Opa ist bestimmt nicht am Tod deines Vaters schuld. Glaub mir. Und jetzt mit ihm sprechen, wo er im Krankenhaus liegt, halte ich für keine gute Idee“, flehte Anja mit erstickter Stimme.

Dominik sagte nichts mehr dazu. Sein Entschluss stand fest: Er musste dringend mit Anjas Großvater sprechen.

„Sehen wir uns heute Abend?“, fragte er nach einer kurzen Pause.

„Ja, ich warte wie immer am Ende des Dorfes auf dich“, stimmte Anja erleichtert zu.

Sie und ihr Freund benötigten unbedingt die Unterstützung und den Trost des anderen. Alleine würden sie beide verrückt werden.

15. Kapitel

Der rote PKW erreichte die Einfahrt zum Parkplatz am Krankenhaus. Eine Schranke versperrte die Weiterfahrt. Um den Wagen auf dem Parkplatz abzustellen, hätte die Person, die den Wagen fuhr, einen Parkschein ziehen müssen. Nein, das wollte sie nicht. Wenn sie später das Krankenhaus schnell verlassen musste, wollte sie sich nicht mit dem Einlösen des Parkscheins belasten und unnötig Zeit verlieren.

Daher setzte sie ihren PKW zurück und fuhr weiter die Straße entlang. Nach bereits einhundert Metern fand sie die Möglichkeit, den Wagen am Bordstein abzustellen. Vom Beifahrersitz nahm sie eine Einkaufstüte, die sie vorsichtig auf ein kleineres Maß zusammenfaltete, ohne dabei den Inhalt unnötig zu bewegen.

Sie nahm die jetzt handliche Tüte in die linke Hand und ging ohne Eile zum Eingang des Krankenhauses.

Vor dem Krankenhauseingang stand eine Gruppe Männer, die rauchten. Einer der Männer stützte sich auf zwei Krücken, da sein rechtes Bein eingegipst war. Zwei andere trugen Bademäntel. Es handelte sich offensichtlich um Patienten, die auch während der stationären Behandlung ihrem Laster nachgingen. Die Person aus dem roten PKW schaute zur anderen Seite, als sie die Gruppe passierte, denn sie wollte unbedingt vermeiden, dass man sie erkannte.

Zügig betrat sie das Foyer des Krankenhauses, blieb kurz stehen und blickte sich verstohlen nach allen Seiten um. Mehrere Personen standen vor den beiden Aufzugstüren und warteten auf einen Aufzug, der sie nach oben befördern würde. Eine Mutter zerrte ihren ungefähr dreijährigen Sohn an der Hand durch das Foyer in Richtung Toilette. Das Kind schrie aus Leibeskräften.

Nachdem sich die Person mit der Einkaufstüte in der Hand orientiert hatte, steuerte sie langsam den Info-Schalter an. Den Kopf hielt sie leicht nach vorne gebeugt, damit ihr niemand direkt ins Gesicht sehen konnte. So dachte sie zumindest.

„Paul Altmann? Einen Augenblick bitte“, antwortete die ältere Dame an der Rezeption, nachdem die Person leise gesagt hatte, wen sie besuchen wollte.

„Zimmer 203 auf Station 2a“, gab die Dame weiter freundlich Auskunft.

„Kann ich jetzt Herrn Altmann besuchen oder ist jetzt vielleicht noch Arztvisite?“

„Die Visite ist jetzt bestimmt schon vorbei, denn die Ärzte beginnen immer sehr früh, meistens bereits um acht Uhr. Sie dürfen sicherlich den Patienten jetzt besuchen.“

Ein kurzes „Danke“ und die Person, die mit dem roten PKW gekommen war, eilte in Richtung Aufzug. Sie betrat den Aufzug zusammen mit einem Pfleger, der in eine Patientenakte vertieft war und sie nicht beachtete.

Auf der zweiten Etage angekommen, verließ sie den Aufzug und eine Hinweistafel wies ihr den Weg nach rechts zur Station 2a.

In einer Sitzecke saßen eine Frau und ein Mann und unterhielten sich. Im Vorübergehen vernahm sie das Wort ‚Mittagessen‘. Wahrscheinlich waren es zwei Patienten, die sich über die Gerichte des heutigen Mittagessens austauschten.

Sie ging zügig den Gang entlang, wobei ihre Augen nach Zimmer 203 Ausschau hielten.

*

Die Arztvisite war vorbei. Die Ärzte waren mit Altmanns Zustand zufrieden. Die Stichverletzung war zum Glück nicht sehr tief. Eine gebrochene Nase, zwei gebrochene Rippen und jede Menge Prellungen und Blutergüsse am Kopf und am Körper verursachten bei jeder kleinen Bewegung doch erhebliche Schmerzen. Der Kochsalzlösung, die er durch eine Infusion erhielt, war ein Schmerzmittel beigemischt, das seine Schmerzen einigermaßen erträglich machen sollte.

In dem Zweibettzimmer war er alleine. Das erste Bett am Zimmereingang war nicht mehr belegt. Der Patient wurde gestern entlassen. Wahrscheinlich würde er im Laufe des Tages einen neuen Zimmernachbarn erhalten.

Paul Altmann starrte gelangweilt zur Zimmerdecke. Er war müde, obschon die Nacht gerade erst vorbei war. Wahrscheinlich hatten ihm die letzten Tage doch mehr zugesetzt, als er verkraften konnte. Die Schlaftablette, die ihm die Schwester am Abend angeboten hatte, hatte er großspurig abgelehnt und erklärt, dass er so etwas nicht benötige. Er hätte auch in seinem Alter noch einen gesunden Schlaf und mit den Schmerzen käme er schon klar. Dann hatte er fast die ganze Nacht wach gelegen. Seine Gedanken und die Schmerzen ließen ihn nicht einschlafen. Nachträglich eine Schlaftablette anzufordern, dazu war er zu stolz.

Die Schwester hatte offensichtlich am Morgen doch bemerkt, dass er nicht geschlafen hatte, und hatte ihm eine

Schlaftablette nach der Arztvisite gegeben, damit er seinen Schlaf irgendwann im Laufe des Tages nachholen konnte.

Um Schmerzen bei der Bewegung zu vermeiden, griff er, ohne sich zu drehen und hinzuschauen, zu seinem Nachttisch, der auf der Fensterseite stand, und öffnete die Schublade. Er tastete mit den Fingern, bis er die Tablette gefunden hatte. Mit geschlossenen Augen steckte er die Tablette in den Mund. Jetzt noch einen Schluck Wasser aus dem Glas, das auf dem Nachttisch stand, und er würde bis zum Mittagessen den verpassten Schlaf nachholen. Auf die gleiche Weise ertastete er das Glas und spülte mit einem kräftigen Schluck die Tablette hinunter. Es dauerte nur wenige Minuten und er war eingeschlafen, obschon die Tablette in so kurzer Zeit noch nicht ihre Wirkung entfaltet haben konnte.

*

Leise wurde der Türgriff zum Zimmer von Paul Altmann heruntergedrückt. Eine Person betrat das Zimmer, die sofort wieder die Türe geräuschlos hinter sich schloss. Sie verharrte kurz und atmete tief durch. Zur Orientierung ein kurzer Blick durch das Zimmer. Zufrieden registrierte sie, dass das erste Bett nicht belegt war. Sie hätte keinen Plan B für den Fall gehabt, wenn Paul Altmann nicht allein im Zimmer gewesen wäre. Im Bett direkt am Fenster erkannte sie Paul Altmann.

Seine Augen waren geschlossen. Seinen Kopf zierte ein dicker Verband und seine Nase bedeckte vollständig ein breites Pflaster. In der Stille konnte man das Tropfen der Infusionslösung hören, die an seinem linken Handgelenk angebracht war.

Bei der Person, die leise das Zimmer betreten hatte, stellte sich Erleichterung ein, als sie feststellte, dass Paul Altmann schlief. Das würde ihr Vorhaben wesentlich vereinfachen.

Auf Zehenspitzen schlich sie zu seinem Bett. Sie setzte sich auf die Bettkante des freien Bettes neben Paul Altmann.

Ohne Zeit zu verlieren, nahm sie aus der zusammengefalteten Tragetasche ein kleines Fläschchen. Sie öffnete es und stellte es vorsichtig auf den Nachttisch des Nachbarbettes. Dann entnahm sie der Tragetasche eine Spritze, entfernte die Schutzhülle der Nadel, hielt die Nadel in das Fläschchen und zog die Spritze auf.

Paul Altmanns linker Arm mit der Venenkanüle, an der der Infusionsschlauch angeschlossen war, lag auf der Bettdecke. Vorsichtig öffnete die Person das Zusatzventil, durch das zusätzlich zur Infusion ein Medikament injiziert werden konnte. Als sie die Spritze in das Ventil einführte, begannen ihre Hände zu zittern. Ein sicheres Zeichen der Anspannung und Nervosität.

Nachdem sie die Spritze vollständig entleert hatte, steckte sie das Fläschchen und die Spritze wieder in die Tragetasche, die sie zusammengeknüllt in ihrer Jackentasche verstaute.

Die Person in Altmanns Zimmer wartete und beobachtete den Patienten. Offensichtlich wartete sie auf eine Reaktion.

Plötzlich öffnete sich der Mund von Paul Altmann. Er begann, kurz und heftig zu atmen. Gleichzeitig riss er seine Augen weit auf und starrte die Person an seinem Bett Hilfe suchend, fast flehend an. Er röchelte und versuchte zu sprechen. Seine Arme schlugen wild auf die Bettdecke. Er schien keine Luft mehr zu bekommen. Die Geräusche, die er von sich gab, wurden lauter, wobei sein Gesicht einen verzweifelten Ausdruck annahm. Ein lautloser Schrei formte seinen Mund.

Als sich eine starke Hand kompromisslos auf seinen Mund legte, und seine Sauerstoffzufuhr jäh unterbrach, schien er sich in sein Schicksal zu ergeben.

Seine Arme fielen leblos auf die Bettdecke und seine Augen schlossen sich.

Nach kurzer Zeit löste die Person die Hand von Altmanns Mund. Hastig drehte sie sich um und eilte zur Türe. Noch ein kurzer Blick zurück – Paul Altmann lag reglos auf seinem Bett.

Geräuschlos öffnete und schloss sie die Zimmertür. Der Flur war menschenleer. Lediglich vom Schwesternzimmer drangen Wortfetzen an ihr Ohr. Sie zwang sich, ohne Hast in Richtung Aufzug zu gehen, den sie aber nicht benutzte.

Sie öffnete die Glastür neben dem Aufzug, die ins Treppenhaus führte, in dem sie nach unten verschwand. Vorher warf sie noch die Einkaufstüte mit dem Fläschchen und der Spritze in den Müllschlucker neben der Türe.

Unbemerkt und unerkannt verließ sie das Krankenhaus.

16. Kapitel

Frank Eisenstein und Ronni Kern waren von Anja Kunert in Bergheim direkt nach Troisdorf-Spich zur Anschrift von Theo Altmann gefahren. Sie hatten jedoch den Sohn von Paul Altmann nicht angetroffen. Auch telefonisch konnten sie ihn nicht erreichen.

„Wir werden es heute Nachmittag nochmals versuchen“, beschloss Eisenstein, als sie wieder in Ronnis Wagen saßen.

„Fahren wir ins Krankenhaus. Der Altmann, der dort liegt, kann nicht weglaufen, den werden wir bestimmt antreffen“, scherzte Ronni.

Auf der Bonner Straße hatte sich wegen eines Unfalls ein Stau gebildet. Sie mussten über zwanzig Minuten warten, bis die Unfallstelle geräumt war. Als sie das Krankenhaus endlich erreichten, hatte leichter Regen eingesetzt und die beiden Kriminalbeamten liefen daher die wenigen Meter vom krankenhauseigenen Parkplatz bis zum Krankenhausportal.

Frank war von dem kurzen Sprint außer Puste, als er an der Information ankam. Ronni hingegen, der wesentlich sportlicher als sein Chef war, merkte man den Sprint nicht an.

Daher übernahm Ronni das Reden und gab Frank Zeit, sich zu erholen. Er fragte die Dame an der Information: „Guten Tag. Wo finden wir Herrn Paul Altmann? Herr Altmann wurde gestern eingeliefert.“

Die Dame suchte einige Augenblicke in ihrem Computer.

„Station 2a, Zimmer 203“, kam die knappe, mit einem Lächeln verpackte Antwort der Dame.

„Nehmen wir die Treppe oder fahren wir mit dem Aufzug?“, neckte Ronni seinen Chef, der sich langsam wieder erholte.

„Natürlich fahren wir. Ich möchte nicht, dass du dich verausgabst“, antwortete Frank lächelnd.

Der Aufzug kam sofort und brachte sie in wenigen Sekunden zur zweiten Etage. Als sich die Türe öffnete, trat Ronni Kern als Erster auf den Flur und blieb nach wenigen Schritten stehen.

„War das nicht gerade Dominik Bertram?“, fragte er erstaunt und sein Blick war dabei auf die Türe des zweiten Aufzuges geheftet.

„Hab‘ nichts gesehen. Das kann ich mir nicht vorstellen. Was soll denn dieser Bertram hier im Krankenhaus? Der wird mit Sicherheit nicht Paul Altmann besuchen“, fegte Frank Ronnis Frage beiseite.

„Okay, vielleicht habe ich mich geirrt.“

Ein Hinweisschild wies ihnen den Weg zur Station 2a der chirurgischen Abteilung. Am Beginn des Stationsflures kam ihnen ein Arzt entgegen. Dr. Alois Hafner, Oberarzt, stand auf dem Namensschild, das an seinem weißen Arztkittel geheftet war.

„Entschuldigung, Herr Dr. Hafner. Mein Name ist Frank Eisenstein und das ist mein Kollege Ronni Kern. Wir haben eine Frage“, sprach Eisenstein den Arzt an und zeigte seinen Dienstausweis.

„Ja, bitte Herr Kommissar, was kann ich für Sie tun?“

„Wir wollen zu Paul Altmann. Wie geht es ihm?“

„Herr Altmann hatte viel Glück. Der Messerstich hat keine lebenswichtigen Organe verletzt. Das Messer war nicht sehr tief eingedrungen. Wahrscheinlich hatte die Person, die zugestochen hatte, nicht genügend Kraft, um tiefer gelegene Organe zu schädigen. Die dicke Jacke von Herrn Altmann hatte da sicherlich auch einen großen Anteil dabei.

Die Messerspitze ist dann von einer Rippe abgerutscht und nicht tiefer eingedrungen. Wir mussten gestern lediglich eine kleine Operation durchführen, die er sehr gut überstanden hat. Heute Morgen haben wir ihn hier auf die Normalstation verlegt. Zimmer 203, dort drüben", gab Dr. Hafner bereitwillig Auskunft.

„Vielen Dank, Herr Doktor", sagten Frank und Ronni wie aus einem Munde.

„Gern geschehen", antwortete der Oberarzt und setzte seinen Weg zum Ausgang der Station fort.

Zimmer 203 war nur wenige Meter entfernt. In der Mitte des Flures, vor dem Schwesternzimmer, herrschte emsiges Treiben. Es war nach elf Uhr und die Schwestern organisierten das Mittagessen, das für elf Uhr dreißig vorgesehen war. Die beiden Kommissare beachteten sie nicht.

Eisenstein klopfte an die Zimmertüre und ohne Aufforderung öffnete er die Türe und trat in das Zimmer. Es handelte sich um ein modernes Zweibettzimmer. Direkt am Eingang ging eine Türe zur Nasszelle ab.

Das erste Bett war leer. Im zweiten Bett, direkt am Fenster, lag ein Patient. Seine Augen waren geschlossen. An seinem rechten Arm war eine Infusion angeschlossen. Der Infusionsständer mit dem Infusionsbeutel stand zwischen den beiden Betten.

Eisenstein erkannte sofort Paul Altmann. Er trat auf der Fensterseite ans Bett heran. Ronni Kern blieb am Fußende stehen.

„Guten Tag, Herr Altmann", sagte Eisenstein.

Keine Reaktion vom Patienten im Bett.

„Guten Tag, Herr Altmann", versuchte es Eisenstein nochmals. Dieses Mal etwas lauter.

Wieder keine Reaktion.

Eisenstein betrachtete nachdenklich das Gesicht von Altmann. Etwas stimmte hier nicht. Er beugte sich nahe über den Mund von Altmann. Er konnte keine Atemzüge spüren. Auch das Gesicht sah seltsam verfärbt aus und strahlte kein Leben aus. Vorsichtig legte er zwei Finger an die Halsschlagader. Er fühlte keinen Puls. Eisenstein drückte den Notruf an der Wand.

„Ronni, beeil dich. Ruf einen Arzt. Ich glaube, der Altmann ist tot."

Ronni lief auf den Flur und rief lautstark nach einem Arzt. Bereits wenige Augenblicke später stürmte er zusammen mit Dr. Hafner, den sie vorher auf dem Flur getroffen hatten, ins Zimmer. Eine Schwester folgte mit einigen Metern Abstand.

Der Arzt beugte sich über den Patienten und stellte nach wenigen Augenblicken fest, dass Paul Altmann tot war.

„Herr Altmann ist verstorben. Bitte verlassen Sie das Zimmer", forderte der Arzt die Kommissare auf.

„Ja, aber, wie ist das möglich?", stotterte Ronni.

„Sie sagten doch vorhin, dass es ihm gut gehe."

„Ich weiß es nicht. Heute Morgen bei der Visite war bei dem Patienten noch alles in Ordnung. Ich kann mir das auch nicht erklären. An der Infusion kann es nicht liegen. Das ist lediglich eine isotonische Kochsalzlösung zum Ausgleich des Flüssigkeits- und Mineralverlustes. Die erhält er bereits seit gestern Abend. Wir werden Herrn Altmann gründlich untersuchen und feststellen, woran er gestorben ist. Bitte gehen Sie jetzt", bat der Arzt, der genauso geschockt war wie die beiden Kriminalbeamten.

„Rufen Sie mich bitte an, wenn Sie etwas Genaueres wissen", bat Eisenstein und gab dem Arzt seine Karte.

„Das ist doch nicht mit rechten Dingen zugegangen. Hat hier vielleicht jemand nachgeholfen?“, sagte Ronni, als sie wieder auf dem Flur waren.

„Möglich. Als wir den Aufzug verließen, meintest du da nicht, du hättest Dominik Bertram gesehen?“, fragte Eisenstein nachdenklich.

„Natürlich. Der war womöglich kurz vor uns bei Altmann. Fragen wir die Schwestern.“

Ronni Kern ging vorweg zum Schwesternzimmer, wo die Wagen im Flur standen und von zwei Schwestern mit dem Mittagessen beladen wurden. Zwei weitere Schwestern saßen im Schwesternzimmer.

„Darf ich um Ihre Aufmerksamkeit bitten. Wir sind von der Kriminalpolizei Bonn und haben ein paar Fragen wegen Herrn Altmann“, begann Ronni und hielt seinen Dienstausweis hoch.

Die Schwestern stellten schlagartig ihre Arbeit ein. Die beiden Schwestern im Schwesternzimmer kamen ebenfalls hinzu. Das war ihnen bisher noch nicht vorgekommen, dass sie von der Polizei hier im Flur vernommen wurden.

„Hat Herr Altmann heute Besuch erhalten?“

Die Schwestern schauten sich ratlos an, bis sich eine kleine, ältere Schwester zu Wort meldete.

„Vor vielleicht zwanzig Minuten habe ich einen jungen Mann gesehen, der das Zimmer verließ. Um wen es sich dabei handelte, weiß ich nicht. Ich habe ihn auch nur von hinten gesehen, als er den Flur hinunter lief“, berichtete die Schwester, die sichtlich die Aufmerksamkeit der Kommissare und der Kolleginnen genoss.

„Sie sagen, er lief den Flur hinunter?“, hakte Ronni nach.

„Ja, ich dachte noch: Der hat es aber eilig“, antwortete die Schwester.

„Hat jemand gesehen, wann er das Zimmer betreten hat?“, schaltete sich Eisenstein ein.

Die Schwestern schauten sich gegenseitig an. Keine antwortete.

„Hat sonst noch jemand etwas gesehen?“, schaute sich Ronni Kern fragend in der Runde um.

„Ich glaube, so um zehn Uhr, die Visite war schon lange vorbei und das Frühstück abgeräumt, war eine Frau bei Herrn Altmann“, meldete sich jetzt eine Schwester, die gerade erst zu der Gruppe vor dem Schwesternzimmer getreten war.

„Glauben Sie das oder sind Sie sich sicher?“, fragte Eisenstein.

„Ja, ich bin mir da sicher. Sie war bereits älter und ich habe mich über den superkurzen, roten Rock gewundert, den sie trug. Wissen Sie, in dem Alter ...“

„Können Sie die Frau noch weiter beschreiben?“, unterbrach Eisenstein die Schwester.

„Sie hatte schwarze Haare, die sie zu einem Knoten gebunden hatte. Oder waren die Haare dunkelblond? Ich bin mir da nicht mehr sicher“, zweifelte die Schwester und legte nachdenklich die Hand an ihre Wange.

„Und das Gesicht?“, fragte Eisenstein weiter.

„Ich weiß nicht mehr. Das habe ich nur kurz gesehen. Sie drehte sich gerade zur Türe und ging hinein.“

„Wenn Sie das Gesicht nur kurz gesehen haben, wie können Sie denn sagen, dass die Frau bereits älter war?“, ließ Eisenstein nicht locker.

Der Frau wurde die öffentliche Befragung vor ihren Kolleginnen inzwischen peinlich und um ihren Hals machten sich rote Flecken von der Aufregung breit.

„Das sieht man doch, auch wenn man das Gesicht nur kurz sieht. Außerdem ist Herr Altmann auch nicht mehr der Jüngste“, versuchte die Schwester eine Erklärung.

„Und wann hat die Frau das Zimmer verlassen?“, fragte Eisenstein weiter.

„Das kann ich nicht sagen. Ich war auf dem Weg in ein Patientenzimmer.“

Da es keine weitere Wortmeldung gab, bedankte sich Eisenstein bei den Schwestern für ihre Unterstützung.

„Die Beschreibung der zweiten Schwester können wir vergessen. Schwarzes Haar, es können aber auch dunkelblonde Haare sein. Und dann das Alter. ´Das sieht man doch´, äffte Ronni die Aussage der Schwester nach, als sie zum Aufzug gingen.

„Dass Dominik Bertram hier war, steht aber fest“, sagte Eisenstein.

„Lass uns nach Müllekoven zu den Bertrams fahren. Vielleicht ist Dominik bereits zu Hause. Wieso hat der überhaupt in der Woche Zeit, hier herumzulaufen?“, überlegte Ronni laut.

„Keine Ahnung. Wahrscheinlich arbeitet er nicht oder studiert und geht einfach zurzeit nicht zur Uni“, mutmaßte Eisenstein.

Inzwischen hatten sie den Ausgang des Krankenhauses erreicht. Die Regenwolken von vorhin hatten sich verzogen. Die Sonne lachte wieder von einem stahlblauen Himmel. Die Welt wirkte wieder makellos und friedlich. Aber für die beiden Kommissare war nichts friedlich und schon gar nicht makellos und in Ordnung.

„Dann nach Müllekoven. Du kennst sicher den Weg“, meinte Eisenstein mit einem leichten Grinsen, da Ronni kein Navi im Wagen hatte.

„Natürlich Chef. Ich fahre Sie auf dem schnellsten Weg dorthin“, lachte Ronni, denn die Strecke von Sieglar nach Müllekoven war wirklich kein Weg, den man sich nicht merken konnte.

17. Kapitel

Die beiden Kommissare Frank Eisenstein und Ronni Kern bogen in die Straße ein, in der sich das Haus der Bertrams befand. Ein Wagen stand am Straßenrand vor dem Haus, aus dem ein junger Mann hastig ausstieg. Frank und Ronni erkannten ihn sofort. Es handelte sich um Dominik Bertram.

Hektisch schaute er sich um und erkannte den herankommenden Wagen der beiden Kommissare. Ronni, der am Steuer saß, konnte aus der Entfernung sehen, wie sich der Schrecken in Dominiks Gesichtszüge eingrub. Als Ronni seinen Wagen hinter Dominiks Wagen zum Stillstand brachte, hatte Dominik sich bereits umgedreht und lief in höchstem Tempo die Straße in Richtung Ortsausgang entlang. Kern und Eisenstein sprangen fast gleichzeitig aus ihrem Wagen.

„Ich verfolge ihn, den hole ich mir schon“, war Ronni überzeugt.

Vergangene Erfolge bei Polizeimeisterschaften machten ihn selbstsicher. Er glaubte, dass seine sportliche Verfassung ausreichen würde, den jungen Mann mit Leichtigkeit einzuholen.

Die jungen Leute heute sitzen doch nur vor ihrem Computer und haben nichts drauf, dachte er und startete einen beachtlichen Sprint.

Der Abstand zu Dominik wurde zusehends kürzer und trotz der Anstrengung machte sich ein kurzes Grinsen um Ronnis Mundwinkel breit.

In diesem Augenblick drehte Dominik seinen Kopf und schaute zurück. Als er sah, dass Ronni ihm bereits sehr nahe war, erhöhte er das Tempo. Erneut ein kurzer Blick über die Schulter und mit Genugtuung stellte er fest, dass der Abstand zum Kommissar wieder gewachsen war.

Inzwischen hatten sie die letzten Häuser passiert. Rechts neben der schmalen Straße befanden sich Kleingärten. Die Straße hatte jetzt leichtes Gefälle. Ronni nahm dies mit Erleichterung wahr. Seine Lungen verrichteten Höchstleistung und seine Beine wurden schwerer. Er musste dem Anfangstempo Tribut zollen. Seine Zuversicht, Dominik schnell zu fassen, war verflogen. Der junge Mann hatte einiges zu bieten, was sportliche Fitness betraf, stellte er mit Überraschung fest.

In einiger Entfernung tauchten die Gebäude der „Eschmarer Mühle" auf. Ronni kannte die Gebäude nicht, hatte auch keine Blicke dafür. Sein Blick haftete auf Dominiks Rücken, der sich immer mehr von ihm entfernte.

Ich Narr. Wäre ich doch nur nicht so überheblich in dem Glauben gewesen, ihn durch einen kurzen Sprint zu fassen. Hätte ich ihn im Wagen verfolgt, wäre jetzt bereits alles erledigt, fluchte er in Gedanken.

Dominik hatte inzwischen die Gebäude der Mühle erreicht und sich Ronnis Blicken entzogen.

Der Kommissar blieb abrupt stehen. Er konnte nicht mehr weiter laufen. Heftiges Stechen in der rechten Bauchseite machte jeden Schritt zur Qual. Er kannte diesen Schmerz, wenn seine Leber am Zwerchfell zog und einen Krampf auslöste. Lag es doch an der fehlenden Übung in den letzten Monaten? Er wusste es letztendlich nicht. Kräftig drückte er eine Hand auf die schmerzende Stelle in seinem Bauch und ging dabei langsam weiter. Allmählich beruhigte sich sein Atem und auch die Schmerzen ließen nach. Er trabte wieder langsam los und erreichte die ehemalige Mühle. Der Weg führte auf eine kleine Brücke über einen Bach, der auf der linken Seite der Brücke einen Teich gebildet hatte. Hinter der Brücke begannen sofort Felder und in einiger Entfernung konnte er den Siegdamm erkennen. Das Gelände war total offen.

Dominik konnte er nirgendwo ausmachen. Vor der Brücke führte ein grob gepflasterter Weg an den Gebäuden der Mühle vorbei. An Dominiks Stelle hätte er nicht den Weg ins freie Feld genommen, sondern die Abzweigung durch das Mühlengelände.

Ronni blieb auf dieser Seite des Baches und ging an dem Hauptgebäude der Mühle vorbei, das zu einem schmucken Wohnhaus umgebaut worden war. Als er an dem Haus hochschaute, dachte er sofort an Eisenstein, der mit seiner Freundin eine Wohnung suchte. Hier sollte er einmal anfragen. Die Lage würde ihm bestimmt gefallen.

Hinter dem Gebäude teilte sich der Weg. Rechts ging ein Weg ab, der nicht mehr asphaltiert war. Nach einer Wiese begannen Gebüsch und Bäume. Wahrscheinlich hatte Dominik diesen Weg gewählt, da er hier nicht von seinem Verfolger aus der Entfernung gesehen werden konnte. Es sah aus, als führte der andere Weg wieder direkt in bewohntes Gebiet. Ausschließen konnte Ronni nicht, dass Dominik hier entlang gelaufen war.

Ronni stand unschlüssig da. Schweißtropfen liefen in seine Augen. Er wischte sie mit dem Ärmel seiner Jacke weg und schaute sich um.

Plötzlich hellte sich seine Miene auf. Er hatte unerwartete Hilfe gesehen.

*

Als Ronni losspurtete und Dominik verfolgte, konnte Eisenstein ein Schmunzeln nicht unterdrücken. Er kannte seinen Freund genau und wusste, dass er überaus sportlich und ehrgeizig war. Es würde nicht lange dauern, bis er Dominik gefasst hatte, davon war er überzeugt.

Er überlegte, ob er die Verfolgung mit dem Wagen unterstützen sollte. Aber womöglich würde Dominik in eine für seinen Wagen zu enge Gasse oder in einen Fußweg einbiegen und die Verfolgung wäre für ihn dann beendet gewesen.

Da er den Verlauf der Wege und Straßen in Müllekoven nicht kannte, entschied er sich dagegen. Stattdessen wollte er in der Zwischenzeit Frau Bertram einen Besuch abstatten. Er wollte sie mit dem Tod von Paul Altmann konfrontieren und sehen, wie sie darauf reagierte.

Die Türe zum Innenhof war offen und er ging zur Haustüre hinüber und klingelte. Frau Bertram öffnete und schaute ihn überrascht an.

„Sie schon wieder“, begrüßte sie Eisenstein.

„Darf ich reinkommen?“, fragte Eisenstein.

Ohne ein Wort zu sagen, ging Frau Bertram voraus ins Wohnzimmer und setzte sich in einen Sessel.

„Nehmen Sie Platz“, forderte sie Eisenstein eisig auf.

Eisenstein kannte inzwischen ihre unfreundliche, gefühllose Art und wundert sich nicht mehr.

„Leider muss ich Sie nochmals aufsuchen. Mein Kollege und ich wollten ihren Sohn sprechen. Der hat aber leider gerade die Flucht vorgezogen, als er uns sah. Mein Kollege wird ihn sicher in Kürze gefasst haben und mit ihm hierher kommen“, begann Eisenstein mitleidlos mit der Wahrheit.

„Mein Sohn ist auf der Flucht? Wieso? Er hat doch nichts getan“, stammelte Frau Bertram.

Und zum ersten Mal sah Eisenstein bei der Frau Gefühle und Überraschung.

„Warum macht er so etwas?“

„Frau Bertram, Ihr Sohn hat Altmann gestern Abend am See überfallen und übel zugerichtet. Paul Altmann wurde ins Sieglarer Krankenhaus gebracht. Dort ist er heute verstorben. So wie es aussieht hat da jemand nachgeholfen und Ihren Sohn hat man heute Morgen im Krankenhaus gesehen. Ein Motiv für die Tat hat er auch, schließlich ist er davon überzeugt, dass Paul Altmann Ihren Mann umgebracht hat“, überraschte Eisenstein Frau Bertram.

„Das ist doch Unsinn. Altmann hat meinen Mann nicht umgebracht. Dieser dumme Junge.“

Frau Bertrams Augen füllten sich mit Tränen. Die Eiseskälte, die sie bisher umgab, war verflogen. Plötzlich schluchzte sie laut los und ließ sich auch durch beruhigende Worte des Kommissars nicht bremsen.

Eisenstein saß jetzt einer gebrochenen und kummervollen Frau gegenüber. Ihr Sohn schien ihr ein und alles zu sein. Dass er eventuell unter Mordverdacht stand, schien für sie unmöglich zu sein und rüttelte an ihrem Innersten.

„Woher wollen Sie wissen, dass Ihr Sohn unschuldig ist?“, fragte Eisenstein, als sie sich nach einer gefühlten Ewigkeit etwas beruhigte.

„Ich weiß es eben“, war die kurze Antwort.

„Wo waren Sie gestern so zwischen 17 und 19 Uhr?“, fragte Eisenstein. Frau Bertram schaute den Kommissar mit einem fragenden und überraschten Gesichtsausdruck an.

„Wieso fragen Sie das?“

„Antworten Sie bitte“, sagte Eisenstein nur.

Frau Bertram schien zu überlegen.

„Da war ich hier in meiner Wohnung. Wo sollte ich auch sonst sein?“

„Sie waren nicht vielleicht am See? Eventuell zu einem Spaziergang?“, versuchte es Eisenstein nochmals.

„Nein, zum See gehe ich nie mehr“, antwortete Frau Bertram jetzt wesentlich lauter.

„Kann jemand bezeugen, dass Sie zu Hause waren?“

„Ich denke nicht. Mein Sohn war nicht da. Wieso fragen Sie mich das alles?“, wollte Frau Bertram jetzt endgültig wissen.

„Das war die Zeit, in der Ihr Sohn am See war und Paul Altmann übel zugerichtet hat.“

Frau Bertram sagte nichts mehr dazu. Eisenstein stellte fest, dass sich ihre Augen wieder mit Tränen füllten. Sie hatte sich aber soweit in der Gewalt und unterdrückte ein erneutes Weinen.

Eisenstein schaute Frau Bertram nachdenklich an.

„Wo waren Sie eigentlich heute Morgen, so zwischen acht und elf Uhr?“, stellte Eisenstein eine neue Frage im Hinblick auf den Tod von Paul Altmann im Krankenhaus.

„Da war ich auch zu Hause. Ich bin immer zu Hause“, kam es monoton aus Ingrid Bertrams Mund. Dieses Mal fragte sie nicht nach dem Grund von Eisensteins Frage.

Eisenstein stellte keine weiteren Fragen mehr. Er fand, dass es im Augenblick sinnlos war.

Nach einer Weile, in der weder Eisenstein noch Frau Bertram ein Wort sprachen, brach Eisenstein das Schweigen.

„Die Leiche Ihres Mannes wird morgen freigegeben und er kann danach beerdigt werden. Haben Sie sich mit einem Beerdigungsinstitut in Verbindung gesetzt?“

„Nein“, zu weiteren Äußerungen ließ sich Ingrid Bertram nicht hinreißen.

Frank Eisenstein empfand das Verhalten von Frau Bertram als depressiv. Er hatte den Eindruck, dass Ingrid Bertram alles egal war, was mit ihrem Mann zu tun hatte. Lediglich das Schicksal ihres Sohnes schien sie zu bewegen.

„Ich schaue einmal nach, wo mein Kollege bleibt“, sagte er und verließ das Wohnzimmer. Frau Bertram blieb im Sessel sitzen und putzte ihre Nase mit einem Taschentuch.

Als Eisenstein durch die Diele zur Haustüre ging, fielen ihm verschiedene Paar Schuhe auf, die dort in einer Ecke standen. Es handelte sich ausschließlich um Damenschuhe, wahrscheinlich von Frau Bertram. Er nahm einen Schuh auf und schaute sich die Sohle an. Es handelte sich um einen normalen Straßenschuh mit wenig Profil. Im Innenschuh sah er, was er suchte. Größe 42, die gleiche Größe des Fußabdruckes, den seine Kollegen von der Spurensicherung am Tatort, an dem Franz Bertram ermordet wurde, gefunden hatten. Das musste nicht unbedingt etwas bedeuten. Tausende Menschen haben Schuhgröße 42. Die Abdrücke am Tatort stammten außerdem von Schuhen mit derbem Profil. Er schaute sich die übrigen Schuhe an. Es war kein Paar mit derbem Profil dabei.

Eisenstein trat auf den Bürgersteig hinaus, als ein Traktor neben ihm anhielt.

„Hallo Frank, hier ist Dominik Bertram“, schallte es von der Sitzbank des Tranktors und gleichzeitig sprang Ronni herab. Er landete direkt vor Frank Eisenstein.

Ronni half Dominik beim Absteigen, da dieser Handschellen trug und sich nur ungenügend festhalten konnte.

„Ich habe bereits von unterwegs einen Streifenwagen angefordert, damit die Kollegen Dominik zur Wache mitnehmen. Mir reicht es fürs Erste“, sagte Ronni, wobei sich sein Gesicht zu einer grausigen Grimasse verzog.

„Du siehst ja grausig aus. Hat dir die Joggingrunde nicht gefallen?", fragte Eisenstein und lachte dabei.

„Ich wusste, du würdest ihn bekommen. Gut gemacht", fügte er hinzu und klopfte seinem Kollegen dabei anerkennend auf die Schulter.

Das Lob aus dem Munde seines Chefs tat Ronni sichtlich gut, denn allzu oft ließ sich Frank nicht zu einem Lob hinreißen.

Er bedankte sich bei dem freundlichen Bauern. Wahrscheinlich hatte der in den nächsten Tagen einiges zu erzählen, denn Hilfe bei einem Polizeieinsatz konnte sicherlich keiner seiner Freunde bisher aufweisen.

In diesem Augenblick kam ein Streifenwagen mit Blaulicht um die Ecke. Zwei Beamte stiegen aus.

„Hier, das ist Dominik Bertram. Bringen Sie ihn bitte ins Präsidium nach Bonn. Und vielen Dank, dass Sie so schnell hier waren", sagte Ronni Kern zu den Kollegen der Streife.

„Kein Problem. Kommen Sie, Herr Bertram", sagte einer der Streifenbeamten. Eisenstein erkannte Grunert, von der Polizei in Troisdorf.

„Hallo, Herr Grunert. Auch wieder im Dienst?", begrüßte Eisenstein den Kollegen.

„Guten Tag Herr Kriminalhauptkommissar", begrüßte ihn Grunert wieder übertrieben formell.

„Na, lassen sie das mit dem Kriminalhauptkommissar künftig. Kommissar reicht völlig aus. Einen schönen Tag noch."

Gerade als Grunert Dominik zum Streifenwagen abführte, öffnete sich die Tür zum Innenhof des Hauses der Bertrams. Frau Bertram stand im Türrahmen. Sie lief zu ihrem Sohn und nahm ihn in die Arme.

„Dominik, was hast du bloß gemacht? Wieso rennst du weg? Altmann hat deinem Vater nichts getan. Ich will dich nicht auch noch verlieren, weil du etwas Unüberlegtes tust", rief sie und wieder konnte sie ihre Tränen nicht zurückhalten.

„Ach Mama. Ich habe den Altmann auch nicht umgebracht. Ich habe ihn lediglich verprügelt. Ich hoffe, das wird sich alles aufklären. Ich bin bestimmt bald wieder bei dir. Mir sind einfach die Nerven durchgegangen, als ich die Kommissare sah", tröstete Dominik seine Mutter.

Ronni trennte Frau Bertram von ihrem Sohn, damit er in den Streifenwagen einsteigen konnte. Die beiden Streifenbeamten drängten Dominik auf einen der hinteren Sitze des Streifenwagens. Grunert setzte sich neben Dominik. Der andere Kollege setzte sich ans Steuer und der Wagen fuhr davon.

„Frau Bertram, es wird sich alles klären. Gehen Sie bitte ins Haus. Sie können ihrem Sohn nicht helfen. Er muss es selbst verantworten, wenn er etwas getan hat. Wir werden das klären und ich sage Ihnen Bescheid", sagte Eisenstein und nahm Frau Bertram am Arm und führte sie ins Haus.

Frau Bertram ließ sich willenlos ins Wohnzimmer führen und fiel dort erschöpft in den Sessel.

„Ich lasse Sie jetzt allein. Wenn Sie eine Freundin oder Verwandte haben, die sich um Sie kümmern kann, rufen Sie sie bitte an. Es ist nicht gut, wenn Sie alleine bleiben", gab Eisenstein Frau Bertram den Rat.

„Ja, ja", sagte Frau Bertram schwach.

Eisenstein verabschiedete sich und ließ die Frau mit ihrem Kummer allein.

Ronni Kern und Frank Eisenstein fuhren auf direktem Weg ins Präsidium. Die Vernehmung von Dominik Bertram durfte nicht aufgeschoben werden.

„Es hat doch eine Zeit gedauert, bis du ihn gefasst hattest", begann Eisenstein und schaute Ronni von der Seite an.

„Der Kerl war verdammt schnell. Ich hatte keine Chance. Doch ein Zufall hat mir geholfen.“

„Sag bloß, da hast ihn mit dem Traktor verfolgt“, lachte Frank.

„Nein, natürlich nicht. Der Bauer war nur so nett und hat mich hierher gefahren, als ich ihn gefasst hatte. An der alten Mühle stand ein Fahrrad. Das war unverschlossen. Zum Glück hatte ich dann den richtigen Weg gewählt, denn sehen konnte ich Dominik nicht mehr. Gegen ein Mountainbike mit 28 Gängen hatte Dominik keine Chance mehr. Als ich vom Fahrrad gesprungen war und ihn festhielt, hat er sich nur kurz zur Wehr gesetzt. Er war genauso fertig wie ich und hatte keine Kraft mehr“, berichtete Ronni.

Eisenstein lachte lauthals und Ronni stimmte mit ein.

„So eine Verfolgung hatten wir noch nicht. Zum Glück ist sie erfolgreich ausgegangen.“

„Hat er gesagt, wieso er geflohen ist und warum er im Krankenhaus war?“, fragte Eisenstein.

„Frank, der zitterte am ganzen Körper. Der war fertig, und nicht nur vom Laufen. Er sagte, seine Freundin habe ihn angerufen. Von ihr habe er erfahren, dass Altmann im Krankenhaus lag. Außerdem hatte er Angst, dass Altmann stirbt und dass ihm das zur Last gelegt würde. Er habe nicht anders gekonnt, als ins Krankenhaus zu fahren, um sich zu überzeugen, dass Altmann noch lebe. Dort wollte er, wenn möglich, mit ihm sprechen. Altmann habe aber geschlafen. So wie er Altmann vorfand, mit Kopfverband, Nasenpflaster und Infusionsständer, sah er ein, dass ein Gespräch nicht möglich war. Daraufhin sei er wieder gegangen. Wahrscheinlich war Altmann da schon tot. Als er unseren Wagen dann sah, glaubte er, Altmann sei verstorben und wir wollten ihn verhaften.“

„Was hältst du davon?“, fragte Eisenstein.

„So fertig, wie der war, kann ich mir nicht vorstellen, dass er sich das zusammengereimt hat. Ich denke, das mit der Flucht war eine Kurzschlussreaktion.“

„In Ordnung. Mal sehen, was er sagt, wenn wir ihn verhören.“

Dann berichtete Eisenstein von den Schuhen in Größe 42, die er im Flur bei den Bertrams gesehen hatte.

„Vielleicht ein Zufall? Hätte Frau Bertram ein Motiv, ihren Mann umzubringen?“, überlegte Ronni.

„Vielleicht. Schließlich hatte ihr Mann eine Freundin. Ihn deswegen umzubringen halte ich für etwas weit hergeholt. Oder sollte das Geld der Firma „Eigenheim“ eine Rolle spielen?“, überlegte Eisenstein.

„Wir werden sehen. Die Frau ist nach wie vor irgendwie seltsam“, sagte Ronni Kern.

18. Kapitel

Mittag war bereits vorbei, als der schwere Mercedes-Benz-Müllwagen der Rhein-Sieg-Abfallgesellschaft bedächtig um die Kurve zum Marktplatz bog. Burak Yilmaz und sein deutscher Kollege Holger Stein sprangen von den Standplätzen neben der Heckklappe und eilten zum nächsten Haus, das Sperrmüll herausgestellt hatte. Für die Abholung des Sperrmülls stellte die Abfallgesellschaft grundsätzlich zwei Müllwerker plus Fahrer je Müllfahrzeug bereit, da mitunter schwerere Abfallgegenstände in das Müllauto gehoben werden mussten. Auch spielte der Zeitfaktor für die personelle Bestückung des Müllwagens eine erhebliche Rolle. Die geplante Strecke war in der vorgesehenen Zeit nur mit zwei Mann zu bewältigen.

Die Crew des Müllfahrzeuges war bereits seit vor sieben Uhr unterwegs und es wurde Zeit, dass bald Feierabend war. Allmählich schwanden die Kräfte Buraks und Holgers. Trotz der Anstrengung fuhr Burak gerne die Tour für den Sperrmüll mit. Oft schon hatte er noch brauchbare Gegenstände oder Spielzeug für seine Kinder mit nach Hause genommen. Von seinem Lohn als Müllwerker konnte er nur selten neues Spielzeug für seine fünf Kinder kaufen. Seine Familie freute sich, wenn er schöne Spielsachen von der Tour mit nach Hause brachte.

Seine Augen überflogen gewohnheitsmäßig die bereitgestellten Gegenstände. Heute hatte er noch nichts Brauchbares gefunden.

„Hey, Burak, schau einmal hier. Ein Kescher. Du bist doch Angler, wäre das nichts für dich? Der scheint noch total in

Ordnung zu sein", rief sein Kollege, der sich dann einige andere Gegenstände nahm und zur Heckklappe schleppte.

Burak ging zu der Stelle, wo der Kescher lag. Nach kurzer Begutachtung kam er zu dem Ergebnis, dass er diesen tatsächlich gut gebrauchen könnte, nahm ihn und legte ihn auf den Beifahrersitz des Müllfahrzeuges.

„Pass gut darauf auf, der ist für mich privat", rief er gut gelaunt Erwin, dem Fahrer, zu.

Erwin lachte: „Okay, Burak, ich weiß, du kannst alles gebrauchen."

Kurz nach vierzehn Uhr war ihre Tour zu Ende und Burak und sein Kollege Holger setzten sich auf die Beifahrerbank. Jetzt noch zur Kippe den Wagen entladen und dann war endlich Feierabend.

„Burak, du hast doch diesen Kescher gefunden. Ich habe da so eine Vermutung. Stand nicht in der Zeitung, dass der Mann, der Sonntag tot am See aufgefunden wurde, eventuell mit einem Kescher unter Wasser gedrückt wurde bis er ertrunken war? Den Kescher hatte man am See nicht gefunden", sagte der Fahrer des Müllwagens.

Das stimmte. Montag wurde im ersten Bericht in der Zeitung nichts von einem Kescher erwähnt. Erst dienstags, als nähere Einzelheiten bekannt wurden, konnte man lesen, dass die Polizei vermutete, Franz Bertram sei mit einem Kescher unter Wasser gedrückt worden.

Trotzdem konnte Erwin sich nicht vorstellen, dass der soeben gefundene Kescher auch der gesuchte Kescher war. Er wollte Burak lediglich etwas aufziehen und Spaß haben.

„Kann sein, ich weiß nicht. Ich lese keine Zeitung", antwortete Burak uninteressiert.

„Wo hast du den Kescher gefunden?"

„Das war ‚Im Kirchtal' in Sieglar. In der Nähe des Marktes. Warum willst du das wissen?", fragte Burak jetzt interessierter.

Erwin stieß Holger vorsichtig an, ohne dass Burak etwas bemerkte. Er musste sich ein Grinsen verkneifen.

„Überleg' doch mal. Vielleicht ist der Mörder gestern Abend oder heute Morgen am Markt in Sieglar vorbei gefahren und wollte den Kescher loswerden und hat ihn dort einfach zum Sperrmüll gelegt."

„Vielleicht bekommst du sogar eine Belohnung, wenn du den Kescher zur Polizei bringst und du damit zur Aufklärung eines Mordes beiträgst", warf Holger Stein ein und machte dabei einen überaus wichtigen Gesichtsausdruck.

Er hatte Erwin durchschaut und wollte an dem Spaß teilhaben.

Buraks Interesse war jetzt vollständig geweckt. Er war davon überzeugt, dass seine Kollegen es ernst meinten.

„Meint ihr wirklich, ich soll den Kescher zur Polizei bringen?"

„Na, klar", kam es wie aus einem Munde von seinen beiden Kollegen.

„Das mach ich auch. Wenn ich eine Belohnung erhalte, bekommt ihr natürlich etwas davon ab."

Buraks Vorfreude war nicht zu übersehen, daher ließen ihn seine Kollegen in dem Glauben. Im Geheimen hatten sie ihren Spaß und freuten sich schon auf morgen, wenn Burak ihnen von der Pleite des Polizeibesuches erzählen würde.

Burak war fest entschlossen: Bevor er nach Hause fuhr, würde er zur Polizeistation in Troisdorf fahren und dort den Kescher abgeben. Seine Familie würde er vorher nicht anrufen und von der möglichen Belohnung erzählen. Es sollte schließlich eine Überraschung sein, wenn er mit einigen Hundert Euros unverhofft nach Hause kam.

*

„Hier ist ein Kollege von der Polizeiwache Troisdorf. Sein Name ist Grunert. Er möchte unbedingt zu Ihnen. Er hat so ein Angelgerät unter dem Arm. Kann ich ihn hochschicken?", fragte die Dame vom Empfang.

„Ja, ja. Den kenne ich. Er kann hochkommen", antwortete Kommissar Eisenstein.

Eisenstein saß alleine in seinem Büro. Ronni Kern verhörte nochmals Dominik Bertram. Er beabsichtigte, den bösen Polizisten zu spielen und Dominik unter Druck zu setzen. Vielleicht kam dabei etwas anderes heraus.

Das erste Verhör durch Frank Eisenstein brachte wenig Erfolg. Er versuchte es mit der freundlichen Tour. Dominik blieb immer wieder bei seiner ursprünglichen Aussage. Anja habe ihn angerufen und gesagt, dass ihr Opa im Krankenhaus läge und dass es ihm schlecht ginge. Er habe Paul Altmann geschlagen und getreten. Mit einem Messer zugestochen habe er nicht. Er sei doch kein Mörder. Im Krankenhaus sei er nur gewesen, um zu sehen, wie es ihm ginge. Außerdem wollte er ihm sagen, dass er ihn nicht niedergestochen habe. Als er das Zimmer im Krankenhaus betrat, habe Paul Altmann geschlafen. Dominik meinte noch, dass Altmann schlecht aussah. Er wollte ihn nicht wecken und habe sofort wieder das Zimmer verlassen.

Eisenstein neigte dazu, ihm zu glauben.

Es klopfte an der Türe. Eisenstein rief kurz „Herein“ und die Türe öffnete sich. Im Türrahmen stand mit einem strahlenden Lächeln Polizeihauptmeister Grunert.

„Hallo Herr Grunert. Kommen Sie ruhig herein. Was haben Sie denn da unter Ihrem Arm?“, fragte Eisenstein neugierig.

„Guten Tag Herr Kriminalhauptkommissar“, begrüßte Grunert Eisenstein.

„Das ist ein Kescher, wie man ihn beim Angeln benutzt. Ich glaube, das ist der Kescher, der am Tatort am See nicht auffindbar war“, strahlte Grunert Eisenstein an und legte eine durchsichtige Plastikhülle mit dem Kescher auf Eisensteines Schreibtisch.

„Woher haben Sie den Kescher?“, fragte Eisenstein, während er den Kescher in der Hülle betrachtete.

Grunert erzählte ihm, dass ein Müllwerker den Kescher beim Sperrmüll gefunden und in der Polizeiwache abgegeben hatte.

„Und stellen Sie sich einmal vor. Der wollte unbedingt eine Belohnung“, lachte Grunert.

„Ich musste alle Überredungskünste aufbieten, damit er mir den Kescher auch ohne Belohnung gab.“

„Haben Sie den Kescher auf Fingerabdrücke untersuchen lassen?“, fragte Eisenstein.

„Nein, ich bin sofort zu Ihnen gefahren“, antwortete Grunert.

„Vielen Dank, Herr Kollege. Dann will ich mal hinunter zum Labor. Sie können direkt mit mir hinuntergehen“, forderte Eisenstein Grunert auf.

Im Parterre verabschiedete sich Eisenstein von dem Troisdorfer Kollegen und ging weiter zum Labor, wo er den Kescher zur Untersuchung abgab.

Als Frank Eisenstein wieder sein Büro betrat, saß Ronni Kern bereits vor seinem Schreibtisch und wartete auf ihn.

Eisenstein berichtete Ronni kurz über den Kescherfund.

„Und wie war es bei dir? Konntest du mehr aus Dominik Bertram heraus holen?", fragte Eisenstein.

„Nein. Ich habe alles versucht. Wahrscheinlich ist es so, dass er nicht zugestochen hat und auch im Krankenhaus Altmann nichts angetan hat", antwortete Ronni.

„Er bleibt trotzdem vorerst in Untersuchungshaft", entschied Eisenstein.

„Einverstanden. Ich hole uns einen Kaffee", stimmte Ronni zu und begab sich in den Flur zum Kaffeeautomaten.

Frank und Ronni hatten gerade den ersten Schluck Kaffee getrunken, als die Türe aufging und ein Kollege der Kriminaltechnik im weißen Kittel eintrat. In der Hand hielt er den Kescher.

„Am Griff und am Teleskopstab haben wir keine Fingerabdrücke gefunden. Mit Sicherheit sind die abgewischt worden", berichtete der Kollege aus dem Labor. Dann erhob er seine Stimme und fügte hinzu: „Aber auf dem blanken Metall, das die Halterung des Netzes zusammenhält, haben wir einen, zwar nicht vollständigen, aber brauchbaren Fingerabdruck gefunden. Der Abdruck ist nicht bei uns registriert."

„Vielen Dank für die schnelle Arbeit", sagte Eisenstein und der Mann gab Kommissar Kern den Kescher und verließ das Büro.

„Na, das ist doch etwas", meinte Ronni, der sich wieder vor Franks Schreibtisch gesetzt hatte.

„Ja, wenn wir jetzt noch wüssten, von wem der Fingerabdruck ist, wäre wahrscheinlich der erste Mord geklärt", stimmte Eisenstein zu.

„Überlegen wir doch einmal, welche Abdrücke wir haben“, schlug Ronni vor.

„Wir haben die Fingerabdrücke von Dominik Bertram heute genommen. Auch die Abdrücke von Paul Altmann wurden registriert. Wir haben keinen Abdruck von der Freundin von Dominik, aber ich denke, die kommt nicht infrage. Dem jungen Mädchen traue ich keinen kaltblütigen Mord zu. Außerdem hat sie kein Motiv“, überlegte Eisenstein laut.

„Wir haben keine Fingerabdrücke von Brigitte Kunert und Theo Altmann, den beiden Kindern von Paul Altmann. Ein Motiv sehe ich zumindest bei Brigitte Kunert nicht. Franz Bertram war immerhin der Geliebte von Brigitte Kunert, der zudem seine Freundin wahrscheinlich finanziell unterstütze.“

Ronni machte eine kurze Pause.

„Dann ist da noch Theo, der Bruder, der hätte vielleicht ein Motiv, wenn auch nicht für den Mord an Franz Bertram, aber für den Überfall auf seinen Vater am See. Gestern, bevor ich nach Hause fuhr, bin ich noch einmal nach Troisdorf-Spich gefahren und habe mit den Nachbarn von Theo Altmann gesprochen. Hier ist es anders als in der Großstadt – hier wissen die Menschen viel über ihre Nachbarn. Seine Firma ist fast pleite, wenn er nicht umgehend Geld in die Firma steckt. Ich denke, er würde von seinem Vater erben und könnte dann, im Gegensatz zu seinem Vater, das Grundstück an die „Eigenheim“ verkaufen“, fuhr Ronni mit den Überlegungen fort.

„Dann hätten wir noch die Freundin von Paul Altmann. Ein Motiv sehe ich bei ihr nicht“, ergänzte Eisenstein die Überlegungen.

„Außerdem hat sie ein Alibi. Paul Altmann hat bestätigt, dass sie Samstagabend und die ganze Nacht bei ihm war“, ergänzte Ronni.

„Dann bleiben nur noch die Frau von Franz Bertram, Ingrid Bertram, die sich manchmal seltsam verhält, und der Mann von Brigitte Kunert, den wir noch gar nicht kennen. Ich glaube, Konstantin heißt er. Wusste er von dem Verhältnis seiner Frau mit Franz Bertram?“, führte jetzt Frank wieder die Überlegungen weiter.

„Der ist anscheinend Alkoholiker. Möglich, dass ihm das Verhältnis seiner Frau völlig egal ist, wenn nur Geld für Alkohol da ist“, warf Ronni ein.

„Trotzdem, ein Motiv hat er. Eifersucht. Die ist bei Alkoholikern nicht ausgeschlossen. Wir benötigen Fingerabdrücke von ihm, von Ingrid Bertram und vorsichtshalber auch von Theo Altmann und auch von Brigitte Kunert“, beendete Eisenstein die Überlegungen.

„Wohin fahren wir zuerst?“, fragte Ronni und schaute Frank erwartend an.

Jetzt, da mit dem Fingerabdruck eine Spur vorhanden war, war sein Jagdinstinkt geweckt.

„Heute fahren wir nirgendwo mehr hin. Ich muss nach Hause. Du weißt doch, ich habe mit Inka noch einiges zu klären“, sagte Eisenstein entschlossen, machte dabei aber ein brummiges Gesicht.

„Verstehe, ich wünsche dir, dass du die richtige Entscheidung triffst“, sagte Ronni mitfühlend.

19. Kapitel

Der nächste Tag sollte ein schöner Herbsttag werden. Zumindest was das Wetter betraf. Die Sonne schien von einem wolkenlosen Himmel und auch die Temperatur war bereits am frühen Morgen angenehm warm und entsprach in keiner Weise einem Herbsttag.

Warmer Sonnenschein bedeutete jedoch nicht für alle Menschen, dass der Tag ein schöner Tag werden würde. Beziehungsprobleme konnten einem schon den Zugang zu den schönen Seiten des Tages verwehren und die Laune grundlegend vermiesen. Frank Eisenstein war so ein Mann, dem dieses schöne Wetter heute keinen schönen Tag bescherte. Ihm stand nicht der Sinn nach schönem oder schlechtem Wetter. Er hatte enorme private Probleme.

Die Sonnenstrahlen hatten Ronni Kern früh geweckt und er war entgegen seiner sonstigen Gewohnheit bereits kurz vor acht Uhr im Büro. Sybille Baum, sowohl seine als auch Frank Eisensteins Sekretärin, hatte das schöne Wetter ebenfalls früh ins Büro getrieben. Sie hatte die Fenster geöffnet, damit die klare Luft in die stickige Bürowelt eindringen konnte. Auf ihre morgendliche Zigarette konnte sie jedoch nicht verzichten. Eisensteins Anweisung befolgend, ging sie hierfür in das Raucherzimmer, das auf Eisensteines Veranlassung und mit Unterstützung des Personalrates zu Beginn der Woche eröffnet worden war.

Ronni wartete auf Eisenstein, der normalerweise um diese Zeit bereits im Büro war. Heute ließ er sich Zeit. Wie er gestern gesagt hatte, wollte er mit Inka, seiner Freundin, einiges klären. War seine Verspätung jetzt ein gutes oder ein schlechtes Zeichen? Er war gespannt, welche Neuigkeiten Frank ihm eröffnen würde.

Außerdem wollte er möglichst früh die Sache mit den Fingerabdrücken erledigen. Zu sehr brannte es ihm unter den Nägeln zu erfahren, wem der Abdruck auf dem Kescher gehörte. Er war sich sicher, dass der Abdruck einem Familienmitglied der Bertrams oder Altmanns gehören würde. Es sei denn, der Kescher hatte nichts mit dem Mord zu tun, und der Abdruck würde niemandem zugeordnet werden können.

Ronni hatte sich in seinem Schreibtischsessel zurückgelehnt und las die Tageszeitung, als sich die Bürotür öffnete. Eisenstein betrat langsamen Schrittes das Büro. In jeder Hand schleppte er einen großen, und wie es aussah, auch schweren Koffer. Mit lautem Stöhnen stellte er die beiden Koffer neben seinen Schreitisch. Ohne ein Wort zu sagen, verschwand er wieder durch die noch offene Bürotür, ließ diese weiterhin offen stehen und kam umgehend mit zwei prall gefüllten Sporttaschen zurück, die er zu den Koffern stellte.

Neugierig geworden, ließ Ronni die Tageszeitung auf den Schreibtisch fallen. Er starrte das Gepäck an und ahnte, dass Eisenstein keine gute Nachricht mitbringen würde. Ronni löste seinen Blick von den Koffern und Taschen und schaute Frank Eisenstein an. Spätestens jetzt wusste er, dass Franks spätes Erscheinen ein schlechtes Zeichen war. Franks Gesicht war zerknittert, die Mundwinkel nach unten gezogen und um seine Augen hatten sich dunkle Ränder gebildet. Ein Zeichen dafür, dass er in der vergangenen Nacht gar nicht oder zumindest nicht viel geschlafen hatte.

Eisenstein ließ sich in seinen Schreibtischsessel fallen.

Ronni stand auf und schloss alle Fenster. Zuletzt das Fenster neben Eisensteins Schreibtisch. Dann setzte er sich vor Franks Schreibtisch auf den Besucherstuhl. Die Sichtschutzwand, die Eisensteins Schreibtisch von den anderen beiden Schreibtischen abschirmte, sorgte dafür, dass Frank und Ronni das Gefühl hatten, niemand hörte ihr Gespräch mit. Besonders nicht Frau Baum, die inzwischen aus dem Raucherzimmer zurück war und jetzt eifrig die Tastatur ihres PC bearbeitete.

„Morgen, Frank. Ich glaube, es ist aber kein guter Morgen für dich. Was ist los?“, fragte er besorgt.

„Es ist tatsächlich kein guter Morgen. Aber der gestrige Abend und die Nacht waren noch viel schlimmer. Es ist Schluss mit Inka. Wie du siehst, habe ich die Koffer gepackt und sie verlassen. Ich denke, es ist besser so.“

Eisenstein lehnte sich zurück und schloss für einen Moment die Augen.

„Und wo willst du jetzt hin?“, erkundigte sich Ronni.

„Wenn ich das wüsste. Du wohnst doch mit Isabelle in dieser Pension. Ist da vielleicht noch ein Zimmer für mich frei? Dann hätten wir dort eine Zweigstelle unseres Kommissariats“, versuchte Frank einen Scherz.

Sein Freund lachte nicht. Auch Frank war nicht zum Lachen aufgelegt. Deshalb entstand aus Franks Gesicht nur eine undefinierbare Fratze. Der Scherz ging vollständig daneben.

Ronni fragte nicht weiter nach. Er kannte seinen Chef genau. Frank würde ihm erzählen, was vorgefallen war. Aber später, wenn er selbst mit der Situation klargekommen war. Im Augenblick war er sicherlich emotional noch zu sehr mit den Vorgängen beschäftigt.

Er nahm sein Handy und suchte die Nummer seiner Pension. Kurze Zeit später hatte er geklärt, dass dort für seinen Kollegen ein Zimmer frei war. Eisenstein war froh, dass er für die nächste Zeit eine Unterkunft und vielleicht abends Gesellschaft durch Ronni und dessen Freundin hatte.

Ronni brachte es nicht übers Herz, seinem Chef heute zu sagen, dass er mit seiner Freundin bereits Ende nächster Woche aus der Pension ausziehen würde. Sie hatten eine Wohnung gefunden, in der sie nach Renovierung des gesamten Hauses Erstmieter waren, und daher selbst keine Renovierung vornehmen mussten.

„Komm, versuchen wir, unsere beiden Mordfälle zu lösen", sagte Eisenstein, um Normalität bemüht.

„Wohin fahren wir zuerst, um Fingerabdrücke zu nehmen. Oder sollen wir vorher nochmals Dominik Bertram verhören?", wollte Ronni wissen.

„Dominik müssen wir sowieso im Laufe des Tages laufen lassen. Wir haben keine Handhabe gegen ihn. Besuchen wir zuerst Brigitte Kunert und ihren Mann", entschied Eisenstein und stand auf, nahm seinen Autoschlüssel aus der Hosentasche und warf ihn Ronni zu.

„Fahr du. Ich kann mich im Augenblick schlecht konzentrieren. Mir geht zu viel im Kopf herum."

Ein kurzes *„Okay"* von Ronni und ein *„bis später"* in Richtung Sybille Baum, und beide verließen das Büro.

Sie hatten gerade die Tür geschlossen, als Sybille Baum im Türrahmen erschien und die beiden Kommissare zurückrief.

„Ein Dr. Hafner vom Krankenhaus in Sieglar ist am Apparat und möchte einen von euch sprechen. Es scheint wichtig zu sein."

Die beiden Kommissare zogen die Augenbraue hoch. Dr. Hafner hatte mit Sicherheit wichtige Neuigkeiten. Sie gingen zurück ins Büro und Ronni nahm den Hörer. Er schaltete den Lautsprecher ein, damit Frank mithören konnte.

„Ronni Kern am Apparat. Guten Morgen Herr Doktor. Was gibt es Neues?“

„Wir wissen jetzt, woran Paul Altmann gestorben ist. Wir haben sein Blut untersucht und einen enorm hohen Allergengehalt festgestellt. Die Infusionslösung war nicht belastet. Wir vermuten, dass über den Venenkatheter das Allergen eingespritzt wurde. Er hat einen anaphylaktischen Schock erlitten.“

„Wieso hat das niemand rechtzeitig bemerkt?“, fragte Ronni Kern.

„Durch das direkte Einspritzen einer solch großen Menge in die Vene bleiben nur wenige Augenblicke, bis der Schock einsetzt, der in diesem Fall in kurzer Zeit zum Tode führte. Wahrscheinlich war Herr Altmann Allergiker. Er hatte keine Chance. Da der Patient nicht auf der Intensivstation lag, war er nach der Arztvisite längere Zeit allein in seinem Zimmer. Ein Besucher hätte das Mittel verabreichen können, ohne dass wir etwas bemerken konnten“, verteidigte sich Dr. Hafner nachvollziehbar.

„Wann war die Arztvisite?“, fragte Eisenstein mit lauter Stimme, damit der Arzt ihn hören konnte.

„Wir haben so gegen acht Uhr begonnen“, antwortete der Arzt.

„Herr Dr. Hafner, wir danken Ihnen für die schnelle Klärung. Sie haben uns sehr geholfen“, beendete Ronni das Gespräch.

„Was hältst du davon? Dann muss jemand ihm das Allergen in der Zeit zwischen der Arztvisite um acht Uhr und unserem Eintreffen kurz nach elf gespritzt haben“, stellte Ronni fest.

„Mh, so eine Mordvariante hatte ich bisher noch nicht. Wer hat so ein Allergenextrakt in großen Mengen zu Hause? Oder wo kann man es bekommen?"

„Apotheken können natürlich solch einen Extrakt nach Vorlage eines Rezeptes bestellen. Ein Hautarzt oder Allergologe hat ebenfalls solche Extrakte. Vor vielen Jahren habe ich eine Desensibilisierung gegen Frühblüher vornehmen lassen. Der Allergologe hat mir an mehreren Tagen ein Allergenextrakt unter die Haut am Oberarm gespritzt. Einen Arzt als möglichen Täter haben wir aber nicht auf der Liste", berichtete Ronni.

„Wir müssen also einen oder sogar alle Allergologen im Umkreis befragen. Vielleicht kann uns einer weiterhelfen. Aber zuerst sollten wir uns jetzt um die Fingerabdrücke kümmern. Fahren wir zu Brigitte Kunert und danach zu Theo Altmann", schlug Eisenstein vor.

Das Navigationsgerät führte die beiden Kommissare zielsicher nach Bergheim. Obschon Ronni und Frank bereits einmal hier waren, und mit der Tochter Anja gesprochen hatten, hätte er das Haus im Neubaugebiet nicht wiedergefunden. Dafür glichen die Häuser und Straßen sich zu sehr.

Sie hatten Glück, sowohl Brigitte Kunert als auch ihr Mann Konstantin waren zu Hause. Die Tochter war nicht da.

Eisenstein drückte den Eheleuten sein Bedauern über den Tod des Vaters und Schwiegervaters aus, was beide äußerst beherrscht und schweigend hinnahmen. Trauer konnte Eisenstein in beiden Gesichtern nicht ablesen.

Dann erklärte Eisenstein den beiden, dass sie Fingerabdrücke von ihnen nehmen wollten. Brigitte Kunert schien das völlig egal zu sein und ließ bereitwillig Ronni die Abdrücke nehmen.

„Wieso wollen Sie meine Fingerabdrücke, ich hab nichts mit den beiden Mordfällen zu tun“, beschwerte sich Konstantin Kunert hingegen.

„Außerdem habe ich jetzt eine Verabredung mit einem Freund.“

„Es ist noch zu früh für die Kneipe. Stell dich nicht so an“, schimpfte seine Frau.

„Herr Kunert, wie war Ihr Verhältnis zu Ihrem Schwiegervater Paul Altmann?“, fragte Eisenstein.

„Wie soll das gewesen sein? Nicht besonders gut. Er gönnte es mir nicht, wenn ich mal ein Bier trank. Ich habe kaum mit dem feinen Herrn gesprochen.“

„Und wie standen Sie zu Franz Bertram?“, fragte Eisenstein weiter.

„Franz war ein prima Kerl. Hin und wieder habe ich ein Bier mit ihm getrunken. Wieso fragen Sie?“

„Reine Routine. Wir wollen das Umfeld der beiden Toten besser kennenlernen“, antwortete Eisenstein lapidar.

„Wie stand Ihre Frau zu Franz Bertram“, schaltete Ronni sich ein, der mit der Abnahme der Fingerabdrücke bei Brigitte Kunert fertig war. Sie war ins Bad gegangen, um sich die Finger zu säubern.

„Fragen Sie meine Frau doch selbst. Soweit ich weiß, hatte sie ein gutes Verhältnis zu Franz, stimmt es, Brigitte?“, Brigitte Kunert betrat in diesem Moment wieder das Zimmer.

„Und ich meine das wörtlich“, fügte er noch hinzu.

Brigitte sagte nichts. Sie warf ihrem Mann nur einen hasserfüllten Blick zu, der ihr provozierend lächelnd ins Gesicht sah.

„Kann ich jetzt Ihre Fingerabdrücke nehmen?“, fragte Ronni Kern eindringlich.

Wortlos streckte Konstantin Kunert ihm seine rechte Hand hin. Während er die Abdrücke nahm, schaute Herr Kunert fortwährend grinsend seine Frau an, die sich wütend umdrehte und den Raum verließ.

„Mit Ihrer Ehe scheint es auch nicht mehr zum Besten zu stehen?", fragte Ronni beiläufig, während er die Abdrücke nahm.

„Wir leben in Scheidung. Da wir beide mit der Scheidung einverstanden sind, und ich im Haus meinen eigenen abgegrenzten Bereich habe, wohne ich noch hier. Wir erwarten in Kürze das Scheidungsurteil", legte Konstantin Kunert die persönlichen Verhältnisse dar.

Nachdem Ronni Kern die Fingerabdrücke genommen hatte, verabschiedeten sich die Kriminalbeamten von Konstantin Kunert. In der Diele kam ihnen Brigitte Kunert aus der Küche entgegen.

„Ach, Frau Kunert. Noch eine Frage. Als ich Sie und Ihren Bruder Dienstag am Haus Ihres Vaters traf, kamen Sie gerade vom See. Ihre ..."

„Ich war nicht am See", unterbrach Brigitte Kunert den Kommissar.

„Ich bin nur bis zum Damm gegangen und habe dort einige Zeit gewartet. Dann bin ich wieder zurückgegangen", fuhr sie fort.

„Ihre Schuhe waren total verstaubt und dreckig und sahen so aus, als ob Sie am See waren?"

„Ich bin eine Zeit lang auf dem Damm hin und her gegangen. Der Damm ist nicht asphaltiert. Wahrscheinlich war das der Grund", Frau Kunert zuckte dabei achtlos mit den Schultern. Für sie schien die Frage damit geklärt.

Eisenstein konnte ihr im Augenblick nichts anderes beweisen und fragte nicht weiter nach.

Frank und Ronni bedankten sich bei den Kunerts.

Brigitte Kunert ging danach die Treppe in die erste Etage hoch. Ihren Mann, der in der Wohnzimmertüre stand, würdigte sie mit keinem Blick.

*

„Fahren wir zu Theo Altmann, dem Sohn des verstorbenen Paul Altmann, und danach zu Ingrid Bertram. Am Nachmittag besuchen wir dann die Allergologen. Wir haben heute noch viel zu erledigen“, drängte Eisenstein, als sie wieder im Auto saßen.

So wie es aussah, wollte Eisenstein seinen privaten Kummer in der Arbeit vergraben.

Vom Haus der Kunerts in Bergheim bis zur Anschrift in Spich, wo Theo Altmann wohnte, dauerte es gerade einmal 15 Minuten. Ronni hatte dieses Mal das Navigationsgerät aktiviert. Er kannte den Weg nach Spich nicht und schon gar nicht zur Anschrift von Theo Altmann. Ronni und Frank schwiegen während der Fahrt und hingen ihren Überlegungen und Gedanken nach.

Der Kommissar lenkte den Wagen, wie von der freundlichen Frauenstimme im Navigationsgerät vorgeschlagen, in die Hohlsteinstraße.

„Hohlsteinstraße. Seltsame Straßennamen haben die hier. Was mag wohl ein Hohlstein sein?“, überlegte er laut.

„Wir fahren genau darauf zu. Dort vorne, dieser riesige Stein, das wird wohl der Hohlstein sein“, sagte Eisenstein und zeigte auf einen ungefähr vier Meter hohen und sechs

Meter breiten, größtenteils hohlen Quarzitstein am Ende der Straße.

An dem mehrere Millionen Jahre alten, Sagen und Legenden umwogenden Stein teilte sich die Straße. Ronni verlangsamte das Tempo, um einen längeren Blick auf den Stein zu werfen, bevor er den Weg bergan wählte und sich der Stein seinem Blick entzog.

Sie erreichten ein Wohngebiet von Spich, in dem sich fast ausschließlich hübsche Einfamilienhäuser befanden.

Beide waren erfreut, als die Stimme im Navi nach kurzer Zeit meldete: „Sie haben Ihr Ziel erreicht."

Ronni parkte den Wagen am Bürgersteig. Theo Altmann wohnte in einer ruhigen Straße mit hübschen, aber älteren Einfamilienhäusern. Altmanns Haus hob sich von den übrigen Häusern insofern ab, als es mindestens einen Anstrich aber auch sonstige Renovierungsarbeiten nötig hatte. Der Vorgarten war verwildert. Wie Ronni bereits in Erfahrung gebracht hatte, war Altmann so gut wie pleite und hatte für diese Investitionen bestimmt kein Geld.

Neben der Haustüre hing ein Schild mit einem Hinweis auf Theo Altmanns Softwareunternehmen. Angestellte hatte er lange nicht mehr und die wenigen Aufträge, die er bekam, wickelte er selbst von zu Hause ab.

So war es nicht verwunderlich, dass Theo Altmann zu Hause war und den beiden Kommissaren bereits nach dem ersten Klingelzeichen öffnete.

„Guten Tag Herr Altmann. Wir kennen uns bereits, ich bin Kommissar Eisenstein und das ist mein Kollege Ronni Kern. Dürfen wir hereinkommen? Wir haben einiges mit Ihnen zu besprechen."

Altmann ging ins Wohnzimmer vor und die beiden Kriminalbeamten folgten ihm und nahmen auf einem abgenutzten

Ledersofa Platz. Er selbst setzte sich auf einen der zwei Sessel der gleichen Machart. Die übrige Einrichtung war einfach. Ein kleiner Holztisch, auf dem mehrere Papiere lagen, und eine Vitrine aus dem gleichen Holz. In einer Ecke befand sich anscheinend Altmanns Arbeitsplatz. Ein alter Schreibtisch und davor ein Rolldrehstuhl. Der Arbeitsplatz wirkte total unaufgeräumt. Mehrere Ablagekörbe türmten sich übereinander. Papiere lagen auf der gesamten Arbeitsfläche verstreut, dazwischen ein Kaffeebecher und ein benutzter, bunter Kuchenteller, auf dem noch Kuchenreste vorhanden waren.

Im Zimmer roch es muffig. Wahrscheinlich lüftete Altmann selten.

Typisch alleinstehender Mann, dachte Eisenstein.

„Zum Tode Ihres Vaters, unser herzliches Beileid“, begann Eisenstein.

Theo Altmann nahm die Beileidsbekundung gefasst und mit ernster Mine entgegen. Trotzdem hatte Eisenstein den Eindruck, dass richtige Trauer nicht vorhanden war.

„Danke“, sagte er knapp.

Dann erläuterte Eisenstein dem jungen Altmann, dass sie seine Fingerabdrücke benötigten. Ohne Einwände konnte Ronni mit der Abnahme beginnen. Dazu setzten sie sich an den Esstisch.

„Herr Altmann, sind Sie und Ihre Schwester die einzigen Erben Ihres Vaters?“, begann Eisenstein.

„Ja, natürlich“, antwortete Theo Altmann.

„Dann erben Sie auch das Grundstück, das die „Eigenheim GmbH“ gerne kaufen möchte? Werden Sie dann im Gegensatz zu Ihrem Vater das Grundstück verkaufen?“

„Ich würde gerne das Grundstück verkaufen – und ich denke, meine Schwester ebenfalls. Das Grundstück ist für uns nutzloses Land und die ‚Eigenheim' zahlt einen guten Preis dafür. Mein Vater war einfach zu stur in dieser Sache. Er hätte genauso, wie die Übrigen, längst verkaufen sollen, dann hätte er sich manchen Ärger ersparen können."

„Wollten Sie und Ihre Schwester ihn daher am Dienstagabend nochmals besuchen, um ihn umzustimmen?"

Theo Altmann zögerte einen Augenblick und schaute zur Seite. Schließlich wandte er sein Gesicht wieder dem Kommissar zu.

„Ja, das stimmt. Wir wollten noch mal mit ihm reden. Er brauchte das Geld der „Eigenheim" nicht, aber Brigitte und ich könnten eine kleine Finanzspritze gut gebrauchen. Schauen Sie sich doch um in dieser Bruchbude", Altmann zeigte mit dem freien Arm im Zimmer umher, „ich muss in Kürze Insolvenz anmelden, wenn nicht bald ein Wunder geschieht."

„Und der Verkauf des Grundstückes wäre dieses Wunder gewesen?", folgerte Eisenstein.

Theo Altmann sprang auf und ging um den Stuhl herum ein paar Schritte in den Raum, obschon Ronni mit der Abnahme der Fingerabdrücke noch nicht fertig war.

„Ja, selbstverständlich. Wir wollten ihn überreden, uns vom Verkaufspreis einen Teil abzugeben. Sozusagen als Vorschuss auf das künftige Erbe. Auch Brigitte könnte eine größere Summe gut gebrauchen. Ihre Scheidung wird in den nächsten Tagen rechtskräftig und von ihrem Mann kann sie sicherlich nichts für sich und ihre Tochter erwarten. Der versäuft doch alles."

Theo hatte sich in Rage geredet. Seine Wangen glühten.

„Dann hätten sie und ihre Schwester ein gutes Motiv für die Ermordung ihres Vaters", provozierte ihn Eisenstein.

Er war jetzt ebenfalls aufgestanden und sah Theo direkt in die Augen.

„Aber Herr Kommissar. Wir sind doch keine Mörder. Und es war immerhin unser Vater. Wir haben uns doch Dienstagabend am Haus getroffen. Sahen wir aus, als ob wir gerade unseren Vater umgebracht hätten? Wir waren beide am Abend noch im Krankenhaus. Wir haben Vater zwar nicht mehr gesehen, aber man sagte uns, dass es nicht so schlimm sei."

„Ihr Vater ist auch nicht an den Folgen des Überfalls am See gestorben, sondern er wurde am nächsten Tag im Krankenhaus umgebracht."

„Im Krankenhaus umgebracht?"

Altmann machte eine kurze Pause, um den Schock zu verarbeiten. Dabei ging er wieder zum Tisch und ließ sich auf den Stuhl fallen.

„Ich weiß, ich erhielt einen Anruf aus dem Krankenhaus, dass Vater verstorben sei. Sie müssten ihn noch untersuchen, um festzustellen, woran er verstorben ist. Meine Schwester und ich haben heute dort einen Termin, um alles Weitere zu regeln. Dann ist er gar nicht an den Folgen des Überfalls gestorben?", wiederholte der junge Altmann nochmals leise zu sich.

Seine Stirn zeigte jetzt tiefe Falten und sein Blick war weit in die Ferne gerichtet.

„Nein, Herr Altmann. Den Überfall hat Ihr Vater einigermaßen gut überstanden", antwortete Eisenstein.

„Sind Sie eigentlich Allergiker?", fragte Eisenstein spontan.

„Nein, wie kommen Sie darauf? Mein Vater hatte immer im Frühjahr mit Pollen und Allergie Probleme. Meine Schwester und ich haben das Gott sei Dank nicht geerbt."

„Ihr Vater ist an einer Überdosis Allergen verstorben, das man ihm in einer großen Dosis in die Vene gespritzt hat.“

„Ja, wie kann das denn sein? Wie kann ihm jemand im Krankenhaus so etwas spritzen?“, entrüstete sich Altmann.

„Das wissen wir noch nicht. Es war bestimmt niemand vom Krankenhauspersonal. Wir versuchen, das zurzeit zu klären“, sagte Eisenstein wahrheitsgemäß.

Altmann schien wirklich überrascht zu sein.

„Unglaublich. Wer macht denn so etwas?“

Theo Altmann schüttelte immer wieder seinen Kopf.

Eisenstein forderte nochmals seine Aufmerksamkeit, indem er das Thema wechselte.

„Wie wäre es denn mit Ihrer Firma und mit Ihnen weitergegangen, wenn Ihr Vater nicht verstorben wäre und Sie nichts erben würden?“, fragte Eisenstein weiter. Sein Kollege war inzwischen mit der Abnahme der Fingerabdrücke fertig.

„Wahrscheinlich müsste ich Konkurs anmelden. Wie es dann weitergehen würde, ist mir noch nicht klar.“

Die Aussagen und auch die Art, wie Theo Altmann sich präsentierte, wirkten glaubhaft. Oder sollte er ein so guter, skrupelloser Schauspieler sein. Tatsache war, dass sowohl er als auch seine Schwester dringend Geld benötigten. Der plötzliche Tod ihres Vaters kam ihnen beiden gelegen.

„Wo waren Sie gestern Morgen zwischen neun und elf Uhr?“, fragte Eisenstein.

„Gestern Morgen? Ja, da habe ich an einem Projekt für einen Kunden gearbeitet.“

„Sicherlich hier bei Ihnen zu Hause. Kann das jemand bezeugen?“

„Nein, ich war hier allein. Doch warten Sie. Die Änderungen der Dateien in meinem Computer sind mit Datum und Zeit belegt. Ich kann Ihnen das gerne zeigen.“

Da Ronni mit der Abnahme der Fingerabdrücke fertig war, sprang Theo Altmann auf und lief zu seinem Schreibtisch in der Ecke des Wohnzimmers. Der Computer war eingeschaltet und so dauerte es nicht lange bis Altmann eine Datei gefunden hatte, die ihn seiner Meinung nach entlastete.

„Sehen Sie, Herr Kommissar. Hier habe ich eine Datei“, rief er aufgeregt.

Eisenstein und Ronni Kern gingen hinüber zum Computer. Tatsächlich, Altmann hatte eine Datei aufgerufen, in deren Eigenschaften das gestrige Datum und die Zeit 9:35 Uhr angegeben war.

„Soll ich noch mehr Dateien aufrufen“, fragte Altmann, während er bereits eine weitere Datei aufrief.

Erneut zeigte die Datei als Bearbeitungsdatum das gestrige Datum und die Zeit von 9:55 Uhr.

„Das reicht, Herr Altmann“, stoppte Eisenstein den Eifer des jungen Mannes.

Es war für Eisenstein zwar naheliegend, dass Altmann diese Dateien angelegt hatte, aber ein stichhaltiger Beweis war das nicht. Es könnte durchaus auch jemand anderes Zugang zum Computer haben und die Datei angelegt haben.

„Wir haben keine weiteren Fragen mehr. Vielen Dank für Ihre Kooperation. Halten Sie sich bitte für weitere Fragen bereit und verlassen Sie nicht die Stadt, ohne uns vorher zu informieren“, sagte Eisenstein und bemerkte die Erleichterung, die von Theo Altmann Besitz ergriff.

Als sie wieder in ihrem Wagen saßen, nörgelte Frank Eisenstein.

„Und zum Schluss holen wir uns die Abdrücke von Ingrid Bertram. Wir müssen nach Müllekoven. Es wäre effektiver gewesen, wir wären direkt nach dem Besuch bei den Kunerts nach Müllekoven gefahren. Wir hätten Fahrzeit einsparen können. Aber was soll's."

Es schien, als wolle er heute noch den Fall abschließen.

Ronni sagte nichts dazu. In solchen Situationen war es besser, Eisenstein reden zu lassen und sich eine Antwort zu verkneifen. Er würde bald wieder normal sein. Heute war er halt im Ausnahmezustand.

*

„Was hältst du von dem Altmann?", fragte Eisenstein seinen Kollegen Ronni Kern auf dem Weg zu Brigitte Bertram.

„Ich bin mir nicht sicher. Er war schon sehr bemüht, seine Unschuld zu beweisen. Weil er etwas zu verbergen hatte? Oder hatte er nur ein schlechtes Gewissen, weil er sich den Tod seines Vaters gewünscht hatte und jetzt überrascht war, dass sein Wunsch in Erfüllung gegangen ist?"

„Mh", nickte Eisenstein.

Es war fast Mittag und wenig Verkehr auf den Straßen. In knapp zehn Minuten erreichten sie das Haus der Bertrams. Ronni wunderte sich, dass er wieder direkt vor dem Haus einen Parkplatz fand.

„Ist doch klar, dass hier immer ein Platz frei ist. Hier ist Parkverbot", lachte Eisenstein.

„Ich lass den Wagen trotzdem wieder hier stehen. Du bist der Chef und zahlst, falls wir erwischt werden", entschied Ronni.

Die Tür zum Innenhof war offen und die Kriminalbeamten überquerten den Hof in Richtung Haustür. Der BMW der Bertrams parkte nicht im Hof. Auch der alte Mercedes war nicht da. Wahrscheinlich hatte Frau Bertram ihn noch nicht vom Parkplatz am See hierher geholt.

Ronni klingelte und wartete. Er klingelte ein zweites Mal. Nichts geschah. Aus einem Reflex heraus drückte Eisenstein gegen die Türe, die sich überraschend öffnete.

„Hallo, Frau Bertram, sind Sie da?“, rief Eisenstein laut in die Diele hinein.

Keine Antwort. Eisenstein versuchte es nochmals.

„Frau Bertram, hier ist die Polizei, sind Sie da? Wir kommen jetzt herein.“

Die beiden Kommissare warteten noch einen Augenblick, dann schauten sie sich an und nickten.

Eisenstein betrat die Diele. Ronni folgte in zwei Meter Abstand.

Ein Blick links in die Küche. Dort war niemand. Die Küche wirkte, als wäre sie gerade neu eingerichtet worden. Kein Geschirr stand herum. Die Arbeitsplatte, das Ceranfeld und der kleine Tisch waren total leer. Lediglich eine Küchenmaschine befand sich in einer Ecke auf der Arbeitsplatte.

Am Ende der Diele stand die Glastür zum Wohnzimmer halb offen. Eisenstein und Ronni betraten den Raum und sahen sich um. Hier das gleiche Bild. Das Zimmer sah beinahe unbewohnt aus. Nichts stand oder lag umher, wo es nicht hingehörte.

Doch halt. Eisenstein blieb vor dem Esstisch stehen. Es stach ihm direkt ins Auge, weil es krass im Gegensatz zum übrigen Gesamtbild des Raumes war. Auf dem Tisch lag ein Blatt Papier.

Eisenstein und Ronni, der das Erstaunen im Gesicht seines Kollegen sah, gingen näher heran.

Das Blatt lag mit dem oberen Rand gegen eine Vase, die keine Blumen enthielt, sodass das Blatt nicht vollständig auf der Tischplatte auflag. Es sah aus, als wäre das Blatt für einen Besucher extra so drapiert worden.

Eisenstein nahm das Blatt in die Hand und las den mit Kugelschreiber geschriebenen Text. Es fiel ihm schwer, den Text flüssig zu lesen. Die Schrift war klein und die Buchstaben standen fast gerade. Zudem: Die einzelnen Worte klebten beinahe aneinander. Vor einigen Jahren hatte Eisenstein ein Psychologie-Seminar besucht, in dessen Rahmen er unter anderem einiges über Schriften erfahren hatte. Danach sollen sich enge Wortzwischenräume oft bei Menschen finden, die sehr emotional bis chaotisch sind. Ihnen fehle die sprichwörtliche Distanz zu den Dingen, so hatte er behalten. Diese Eigenschaften könnten auf Brigitte Bertram zutreffen, fand Eisenstein.

Als er den Brief gelesen hatte, gab er Ronni das Blatt Papier, der jetzt seinerseits den Text las:

Mein lieber Dominik,

ich weiß nicht mehr, wie es weitergehen soll. Du brauchst dir nichts vorzuwerfen. Du hast deinen Vater geliebt. Leider konnte ich deinen Vater in den letzten Jahren nicht mehr lieben. Er hat mich betrogen und zutiefst verletzt. Von dem Geld, das wir von der Eigenheim bekommen haben, hat er einen großen Teil für diese Brigitte Kunert ausgegeben. Wahrscheinlich hätte sich diese Frau mit Haut und Haaren an ihn verkauft und für uns wäre nichts mehr übrig geblieben.

Trotzdem, jetzt weiß ich, dass es falsch war, was ich getan habe. Ich wollte nur mit ihm reden. Aber als Franz ins Wasser fiel, war nur noch mein Hass da. Mein Verstand setzte aus. Dann habe ich ihn mit dem Kescher unter Wasser gedrückt.

Ich hätte früher eine Entscheidung treffen und deinen Vater verlassen müssen. Dadurch wäre viel Leid vermieden worden. Bitte hasse mich nicht für meine Tat, ich konnte nicht anders.

Ich bin mir sicher, dass du nichts mit dem Tod von Paul Altmann zu tun hast. Es wird alles wieder gut.

Ich werde die Konsequenzen für meine Tat ziehen.

Bitte verzeih mir. Ich kann so nicht weiterleben.

Ich liebe dich.

Deine Mutter

„Wir sind zu spät gekommen. Es wäre besser gewesen, wir hätten Frau Bertram als Erste heute Morgen aufgesucht“, haderte Eisenstein mit sich.

Beide Kriminalbeamten eilten aus dem Haus zur Straße. Weder auf dem Innenhof noch vor dem Haus auf der Straße stand der Audi der Familie Bertram. Im Haus gegenüber hatte es sich eine ältere Frau am offenen Fenster gemütlich gemacht und genoss die Herbstsonne.

„Wissen Sie, wann Frau Bertram weggefahren ist?“, rief Ronni Kern, ging zur gegenüberliegenden Straßenseite und zeigte der Frau seinen Dienstausweis.

„Ja, vor vielleicht 20 Minuten ist sie weggefahren. Als sie zu ihrem Wagen ging, habe ich noch gerufen ‚Tag, Ingrid‘. Aber sie war in Gedanken versunken und hat überhaupt nicht reagiert. Ich habe mich gewundert. Sie trug nur eine Bluse, keine Jacke darüber. Auch wenn die Sonne scheint, so warm ist es trotzdem nicht. Und dann, wie die angefahren ist, Herr Kommissar. Die Reifen quietschten. Sie hatte es wahrscheinlich sehr eilig."

„In welche Richtung ist sie gefahren?", fragte Ronni.

„Hier die Straße hoch", sagte die Frau und zeigte dabei nach links.

„Wohin führt die Straße?", wollte Ronni wissen, denn er kannte nur die Straße in die andere Richtung.

„Da geht es zur Niederkasseler Straße und zum Rhein nach Mondorf. Natürlich auch zur Autobahn und nach Bonn", antwortete die Frau.

„Vielen Dank."

Ronni stieg zu Eisenstein in den Wagen.

„Was machen wir jetzt?", fragte er seinen Chef.

„Ich habe keine Ahnung. Fahren wir einfach mal in die Richtung, die uns die Frau genannt hat. Ich denke, Brigitte Bertram will Selbstmord verüben. Ich habe so eine Vermutung, dass sie das mit ihrem Wagen machen will. Wie ist das am effektivsten? Doch bestimmt bei hohem Tempo. Und das erreicht man am besten auf der Autobahn. Aber auch, wenn wir genau wüssten, wohin sie gefahren ist, kämen wir wahrscheinlich zu spät", sagte Eisenstein in dem Bewusstsein, nichts mehr ausrichten zu können.

Beide Beamten machten ein finsteres Gesicht. Die Ermittlung in diesem Fall verlief überhaupt nicht in ihrem Sinne.

20. Kapitel

Ingrid Bertram hatte den Brief an ihren Sohn beendet. Fast liebevoll stellte sie ihn gegen die Vase auf dem Esszimmertisch. Mit zur Seite geneigten Kopf betrachtete sie ihr Werk. Sie nickte. Ja so soll es sein. Sie musste einen Schlussstrich ziehen, denn mit der Schuld, die sie auf sich geladen hatte, konnte sie nicht weiterleben. Dominik war alt genug. Er würde ohne sie besser zurechtkommen. Sie schaffte nur Probleme für ihn. Der Junge hatte es verdient, sein Leben ohne Schwierigkeiten zu leben. Jetzt, wo sein Vater tot war, war das Geld, das sie für den Verkauf des Grundstückes erhalten hatten, für ihren Sohn sicher. Sie musste nicht mehr befürchten, dass ihr Mann das Geld weitgehend mit seiner Freundin durchbrachte. Sie rückte das Blatt Papier nochmals gerade und verließ das Zimmer.

Sie zog keine Jacke an. Die Sonne schien und es war warm. Und überhaupt, es war sowieso egal.

In Gedanken an ihren Sohn versunken, den Blick starr vor sich gerichtet, betrat sie den Bürgersteig. Langsam ging sie um ihren Wagen herum, den sie am Bürgersteig vor ihrem Haus geparkt hatte, und stieg ein.

Den Sicherheitsgurt ignorierte sie. Mechanisch startete sie den Motor, legte einen Gang ein und ließ die Kupplung viel zu schnell kommen. Der Wagen machte einen Satz nach vorne und die Reifen quietschten. Sie fuhr wie in Trance, und je mehr sie über ihr Leben und über ihren Sohn nachdachte, desto mehr füllten sich ihre Augen mit Tränen und schränkten ihr Sichtfeld ein. Beim Einbiegen auf die L269 am Ende des Ortes interessierte sie die Vorfahrtsregel in keiner Weise. Ohne anzuhalten, bog sie in die Straße ein. Sie hatte Glück, dass die Straße in diesem Augenblick nicht befahren war. Wenige Hundert Meter weiter bog sie viel zu schnell in die Autobahnauffahrt nach Bonn ein.

*

Bevor sie losfuhren, hatten sie eine Fahndung nach Ingrid Bertrams Audi veranlasst.

„Frank, das bringt nichts, wenn wir nur so planlos umherfahren. Wir haben keine Ahnung, wohin Brigitte Bertram gefahren ist. Wir können nur abwarten. Lass uns ins Präsidium fahren“, schlug Ronni resigniert vor.

Frank Eisenstein und Ronni Kern fuhren die Niederkasseler Straße in Richtung Bonn. An der Autobahnauffahrt waren sie bereits vorbei. Eisenstein hatte wortlos Ronnis Vorschlag zugestimmt, als sich über Funk die Zentrale meldete.

„Hinter der Autobahnabfahrt Poppelsdorf der A565 ist ein schrecklicher Unfall geschehen. Ein PKW ist gegen die Mauer, die neben der Autobahn entlang verläuft, gefahren. Es kann sich um den von euch gesuchten Audi handeln.“

„Danke, wir fahren dahin“, sagte Eisenstein, ohne weiter nachzudenken.

Für ihn stand fest, dass die Fahrerin des Audis Ingrid Bertram war.

Eisenstein wendete den Wagen und fuhr zurück zur Autobahnanschlussstelle Bonn-Beuel-Nord. Direkt nach der Auffahrt staute sich vor der Rheinbrücke der Verkehr aufgrund des Unfalls.

Ronni befestigte das Blaulicht auf dem Dach des PKWs und vor ihnen öffnete sich sofort eine Gasse zwischen den stehenden Autos.

Wenige Minuten später erreichten sie die Abfahrt „Poppelsdorf“. Ein Polizeiwagen versperrte bereits die Ausfahrt. Ronni hielt seinen Ausweis aus dem Beifahrerfenster und sie konnten ungehindert in die Ausfahrt einbiegen. Bereits nach einigen Hundert Metern sahen sie das Blaulicht der Einsatzfahrzeuge. Eisenstein musste den Wagen weit vor der Unfallstelle auf dem Seitenstreifen abstellen. Mehrere Feuerwehr-, Polizei- und Rettungsfahrzeuge machten ein Durchkommen unmöglich.

*

Inzwischen waren die Tränen von Ingrid Bertram versiegt. Mit einem verbissenen Gesichtsausdruck schaute sie auf die Straße vor sich. Die Hände so fest am Lenkrad gekrallt, dass die Fingerknöchel weiß hervorstanden. Sie kannte ihr Ziel und wusste, wo und wie ihr Leben zu Ende gehen würde.

Sie trat das Gaspedal fast bis zum Anschlag durch und wechselte auf die linke Spur. Dabei interessierte sie weder der nachfolgende Verkehr noch die Geschwindigkeitsbegrenzung. Die Autobahn war um diese Zeit nicht stark befahren und sie überquerte mit viel zu hoher Geschwindigkeit den in der Sonne glitzernden Rhein.

Beim Autobahnkreuz Bonn-Nord blieb sie weiterhin auf der A566. Die Autobahn war jetzt kurvenreich und die Geschwindigkeit auf 80 km/h beschränkt. Die wenigen vor ihr auf der Überholspur fahrenden Verkehrsteilnehmer wichen erschrocken beiseite, wenn sie den Wagen von Brigitte Bertram im Rückspiegel herankommen sahen.

Ungebremst bog sie in die Abfahrt Poppelsdorf ein.

Ihre Wahnsinnsfahrt hatte nur ein Ziel – ein tödliches.

Nach der Ausfahrt blieb die Straße für ungefähr noch einen Kilometer zweispurig. In der lang gezogenen Linkskurve, die direkt der Ausfahrt folgte, wurde ihr Wagen auf die rechte Spur getragen und zwang einen ebenfalls mit erhöhter Geschwindigkeit fahrenden Fahrer zu einer Vollbremsung. In der folgenden langen Rechtskurve zog sie ihren Wagen wieder unerbittlich nach rechts, konnte aber nicht vermeiden, dass sie nach außen auf die linke Fahrspur driftete. Nein, an der Leitplanke auf dem Mittelstreifen sollte ihre Fahrt nicht zu Ende sein. Die Straße verlief jetzt für ein kurzes Stück gerade, bevor die ersten Häuser am Straßenrand auftauchten. Seitlich wurde sie durch eine hohe Mauer begrenzt. Ingrid Bertram beschleunigte nochmals. Vor ihr flog eine Unterführung heran, auf der sich aneinandergereiht ein Hotel und Mehrfamilienhäuser erhoben und ein buntes, eigentümliches Bild für den Autofahrer abgaben.

Ingrid Bertram hatte dafür keinen Blick. Ihr Mund öffnete sich zu einem lang gezogenen Schrei. Dabei riss sie das Lenkrad weiter nach rechts und schoss von der linken Fahrspur auf die rechte Fahrspur. Autoreifen quietschten hinter ihr und mit dumpfem Krachen schoben sich mehrere Autos ineinander.

Noch einhundert Meter bis zur Unterführung. Wieder riss Ingrid Bertram das Steuer nach rechts. Der Wagen brach von der rechten Straßenspur aus und raste über die Standspur. In voller Fahrt flog die Mauer der Unterführung auf sie zu.

Ein fürchterlicher Knall beendete die Horrorfahrt von Ingrid Bertram, als der Wagen fast frontal gegen die Mauer krachte. Explosionsartig öffneten sich die Airbags. Das Vorderteil des Wagens mitsamt Motor wurde bis zur Unkenntlichkeit zusammengedrückt und prallte schließlich wieder einige Meter von der Wand zurück. In einer Wolke aus Staub und Beton flogen freigesetzte Blech- und Motorteile durch die Luft.

Der Körper von Ingrid Bertram beugte sich durch die Wucht des Aufpralls unnatürlich nach vorne. Mit dem Kopf vorweg durchschlug er die bereits geborstene Windschutzscheibe und klatschte gegen die Mauer der Unterführung, bevor er schließlich auf den Asphalt der Straße hinab rutschte. Um den leblosen Körper breitete sich schnell eine große Blutlache aus.

Das Wrack dampfte und Flammen züngelten im Motorraum oder besser aus dem, was davon übrig geblieben war. Benzin sickerte auf die Straße und bahnte sich einen Weg bis zur Leiche von Ingrid Bertram.

Eine Stichflamme setzte den Trümmerhaufen des Wagens und auch Brigitte Bertrams Leichnam in Brand.

Ingrid Bertram hatte sich selbst für den Mord an ihrem Ehemann auf fürchterliche Weise gerichtet.

*

Auf der Fahrbahn reihte sich PKW an PKW. Verschiedentlich fragten wartende Autofahrer, was denn geschehen sei und wann die Autobahn wieder freigegeben würde. Frank Eisenstein und Ronni Kern gaben keine Antwort, was sollten sie auch sagen? Sie hatten selbst nur die Information, dass ein Unfall geschehen war.

Auf der Standspur standen Einsatzfahrzeuge der Feuerwehr und der Polizei. Die beiden Kommissare mussten sich die letzten einhundert Meter bis zur Unfallstelle den Weg durch das Labyrinth der Fahrzeuge suchen.

Die Menge der Einsatzfahrzeuge ließ vermuten, dass hier ein ungewöhnlich schwerer Unfall geschehen war. „Mein Gott", entfuhr es Eisenstein, der eine schreckliche Vorahnung hatte, als sie die Unfallstelle erreichten. „Das hatte Ingrid Bertram nicht verdient."

Autowrackteile lagen über die Fahrbahn verstreut. Ein beißender Qualm vom inzwischen gelöschten Audi reizte die Nasenschleimhäute der beiden Kommissare.

In der Nähe des ausgebrannten PKW sahen sie einen Polizeibeamten, der laut Anweisungen in sein Sprechgerät gab. Seine Statur überragte die Umstehenden um einen Kopf. Sein Gesicht war gerötet und schweißbedeckt. Wahrscheinlich der leitende Polizeibeamte.

Die beiden Kommissare bahnten sich einen Weg zu ihm. Eisenstein und Ronni Kern zeigten ihren Dienstausweis.

„Wir ermitteln in einem Mordfall an dem Ehemann der möglichen Fahrerin dieses Wagens. Sie sind sicher der Einsatzleiter hier?", sagte Eisenstein, für den zweifelsfrei feststand, dass es sich bei der Fahrerin um Ingrid Bertram handelte.

„Konnten Sie die Identität des Fahrers feststellen?", fragte Ronni sicherheitshalber doch noch nach.

„Nein, noch nicht. Es handelt sich um eine Frau. Sehen Sie doch selbst", der Beamte wies mit der Hand zu einer Menschenansammlung von Polizisten und Rettungssanitätern vor dem Wrack.

Zwischen den Einsatzkräften sahen sie eine Decke auf dem Boden liegen, die wahrscheinlich die Leiche von Ingrid Bertram abdeckte. Weder Eisenstein noch Kern machten Anstalten, zu der gezeigten Stelle zu gehen. Den Anblick der verbrannten Ingrid Bertram wollten sie sich ersparen.

„Mehr wissen wir nicht über die Fahrerin. Sie wurde durch den Aufprall aus dem Fahrzeug geschleudert. Auslaufendes

Öl und Benzin hatten sich entzündet und die Frau ist auf dem Asphalt verbrannt. Furchtbar."

Der Beamte schüttelte den Kopf, als wolle er damit andeuten, dass die Frau keine Chance hatte.

„Der Wagen ist auf einen Franz Bertram zugelassen", fuhr er fort.

„Gibt es Zeugen des Unfalls?", wollte Eisenstein wissen.

„Ja, mehrere. Alle sagen aus, dass die Frau mit weit überhöhtem Tempo plötzlich von der linken Fahrbahn nach rechts ausscherte und ungebremst gegen die Kante der beginnenden Unterführung gerast ist. Keiner der Zeugen konnte einen Grund für dieses Manöver erkennen", berichtete der Polizeibeamte.

„Vielen Dank für die Auskunft. Wenn Sie noch etwas Entscheidendes feststellen, rufen Sie mich bitte an. Ihre Berichte senden Sie mir bitte zu", sagte Eisenstein und gab dem Mann seine Karte.

„Wenn Sie mich fragen, war das Selbstmord", fügte der Polizeibeamte noch hinzu.

Eisenstein nickte und schlug den Weg zurück zu seinem Wagen ein.

„Fahren wir ins Büro. Ich bin fürs Erste bedient. Hier können wir nichts machen", sagte Frank Eisenstein zu Ronni Kern und schlug den Weg zum Wagen ein.

21. Kapitel

Es war Freitag. Frank Eisenstein und Ronni Kern saßen früh im Büro und besprachen ihr weiteres Vorgehen.

Vom Unfallort waren sie gestern ins Büro gefahren, hatten ihre Berichte geschrieben und den Fall Franz Bertram abgeschlossen. Den Bericht vom Unfall würden sie später in die Akte einfügen. Durch den Abschiedsbrief, in dem Ingrid Bertram den gewaltsamen Tod an ihrem Mann gestanden hatte, war der Fall restlos geklärt. Lediglich die Fingerabdrücke von Frau Bertram hatten sie nicht erhalten. Da der Leichnam verbrannt war, war es sehr unwahrscheinlich, dass sie diese noch erhalten würden, um sie mit dem Abdruck am Kescher vergleichen zu können. Sie mussten versuchen, Abdrücke im Haus der Bertrams zu finden. Das dürfte sicherlich nicht sehr schwierig werden.

Ihre Gedanken und Aktivitäten wollten sie jetzt ganz der Aufklärung des Mordes an Paul Altmann widmen.

Frank stand am Fenster und Ronni merkte, dass er mit den Gedanken seiner persönlichen Situation nachhing.

Gestern Abend hatte Frank das Zimmer in der Pension bezogen. Frank, Ronni und Ronnis Freundin Isabelle hatten danach noch bis spät in die Nacht in Franks Zimmer gesessen und einige Gläser getrunken und geredet. Frank hatte seinem Herzen Luft gemacht und den beiden erzählt, wie es dazu gekommen war, dass er sich von Inka getrennt hatte.

Frank war der Meinung, dass Inka ihn unbedingt in diese Wohnung in Troisdorf-Bergheim zerren wollte. Er konnte sich jedoch zu diesem Schritt nicht überwinden. Außerdem geisterten in seinem Kopf immer wieder die Gedanken an Susanne herum. Er hatte erhebliche Zweifel, ob er Inka tatsächlich liebte. Außerdem hatte er ihr gestanden, dass Susanne ihn in ihre Wohnung eingeladen und er der Einladung Dienstag gefolgt war. Inka war fast ausgerastet und beschuldigte ihn, sie zu hintergehen und zu betrügen. So kam es, dass ein Wort das andere ergab und letztlich schrien sie sich nur noch an. Ein konstruktives Gespräch war nicht mehr möglich. Die Nacht hatte Eisenstein im Wohnzimmer auf dem Sofa verbracht.

„In Zeiten, in denen Entscheidungen getroffen werden müssen, zeigt sich, wie nahe man sich steht", hatte Frank abends zu ihm und Isabelle gesagt.

Inka und er hatten sich offensichtlich voneinander entfernt. Frank hatte es zwar nicht erwähnt, aber Ronni konnte sich vorstellen, dass die Anspannung in ihrem Beruf und die wenige Zeit miteinander einen großen Anteil an Inkas und Franks Disharmonien hatten. Er war froh, dass es ihm besser ging. Seine Beziehung mit Isabelle bestand schon Jahre und sie hatten sich inzwischen zusammengerauft und verstanden sich, trotz des Stresses und Zeitmangels.

Sie hingen beide noch ihren Gedanken nach, als sich die Bürotür öffnete und Susanne Ohlrogge wie ein Wirbelwind ins Büro stürmte.

„Hallo Männer", rief sie freudig erregt und eilte direkt auf Frank zu.

Sie umfing ihn mit den Armen, ein Küsschen rechts, ein Küsschen links. Ronni, der auf einem der Besucherstühle saß, erhielt einen freundschaftlichen Klaps auf die Schulter und Susanne ließ sich auf den zweiten Besucherstuhl fallen. Frank schaute sie verwirrt und sprachlos an. Langsam ging er zu seinem Sessel.

„Hallo Susanne. Was treibt dich denn in unser Büro?“, fragte er, nachdem er den ersten Schock überwunden hatte.

„Ich habe eine gute Nachricht für euch“, dabei setzte sie ihr unwiderstehliches Lächeln auf, das Frank früher schon so sehr an ihr gefiel.

„Trotz der Verbrennungen konnte ich ein paar Fingerabdrücke der rechten Hand von Ingrid Bertram sicherstellen. Ich war bereits im Labor. Und siehe da, ein Fingerabdruck ist dabei, der mit dem Abdruck auf dem Kescher identisch ist.“

„Das ist ja toll. Dann können wir den Fall jetzt endgültig abschließen“, sagte Ronni.

Eisenstein schien noch zu keinem Wort fähig zu sein. Er schaute irgendwie verzückt Susanne an, die noch immer lächelte.

„Frank, du sagst gar nichts?“, fragte Susanne.

„Was hältst du davon, wenn wir auf den Abschluss dieses Falles bei mir heute Abend anstoßen? Oder hast du bereits etwas vor?“, sprudelte es aus Susanne heraus.

Frank waren diese Fragen zu viel und er sprang auf.

„Danke, Susanne. Du hast uns sehr geholfen. Aber jetzt haben wir beide keine Zeit mehr. Wir haben noch viel zu erledigen. Nicht wahr Ronni?“ Dabei eilte er um den Schreibtisch herum und zupfte Ronni am Ärmel seiner Jacke.

Aufgrund dieser unmissverständlichen Aufforderung stand Ronni ebenfalls auf und schaute dabei Susanne vielsagend an und zuckte mit den Schultern, womit er andeutete „Was soll ich machen? Ich muss mit.“

Beide Beamten gingen mit großen Schritten in Richtung Bürotür. Susanne schaute mit verständnislosem Blick hinterher.

Eisenstein drehte sich noch mal kurz zu Susanne um und sagte mit einem Lächeln: „Und übrigens. Heute Abend, das klappt nicht. Tschüss, bis bald mal wieder."

Dann waren beide durch die Tür verschwunden.

„Puh, das war knapp. So lieb mir Susanne auch ist, aber ich will nicht von einer Beziehung in die nächste stolpern. Das wird mir im Augenblick zu viel", sagte Frank zu Ronni, als sie wieder in ihrem Wagen saßen.

„Na ja, es war nicht gerade diplomatisch, wie du raus gerannt bist. Aber ich kann dich verstehen", meinte Ronni.

„Wo fahren wir hin?", fragte Ronni nach einer kurzen Verschnaufpause zu Frank, der sich ausnahmsweise hinter das Steuer gesetzt hatte.

„Nach Troisdorf. Wir wollten doch die Allergologen im Umkreis aufsuchen. Vielleicht kann uns einer sagen, wie jemand an das Allergen gekommen sein kann, das er dann dem Altmann gespritzt und ihn damit umgebracht hat?"

„Okay, ich lass mir von der Zentrale die Namen und Anschriften der Allergologen per Funk mitteilen", stimmte Ronni seinem Chef zu.

*

„In Troisdorf gibt es zwei und im näheren Umkreis, also Siegburg und St. Augustin, nochmals sieben Allergologen oder Hautärzte. Die Zentrale schickt mir Namen und Anschriften auf mein Handy", sagte Ronni, nachdem er mit der Zentrale gesprochen hatte.

Sie überquerten den Rhein auf der Friedrich-Ebert-Brücke in Richtung Troisdorf.

„Dann lass uns zuerst die beiden Ärzte in Troisdorf aufsuchen. Es ist naheliegend, dass der Täter, den wir suchen, in

Troisdorf wohnt und dort auch einen Arzt aufgesucht hat“, meinte Frank Eisenstein.

Nach einigen Minuten hatte Ronni die Namen und Anschriften auf seinem Handy und nach weiteren wenigen Minuten standen sie am Empfang der ersten Arztpraxis.

„Das kann aber noch etwas dauern“, säuselte die Sprechstundenhilfe auf Ronnis Frage, ob sie den Arzt kurz sprechen könnten.

„Wir ermitteln in einem Mordfall und hätten den Arzt gerne sofort gesprochen“, äußerte Eisenstein ungehalten nochmals ihren Wunsch.

„Dann kommen sie bitte mit mir mit“, ertönte eine tiefe Stimme hinter ihnen.

Zufälligerweise hatte der Arzt Franks Wunsch gehört, als er gerade von dem einen zum anderen Sprechzimmer wechseln wollte. Der verhältnismäßig junge Arzt führte die beiden Kriminalbeamten in eines seiner Sprechzimmer und nahm in einem gemütlich wirkenden, großen Ledersessel hinter seinem Schreibtisch Platz. Er schaute die beiden Kommissare freundlich und erwartungsvoll an und vermittelte ihnen das Gefühl, Zeit für sie zu haben.

„Was kann ich für die Polizei tun?“, fragte der Arzt.

Eisenstein erklärte dem Allergologen die Situation, wie Paul Altmann verstorben war, ohne dabei Namen und Details preiszugeben.

„Unsere Frage ist jetzt: Wie kommt jemand an eine größere Menge Allergen, das er einem Patienten, eventuell über den Venenkatheter der Infusion, spritzen kann?“, fragte Eisenstein und beugte sich dabei aus seinem Stuhl nach vorne, um der Wichtigkeit seiner Frage Nachdruck zu verleihen.

Der Arzt war mehr als überrascht von dem, was Eisenstein ihm soeben eröffnete.

„Das ist ja unglaublich, was Sie mir da erzählen“, rief er aus.

„Aber ich will sachlich bleiben. Bei der Hypo-Desensibilisierung wird das relevante Allergen ein Mal wöchentlich in steigenden Dosen durch den Arzt unter die Haut gespritzt, bis die individuelle Höchstdosis erreicht ist. Das Allergen wird immer gekühlt beim Arzt aufbewahrt. Der Patient ist daher nicht im Besitz einer größeren Menge des Allergens. Diese Art der Desensibilisierung stellt die häufigste Art dar. Das Allergen bleibt während der Behandlung immer beim Arzt“, erklärte der Arzt und machte jetzt eine kleine Kunstpause, in der er sich durch intensiven Blickkontakt mit den beiden Beamten davon überzeugte, dass seine Ausführungen verstanden worden waren.

„Alternativ gibt es noch die sanftere sublinguale Therapie“, fuhr der Arzt fort.

„Dabei träufelt sich der Allergiker eine bestimmte Anzahl von Tropfen selbst unter die Zunge. In der Regel anfangs zwei Mal in der Woche. Später werden die Abstände der Einnahmen größer. Mit der Therapie wird jetzt im Herbst begonnen und der Patient lagert das Allergen bei sich zu Hause im Kühlschrank. Zu Beginn der Therapie verfügt er demnach über eine größere Menge seines Allergens, in der Regel über 300 ml.“

„Das ist ja interessant. Haben Sie Patienten, die diese sanftere Therapie durchführen?“, wollte Eisenstein jetzt wissen.

„Nein, in diesem Herbst habe ich keinen Patienten“, antwortete der Arzt.

„Dann danken wir Ihnen für Ihre Ausführungen. Sie haben uns sehr geholfen“, sagte Eisenstein und erhob sich.

Auch sein Kollege stand auf und beide verabschiedeten sich per Handschlag vom Arzt.

„Versuchen wir es jetzt bei dem zweiten Arzt hier in Troisdorf. Wir wissen jetzt, welchen Patienten oder welche Patientin wir suchen. Vielleicht haben wir dort mehr Glück", sagte Eisenstein zu Ronni, als sie die Praxis verlassen hatten.

„Wir können sogar zu Fuß dorthin gehen. Es ist nicht sehr weit. Bei dieser Gelegenheit lernen wir auch die Fußgängerzone von Troisdorf kennen und wir können bestimmt unterwegs etwas Essbares auftreiben. Wir haben seit heute Morgen nichts mehr gegessen und mein Magen knurrt", hatte Ronni eine vorzügliche Idee.

„So lang ist das nun auch noch nicht her, dass du jetzt bereits hungrig sein kannst", meldete Eisenstein seine Bedenken an.

„Isabelle hatte es heute Morgen eilig. Sie wollte etwas früher als gewöhnlich im Büro sein. Da blieb halt keine Zeit mehr für ein Frühstück. Bist du denn nicht hungrig?"

„Natürlich. Ich hatte auch kein Frühstück. Als ich in den Frühstücksraum der Pension kam und mir die Bedienung sagte, dass ihr bereits weg seid, hatte ich keine Lust mehr aufs Frühstück. Allein schmeckt es mir halt nicht."

In der Nähe des Kölner Platzes stillten sie ihren Hunger mit einer Bratwurst und einem Brötchen. Dazu tranken beide ein alkoholfreies Bier, denn Alkohol während des Dienstes ging bei Eisenstein überhaupt nicht. Während des Essens bestaunten sie in einiger Entfernung das gläserne Gebilde, eines der beiden modernen Stadttore von Troisdorf, die zu Beginn und am Ende der Fußgängerzone aufgestellt worden waren.

Ronni nahm vorsichtshalber für später im Wagen noch ein Streuselbrötchen mit, denn er vermutete, dass die Bratwurst seinen Hunger nicht lange stillen würde.

„Guten Tag, wir sind Kommissare des Morddezernates in Bonn", stellte Ronni sich und Frank vor.

Sie hielten dabei ihre Ausweise der jungen Frau hinter dem Tresen zur Einsicht hin.

„Wir hätten gerne den Herrn Doktor gesprochen."

„Warten sie bitte einen Augenblick, ich sage dem Herrn Doktor Bescheid", antwortete die Helferin und verschwand in einem der Zimmer.

„Sobald er mit der Untersuchung fertig ist, können Sie zu ihm. Nehmen Sie bitte im Wartezimmer so lange Platz", forderte die Helferin die beiden Kommissare auf.

Im Wartezimmer saßen vier Patientinnen und lasen in den bekannten Illustrierten, die überall in den Wartezimmern auslagen. Insgesamt wirkte das Wartezimmer veraltet. Sie nahmen auf einem der unbequemen Stühle Platz, deren Sitzfläche so gut wie gar nicht gepolstert war. Ihre Geduld wurde auf eine harte Probe gestellt. Es dauerte mehr als fünfzehn Minuten, bis die Helferin sie in ein Sprechzimmer führte.

Hier setzten sie sich vor dem Schreibtisch des Arztes auf ähnlich unbequeme Stühle. Auf einer Seite des Schreibtisches lag ein hoher Stapel aus Akten und Papieren. Einige Medikamentenschachteln lagen auf der anderen Seite. Insgesamt wirkte der Schreibtisch, als ob der Arzt den Überblick verloren hätte. Auch hier mussten sie nochmals warten, bis der Arzt endlich erschien.

„Entschuldigen Sie bitte, dass Sie warten mussten", begann der Arzt, nachdem sie sich vorgestellt hatten.

Nach diesen wenigen Worten hatte Eisenstein nicht den Eindruck, dass der Arzt die Entschuldigung ernst gemeint hatte. Es war ein älterer Arzt, der wahrscheinlich in den nächsten Jahren seine Praxis aufgeben würde und mit der Organisation seiner Praxis überfordert war, so war zumindest Eisensteins Eindruck.

Der Arzt war Eisenstein nicht sehr sympathisch und er brachte daher sein Anliegen etwas brummig und knapp vor. Da sie der erste Arzt, den sie vorher besuchten, bereits über die Therapiemöglichkeiten informiert hatte, kam er direkt auf den Punkt.

„Wir ermitteln in einem Mordfall und suchen eine Person, die eine sublinguale Therapie gegen Allergie durchführt. Behandeln Sie solche Patienten?"

„Ja natürlich. Ich ziehe diese sanftere Therapie der üblichen Hypo-Desensibilisierung vor, wenn der Patient damit einverstanden ist."

„Würden Sie uns bitte die Namen dieser Patienten sagen", forderte Eisenstein ohne Umschweife.

„Herr Kommissar, Sie wissen doch bestimmt, dass ich das nicht darf. Schweigepflicht", entgegnete der Arzt mit einem süffisanten Lächeln.

„Herr Doktor, hören Sie. Es geht hier nicht um irgendein kleineres Delikt. Es geht um Mord. Sollen wir uns zuerst einen richterlichen Beschluss verschaffen und dadurch unnötige Zeit vergeuden? Wenn Sie das wünschen, reichen wir Ihnen einen richterlichen Beschluss gerne nach. Aber bitte unterstützen Sie uns jetzt", schaltete sich Ronni ein, der merkte, dass die Chemie zwischen Eisenstein und dem Arzt nicht zu stimmen schien.

Der Arzt gab keine Antwort. Einige Sekunden lang schaute er Ronni nachdenklich an. Dann beugte er sich nach vorne und machte sich an seinem Computer zu schaffen.

„Kommen Sie um den Schreibtisch herum. Es handelt sich um derzeit drei Patienten. Sie können die Liste mit den Namen einsehen. Wenn Sie mehr wollen, brauche ich den gerichtlichen Beschluss", sagte der Arzt schließlich.

Ronni ging um den Schreibtisch herum und beugte sich etwas zum Bildschirm hinunter.

„Verdammt“, entfuhr es ihm.

„Wer hätte das gedacht?“

Eisenstein stand inzwischen ebenfalls hinter dem Schreibtisch und schaute gebannt auf den Bildschirm.

Sowohl Ronni als auch Frank sagten weiter nichts. Sie wollten dem Arzt gegenüber ihren Verdacht nicht äußern. Schließlich war es wahrscheinlich, dass sie jetzt den Mörder von Paul Altmann kannten.

„Herr Doktor, vielen Dank für Ihr unbürokratisches Entgegenkommen. Sie haben uns sehr geholfen“, sagte Ronni.

„Gerne. Ich hoffe, Sie haben Verständnis für meine grundsätzliche Zurückhaltung“, sagte der Arzt.

Ronni und Frank verließen zufrieden die Arztpraxis. Diese unbürokratische Hilfe hatten beide nicht unbedingt von einem Mediziner erwartet.

„Ich muss dir etwas sagen. Ich habe mein Streuselbrötchen beim Arzt liegen gelassen“, lachte Ronni übermütig, als sie wieder die Fußgängerzone betraten.

„Dann musst du wohl die nächsten Stunden hungern. Fahren wir los und nehmen den Mörder fest“, lachte auch Eisenstein voller Zuversicht.

Die beiden Kommissare hatten allen Grund zur Fröhlichkeit, es schien, als sei der Mord an Paul Altmann aufgeklärt.

Nur eine Kleinigkeit fehlte noch. Ein Geständnis – denn Beweise hatten sie nicht.

Die bloße Tatsache, das Allergen zu besitzen, bedeutete nicht gleichzeitig, dass der Besitzer auch den Mord verübt hatte, auch wenn Ronni und Frank daran keinerlei Zweifel hegten.

22. Kapitel

Auf der A59 herrschte reger Verkehr. Frank Eisenstein und Ronni Kern reihten sich nach der Autobahnauffahrt Troisdorf in den Verkehr in Richtung Köln ein. Sie hatten Zeit. Es machte nichts aus, wenn sie fünf oder zehn Minuten später in Köln-Deutz ankamen.

Ronni nutzte die Zeit, um Frank endlich davon zu unterrichten, dass er Ende nächster Woche aus der Pension ausziehen würde. Für Frank bedeutete dies, dass er dann die Abende allein gestalten musste. Ein Umstand, den Frank in der jetzigen Situation nicht mochte. Dementsprechend war auch seine Reaktion. Er sagte überhaupt nichts mehr. Er war irgendwie gekränkt.

„Mensch, Frank, sei doch nicht beleidigt. Wir ziehen doch nicht wegen dir aus. Es hat sich halt zufällig ergeben, dass wir kurzfristig die Wohnung beziehen können. Und das wollen wir auch. So toll finden wir das Leben in der Pension nun auch nicht“, versuchte Ronni seine Entscheidung zu erklären.

„Ja, ja, du hast ja Recht. Es ist schon schrecklich, die Abende mit einem alten Kollegen wie mir zu verbringen.“

Jetzt begann Frank mit Selbstmitleid, das Ronni noch schlimmer fand, als wenn Frank weiter geschwiegen und sogar geschrien hätte.

„Du kennst mich lange genug und du solltest wissen, dass das nicht so ist. Ich schlage vor, wir reden heute Abend nochmals darüber“, beendete Ronni das leidige Gespräch.

Inzwischen hatten sie Köln-Deutz erreicht und Ronni stellte den Wagen in einer Parklücke im Wohngebiet ab. Die vielleicht dreihundert Meter zum Triangel-Hochhaus konnten sie zu Fuß gehen. Die frische Luft würde ihnen gut tun und vielleicht Franks Depressionen vertreiben.

Auf der großen Hinweistafel in der Eingangshalle fanden sie schnell, wohin sie wollten. Die „Eigenheim GmbH" befand sich im 18. Stockwerk. Ein weiteres Hinweisschild leitete sie nach Verlassen des Aufzuges in die richtige Richtung.

„Wir hätten gerne Herrn Stelter gesprochen. Ich bin Kommissar Eisenstein und das ist mein Kollege Kern von der Kriminalpolizei Bonn", stellte Eisenstein sich und seinen Kollegen in einem bestimmten Ton der Empfangsdame vor. Dabei hielten sie ihre Dienstausweise in die Höhe. Er verspürte keinerlei Lust, Höflichkeiten auszutauschen und irgendwelche Fragen der Sekretärin zu beantworten.

Die schwarzhaarige Schöne hinter dem Schreibtisch konnte ihre Überraschung nicht verbergen. Ohne einen Blick auf die Ausweise zu werfen, das ihr aufgrund der Höhe, mit der die Beamten die Ausweise hochhielten, auch schwergefallen wäre, sprang sie auf und eilte in das Büro hinter ihr.

„Der hast du aber Respekt eingeflößt", meinte Ronni an Eisenstein gewandt.

Es dauerte nicht lange, und die Sekretärin kam zurück.

„Bitte treten Sie ein. Herr Stelter erwartet Sie", dabei hielt sie die Türe auf und wies mit der anderen Hand in das Büro.

Sie hatte jetzt ihre Überraschung überwunden und lächelte freundlich.

„Guten Tag Herr Stelter", grüßte Eisenstein und beide Kriminalkommissare reichten dem Chef von „Eigenheim" die Hand.

„Guten Tag, meine Herren. Nehmen Sie bitte Platz. Was kann ich für Sie tun?“

Klaus Stelter zeigte das Selbstbewusstsein, das man von einem Mann in seiner Position erwartete.

Frank und Ronni ließen sich genüsslich in das bequeme, braune Ledersofa gleiten und bestaunten das Panorama von Köln, das sich vor ihnen ausbreitete.

Frank Stelter kannte das Gefühl, das sich bei seinen Besuchern in diesem Moment ausbreitete. Ein gewisser Stolz und das Gefühl der Macht und Überlegenheit breitete sich dann immer wieder in ihm aus. Gerade deshalb hatte er diesen Standort für seine Büros gewählt. Er wartete wohlwollend, bis sich seine Besucher von dem Anblick losgerissen hatten.

„Herr Stelter“, begann Eisenstein, „leiden Sie an Pollenallergie?“

Das Gefühl der Überlegenheit bei Klaus Stelter verschwand für einen Augenblick. Mit dieser Frage hatte er nun tatsächlich nicht gerechnet.

„Sind Sie deswegen hier, um mich das zu fragen? Was soll diese Frage?“

„Diese Frage mag für Sie ungewöhnlich sein, aber wir ermitteln in einem Mordfall und ich bitte Sie, die Frage zu beantworten“, sagte Eisenstein und freute sich, dass er Stelters Selbstsicherheit zumindest leicht aufgeweicht hatte.

„Ja, zu Beginn des Frühjahres setzten mir die Pollen der Frühblüher erheblich zu“, erwiderte Stelter emotionslos.

„Sind Sie deswegen in ärztlicher Behandlung?“, fragte Eisenstein, obschon er die zutreffende Antwort durch Einsicht in die Liste des Allergologen in Troisdorf bereits kannte.

Er wollte Stelter testen, ob er lügen oder die Wahrheit sagen würde.

„Ja. Bei einem Arzt in meinem Heimatort Troisdorf. Ich habe vor einigen Wochen eine Desensibilisierung begonnen“, antwortete Stelter wahrheitsgemäß.

„Und wie führen Sie diese durch?“, wollte Eisenstein jetzt wissen.

„Hiermit.“

Stelter nahm ein kleines Fläschchen aus einer Schublade seines Schreibtisches und zeigte es den beiden Kommissaren.

Eisenstein schaute Ronni etwas verblüfft an, ließ Stelter jedoch seine Überraschung nicht anmerken. Damit hatte er nicht gerechnet, dass Stelter dies so ohne Weiteres zugab. Vor allem war er verwundert, dass Stelter ihm ein volles Fläschchen zeigte.

„Sie hatten doch Probleme mit Paul Altmann, weil er sein Grundstück nicht an Sie verkaufen wollte. Er ist tot“, konfrontierte jetzt Ronni Kern Klaus Stelter mit dieser Tatsache.

„Ja, ich weiß. Das habe ich heute Morgen in der Zeitung gelesen. Und Sie denken, ich habe damit etwas zu tun? Das ist doch Blödsinn, ich bringe doch niemanden um, weil er nicht verkaufen will. Und außerdem, was hat das mit meiner Allergie zu tun?“

„Herr Altmann starb an einen anaphylaktischen Schock aufgrund einer sehr hohen Dosis eines Allergens“, klärte Ronni Stelter unverblümt auf.

„Und jetzt denken Sie, weil ich Allergiker bin und dieses Mittel im Schreibtisch habe, dass ich Altmann umgebracht habe?“

Stelter lächelte gequält und von seiner anfänglichen Selbstsicherheit war nicht mehr viel zu spüren.

„Ja, das wäre doch durchaus denkbar. Sie haben ein Motiv und auch das Mittel, womit Altmann umgebracht ..."

„Moment", unterbrach Stelter Ronnis Anklage.

„Ich wollte Donnerstagmorgen meine Tropfen nehmen, aber die Flasche war nicht mehr da. Meine Sekretärin hat daraufhin noch am selben Tag von meinem Arzt ein neues Rezept besorgt, denn die Tropfen müssen immer pedantisch am vorgeschriebenen Tag genommen werden", fuhr Stelter fort.

„Wie praktisch. Und das fällt Ihnen gerade jetzt ein?", kommentierte Eisenstein die Erklärung von Klaus Stelter.

„Ja, genau. Das fällt mir Gott sei Dank jetzt ein."

„Das würde bedeuten, das Fläschchen wurde Ihnen entwendet. Wer sollte das getan haben? Hat außer Ihrer Sekretärin noch jemand Zugang zu Ihrem Schreibtisch? Oder war jemand unbeaufsichtigt in Ihrem Büro?", fragte Ronni nach, obschon er Stelters Erklärung keinen Glauben schenkte.

„Mh, möglich", Stelters Miene erhellte sich.

„Andrea hatte Montag einen Termin mit mir. Dann kam sie noch mal am Mittwoch. Einfach so, ohne Termin. Ziemlich früh, kann ich mich erinnern. Sie kam kurz nachdem ich im Büro war."

„Wer ist Andrea und um wie viel Uhr betraten Sie Ihr Büro?", fragte Eisenstein, der hellhörig geworden war, denn Mittwoch wurde Paul Altmann zwischen acht und elf Uhr umgebracht.

„Andrea Schiffer, die Ortsvorsteherin von Müllekoven. Ich war wie immer so zwischen 8.30 und 9.00 Uhr hier."

„Was wollte Frau Schiffer bei Ihnen?", fragte Eisenstein.

„Wir hatten geschäftlich einiges zu klären. Ich kenne sie seit Jugendzeiten. Ich hatte ihr Geld geliehen, das sie nicht zurückzahlen konnte. Mittwoch versuchte sie, mich dann nochmals umzustimmen und eine noch längere Stundung herauszuschinden. Sie stand vor meinem Schreibtisch und bettelte mich an. Ich konnte das Betteln und Heulen nicht mehr mit ansehen und habe mich von ihr abgewendet, bin zum Fenster gegangen und habe sie gebeten zu gehen."

Klaus Stelter war jetzt aufgeregt. Es schien so, als ob er einen Weg gefunden hätte, seine Unschuld zu untermauern und redete unbekümmert darauf los.

„Als Frau Schiffer dann weg war, stellten Sie fest, dass das Fläschchen weg war?", folgerte Ronni Kern.

„Nein. Ich sagte Ihnen bereits, dass ich das erst am Donnerstag feststellte. Wenn ich das Mittel genommen habe, steht es manchmal auf meinem Schreitisch. Ich denke oft nicht daran, es wegzustellen. Montag habe ich das Mittel eingenommen. Fragen Sie meine Sekretärin, sie erinnert mich immer an die Einnahme. Wahrscheinlich stand das Mittel auf meinem Schreibtisch als Andrea Montag bei mir war und sie hat das gesehen."

Stelters Selbstsicherheit war wieder in vollem Umfang vorhanden und er ließ dies die beiden Kommissare durch seinen Tonfall und seine Körperhaltung deutlich spüren. Er war davon überzeugt, dass die Kommissare nicht an seiner Argumentation vorbeikamen.

„Sie wollen damit sagen, dass Andrea Schiffer Ihr Medikament Montag gestohlen hat, als sie bei Ihnen war?", folgerte Eisenstein.

„Nein, nicht Montag. Wie ich bereits sagte, steht das Mittel meistens auf meinem Schreibtisch. Manchmal, wenn meine Sekretärin meinen Schreibtisch aufräumt, stellt sie das Fläschchen in die Schublade. Bis Donnerstag habe ich das Mittel nicht vermisst."

„Dann sind Sie also der Meinung, Frau Schiffer hat das Medikament am Mittwoch entwendet. Das würde doch bedeuten, dass sie vorsätzlich hier gewesen ist, um das Mittel zu stehlen", warf Ronni ein.

„Ja, so ist es. Das Allergen stand wahrscheinlich auf meinem Schreibtisch und Andrea hat es in einem unbeobachteten Augenblick eingesteckt. Sie war mit Sicherheit nur deswegen hier. Es ging ihr gar nicht um eine weitere Stundung ihrer Schuld", bestätigte Klaus Stelter in einer Art, die keinen Widerspruch mehr zuließ.

„Meine Herren. Ich bitte Sie jetzt zu gehen", sagte Stelter im Befehlston.

Er erhob sich und schob seine Hände in die Hosentaschen.

„Suchen Sie ihren Mörder irgendwo anders. Sie wissen ja jetzt wo. Wenn Sie noch Fragen haben, machen Sie bitte einen Termin mit meiner Sekretärin aus."

„Nein, das machen wir sicher nicht. Wir würden Sie dann ins Präsidium vorladen", konnte sich Eisenstein nicht verkneifen zu sagen.

„Trotzdem danken wir Ihnen für das Gespräch. Auf Wiedersehen, Herr Stelter", sagte Ronni Kern.

Frank Eisenstein und Ronni Kern erhoben sich und verließen das Büro.

„Wir haben gerade mit Herrn Stelter über seine Allergie gesprochen. Erinnern Sie Ihren Chef immer an die Einnahme des Desensibilisierungsmittels?", fragte Eisenstein freundlich die Sekretärin.

„Ja, natürlich. Er hat doch so viel um die Ohren", meinte sie.

„Haben Sie das auch Montag getan?"

Die Sekretärin blätterte in dem Terminbuch, das mit dem heutigen Datum offen auf ihrem Schreibtisch lag.

„Ja, richtig. Montags und donnerstags hat Herr Stelter das Mittel immer eingenommen. Ich erinnere mich. Als ich Montagmorgen seinen Schreibtisch aufräumte, habe ich das Fläschchen auf seinem Schreibtisch gesehen."

„Räumen Sie immer den Schreibtisch Ihres Chefs auf?", fragte jetzt Ronni.

„Ja, immer montags, zum Wochenbeginn. Manchmal aber auch noch ein oder zwei Mal während der Woche. Er arbeitet immer abends sehr lange und bevor er morgens kommt, räume ich dann schnell auf", lächelte die Sekretärin.

„Vielen Dank und auf Wiedersehen", verabschiedeten sich die beiden Kommissare wie aus einem Mund.

„Dann werden wir jetzt Andrea Schiffer einen Besuch abstatten müssen, denke ich", sagte Eisenstein zu Ronni, als sie mit dem Aufzug nach unten fuhren.

*

Die Rückfahrt nach Troisdorf verlief fast schweigend. Beide Kommissare wussten, was als Nächstes zu tun war und bereiteten sich in Gedanken auf die Befragung von Andrea Schiffer vor.

Ronni überlegte, was sie über Andrea Schiffer bisher erfahren hatten. Nachdem was Klaus Stelter ihnen gesagt hatte, sprachen einige Indizien gegen Andrea. Einen Beweis, dass sie das Medikament Klaus Stelter entwendet und Paul Altmann verabreicht hatte, gab es aber nicht.

Auch ein Motiv konnte er nicht erkennen. Andrea Schiffer hatte mit Paul Altmann eine Beziehung, die beide vor der Öffentlichkeit geheim hielten. Weswegen eigentlich? Angeblich war das der Wunsch von Andrea. Sie war schließlich Ortsvorsteherin und verheiratet. Gerede im Ort hätte ihrem Ansehen und ihrer politischen Position als

Ortsvorsteherin und Mitglied des Stadtrats geschadet. In einem kleinen Stadtteil wie Müllekoven konnte es nichts Schlimmeres geben, als Getratsche. Ronni konnte diesen Gedanken nachvollziehen.

Laut Klaus Stelter schuldete Andrea ihm Geld. Aber wieso sollte sie dann ihren Liebhaber Paul Altmann umbringen? Da wäre es doch naheliegender, wenn Klaus Stelter das Opfer wäre.

Er überlegte weiter krampfhaft, wie sie die Vernehmung von Andrea Schiffer durchführen sollten, als ihn Frank wie aus heiterem Himmel ansprach.

„Übrigens, es tut mir leid, wenn ich mich auf der Hinfahrt dir gegenüber so blöd gegeben habe. Natürlich freue ich mich, dass ihr eine Wohnung so schnell gefunden habt. Ich habe die Trennung von Inka noch nicht so richtig verkraftet und ich fühle mich im Augenblick so allein. Das macht mir zu schaffen."

„Aber Frank, du bist nicht allein. Wenn du jemanden zum Reden brauchst oder Probleme hast, kannst du immer auf mich zählen. Egal, ob wir nun zusammen in der Pension wohnen, oder ob ich mit Isabelle in eine Wohnung gezogen bin. Bonn ist nicht so groß, als dass wir uns abends nicht mehr treffen könnten", versuchte Ronni seinen Chef und Freund aufzumuntern.

„Du hast Recht. Beenden wir das Thema. Wir haben weiß Gott im Augenblick Wichtigeres zu tun", sagte Eisenstein und setzte ein zuversichtliches Lächeln auf.

Andrea wohnte im Gegensatz zu Paul Altmann am anderen Ortsende von Müllekoven. Parken vor dem Haus am Bürgersteig war hier nicht möglich. Die Straße war vollgeparkt mit Autos. Ronni folgte weiter der Straße, die leicht bergab zu einem großen Wanderparkplatz am Beginn des Naturschutzgebietes der Siegmündung führte. Dort stellte er den Wagen ab. Sie gingen schnellen Schrittes die Straße zurück. Durch die Steigung erreichten sie das Haus von Andrea Schiffer leicht außer Puste.

Ein gepflegtes Einfamilienhaus mit ebenso gepflegtem Vorgarten. Das Dach schien neu gedeckt zu sein. Die Dachziegel blinkten bläulich in der Sonne. Auch die weiße Haustüre mit einem großen Teil aus satiniertem Glas schien noch nicht alt zu sein.

Eisenstein atmete tief durch und betätigte den großen Klingelknopf aus Messing. Es dauerte nicht lange und Andrea öffnete die Haustüre. Eisenstein sah sie jetzt zum ersten Mal. Eine kleine, fast zierliche Person. Die braunen Haare im Nacken zusammengebunden. Sie trug eine weiße Jeans. Als Oberteil trug sie eine Tunika in leuchtend grünen Farben, die perfekt zu ihrer smaragdgrünen Halskette passte. Eisenstein schätzte Andrea Schiffer auf Mitte fünfzig, vielleicht auch ein oder zwei Jahre älter. Insgesamt eine ansprechende Erscheinung. Was mag sie wohl an Paul Altmann gefunden haben, immerhin war er mehr als zehn Jahre älter, dachte Eisenstein.

Andrea Schiffer war erstaunt, als sie die beiden Kommissare erblickte.

„Guten Tag, Frau Schiffer. Ich bin Kommissar Eisenstein. Meinen Kollegen Ronni Kern kennen Sie bereits. Dürfen wir hereinkommen? Wir haben einige Fragen an Sie“, begann Eisenstein und machte einen Schritt auf Frau Schiffer zu, die daraufhin den Eingang freigab und die Kommissare hereinbat und ins Wohnzimmer führte. Als Eisenstein an ihr vorbeiging, blieb ihm die leichte Schnapsfahne nicht verborgen.

Frank und Ronni sahen sich um und waren mehr als überrascht von dem, was sich ihren Augen bot.

Eine exklusive, hochwertige, weiße Ledergarnitur. Eisenstein strich anerkennend über die Lehne des Sessels, bevor er sich setzte. Weiße Schränke mit einem hohen Glasanteil, eine weiße Vitrine und eine ebenso weiße Bücherwand zierten die Wände des sehr großen Wohnzimmers. Dazwischen hingen geschmackvolle Gemälde, deren Echtheit Eisenstein nicht beurteilen konnte. Ein großer Bildschirm und eine vermutlich hochwertige Heimkino- und Soundanlage ließen darauf schließen, dass Andrea Schiffer ein ausgeprägter Film- und Musikfan war. Auf dem Boden lagen dicke Teppiche auf einem grau-braunen Dielenboden. Das Auffallendste an dem Zimmer war jedoch die Unmenge an Porzellanfiguren, Schalen, Vasen und sonstige Accessoires. Alle künstlerisch aus weißem Porzellan. Insgesamt machte der Raum den Eindruck, als ob hier Geld keine Rolle gespielt habe.

Eisenstein fragte sich sofort, wovon Andrea das alles bezahlt haben mochte. Wie Ronni ihm berichtet hatte, war sie nicht beschäftigt. Sie widmete ihre Zeit der Politik und der Partei. Ihr Mann war Beamter bei der Stadt Bonn. In seiner Freizeit war er als Schiedsrichter und Ausbilder tätig und daher am Wochenende so gut wie nie zu Hause. Da musste noch eine Einnahmequelle sein, aus der sie den Luxus finanzierte. Diese Einnahmequelle könnte Klaus Stelter sein. Aber was veranlasste Stelter dazu, Andrea Geld zu geben oder zu leihen? Nur aus alter Freundschaft? Diesen Eindruck hatte Stelter nicht auf Eisenstein gemacht. Eisenstein sah in Stelter einen knallharten Geschäftsmann, der Geld nur gab oder verlieh, wenn er dafür eine entsprechend hohe Gegenleistung erhielt.

„Darf ich Ihnen einen Obstler anbieten? Aus Südtiroler Äpfeln gebrannt", riss Andreas Stimme ihn aus seinen Gedanken.

„Nein, danke", lehnte Eisenstein ab und auch Ronni schüttelte den Kopf.

„Natürlich. Sie sind ja im Dienst. Dann vielleicht einen Kaffee?", ließ Andrea nicht locker.

„Nein, danke", kam es wieder wie aus einem Mund dr beiden Kommissaren.

„Aber ich trinke jetzt einen Schnaps."

Andrea drehte sich um und verschwand in der an das Wohnzimmer angrenzenden offenen Küche. Aus dem Kühlschrank nahm sie eine halb volle Flasche Obstler. Aus dem Hängeschrank über der Arbeitsplatte kramte sie ein kleines Schnapsglas heraus, das sie randvoll schüttete.

Mit der Flasche und dem Glas in der Hand kam sie zu den Kommissaren zurück. Sie stellte die Flasche auf den Tisch und nahm zuerst einen Schluck Obstler, ehe sie sich auf die vordere Kante der Sitzfläche eines Sessels setzte. Das fast leere Glas stellte sie vor sich auf den Tisch. Ihre Hände legte sie übereinander in den Schoß. Eisenstein entging nicht, dass sie die Hände dabei zusammenpresste und die Knöchel weiß hervortraten. Sie war nervös.

„Frau Schiffer, ihr Freund Paul Altmann ist am Mittwoch zwischen acht und elf Uhr an einer Überdosis eines Allergens gestorben, das man ihm in die Vene gespritzt hatte. Wo waren Sie zu dieser Zeit?", begann Eisenstein ohne Vorrede.

„Ich war hier zu Hause", kam es wie aus der Pistole geschossen aus Andreas Mund.

Keine überraschende Reaktion. Kannte sie die Todesursache bereits? Auch Trauer über den Verlust ihres Freundes bemerkte Eisenstein nicht.

„Kann das jemand bestätigen?"

„Nein, ich war allein und habe einiges für die nächste Stadtratssitzung vorbereitet."

„Das kann nicht sein. Sie waren gegen neun Uhr in Köln-Deutz", sagte Eisenstein kalt.

„Ach ja. Das habe ich vergessen. Ich habe Klaus Stelter aufgesucht."

Sie knetete aufgeregt ihre Hände und konnte dem Blick von Eisenstein nicht standhalten. Als sie ihren Kopf abwandte, streifte dabei Ihr Blick das Glas mit dem restlichen Obstler, das sie dann auch sofort ergriff und austrank.

„Herr Stelter sagte uns, dass Sie ihm Geld schulden und dies nicht zurückzahlen können. Außerdem hat er die Vermutung, dass Sie ihm sein Medikament zur Desensibilisierung entwendet haben."

„Ja, das stimmt. Ich schulde Klaus Geld. Aber ein Medikament habe ich nicht gestohlen", antwortete Andrea. Die aufkommende Röte in ihrem Gesicht entlarvte sie als schlechte Lügnerin.

„Frau Schiffer, haben Sie Herrn Altmann eigentlich im Krankenhaus besucht?", fragte Ronni harmlos.

„Ja. Als ich nach Mittag dort war, war er leider bereits tot", log sie.

„Auch das stimmt nicht. Man hat Sie morgens im Krankenhaus gesehen", bluffte Eisenstein.

Auch wenn die Schwestern Frau Schiffer nicht direkt erkannt hatten, könnte die Beschreibung zutreffen.

„Ach ja, ich war auch ganz früh morgens dort. Da schlief Paul noch, und ich bin wieder gegangen", versuchte Andrea sich herauszuwinden.

„Sie waren nicht früh morgens dort, sondern erst nachdem Sie aus Köln zurück waren. So gegen zehn Uhr. Eine Schwester hat Sie gesehen, als Sie in Altmanns Zimmer gingen. Und da hatten Sie dann das Allergen dabei, das Sie von Herrn Stelter mitgenommen hatten, und haben es Paul Altmann in die Vene gespritzt“, sagte Eisenstein mit einer Bestimmtheit, die keinen Widerspruch mehr duldete.

Eisenstein stand auf.

„Sie haben Paul Altmann umgebracht. Wir haben das Fläschchen gefunden. Leider haben Sie es nicht gut genug abgewischt. Auf dem Deckel befinden sich Ihre Fingerabdrücke.“

Eisenstein sagte das so bestimmt, dass er selbst von seinen Worten überzeugt war, obschon sie weder das Fläschchen gefunden noch Fingerabdrücke zum Vergleich der Andrea hatten.

Andrea nahm die Flasche Obstler und goss sich ein neues Glas ein, das sie auch sofort in einem Zug austrank. Dann atmete sie hörbar lange aus.

„Ja, das stimmt“, Andrea Schiffer sank in dem schweren Ledersessel in sich zusammen.

Sie war keine professionelle Mörderin. Irgendwie schien es Eisenstein, als sei sie jetzt erleichtert, weil die Lügerei endlich ein Ende hatte.

Ihr Blick starrte ins Leere und sie begann stockend, sich alles von der Seele zu reden. Vielleicht trug auch der Alkohol seinen Teil dazu bei. Jedenfalls war ihre Kraft zu Ende. Sie wusste, es war vorbei.

„Monatelang habe ich vergeblich versucht, Paul zu überreden, sein Grundstück zu verkaufen. Er war wie besessen, für kein Argument zugänglich. Klaus Stelter hat mir viel Geld geboten, wenn ich Paul zum Verkauf überreden würde.

Dreißigtausend hat er mir vorab gegeben, die er jetzt plötzlich zurückforderte, weil ich nach seiner Meinung meine Vereinbarung nicht eingehalten habe. Das Geld konnte ich nicht zurückzahlen. Er hatte mich für Montag in sein Büro bestellt. Dort hat er mich so unter Druck gesetzt, dass mir kein anderer Ausweg blieb. Er hat zu mir gesagt, wenn Paul tot sei, würden die Kinder erben und die würden mit Sicherheit verkaufen. Mir war klar, was er von mir wollte. Mittwoch wollte ich noch mal einen Versuch starten und mit ihm in Ruhe reden. Als ich vor ihm saß, sah ich sofort wieder das Fläschchen auf seinem Schreibtisch und mir kam eine Idee. Ich wusste, dass es ein Mittel gegen Allergie war, denn Klaus litt seit seiner Jugend sehr stark an einer Pollenallergie, genauso wie Paul. Als er mich so einfach sitzen ließ, zum Fenster ging und mir den Rücken zukehrte, habe ich das Fläschchen von seinem Schreibtisch genommen und eingesteckt. Das war überhaupt kein Problem, denn er hat sich noch nicht einmal umgedreht, als ich aufstand und gegangen bin. Die Flasche habe ich später in den Müllschlucker im Krankenhausflur geworfen. Aber das wissen Sie bereits, Sie haben sie ja gefunden."

Andrea war nur noch ein Häufchen Elend, so wie sie im Sessel hing. Nervlich total am Ende.

„Und wie war das am See?"

Jetzt wollte Eisenstein alles wissen.

„Wir hatten uns für abends verabredet. Er geht fast jeden Tag zum See und ich bin ihm entgegengegangen.

Es war bereits spät. Als ich an dem Platz, wo er gewöhnlich sitzt, ankam, sah ich, wie dieser junge Bertram immer wieder auf ihn eintrat und dann mit seiner Freundin verschwand. Paul lag leblos am Boden. Ich wusste, dass er immer ein Anglermesser bei sich hat. Wenn ich jetzt das vollendete, was dieser junge Bertram begonnen hatte, würde der Verdacht auf ihn fallen. Deshalb habe ich Sie auch angerufen."

„Aber Paul Altmann hat die Tritte und den Messerstich überlebt, und Sie mussten sich etwas anderes einfallen lassen. Dreißigtausend Vorschuss ist eine Menge Geld. Aber dafür ein Mord?", entfuhr es Ronni.

„Glauben Sie denn, ich hätte etwas mit dem Alten angefangen, wenn das Geld nicht gewesen wäre. So schön war der nun auch nicht", kam es jetzt hasserfüllt aus Andrea heraus.

„Jeden Samstag und Sonntag musste ich zu ihm. Paul war trotz seines Alters unersättlich. Manchmal habe ich mich richtig geekelt. Aber das durfte ich nicht zeigen. Ich hatte schließlich einen Auftrag zu erfüllen. Das Geld habe ich mir wirklich verdient. Was meinen Sie denn, wovon ich das alles hier bezahlt habe?"

Sie ließ dabei ihren Blick durch das Wohnzimmer schweifen.

„Von dem mickrigen Einkommen meines Mannes als kleiner Beamter vielleicht? Der hat doch nur Fußball im Kopf", fuhr sie hasserfüllt fort.

Frank und Ronni unterbrachen sie nicht. Sie ließen sie reden.

„Klaus hatte mir weitere dreißigtausend geboten, wenn es geklappt hätte. Dafür können Sie den auch gleich abholen. Der hat mich angestiftet", schrie sie fast.

„Frau Schiffer es reicht. Ich verhafte Sie wegen des Mordes an Paul Altmann. Kommen Sie", sagte Eisenstein und fasste Andrea Schiffer am Arm, um ihr aus dem Sesel zu helfen.

Andrea Schiffer stand widerspruchslos auf und ließ sich aus der Wohnung führen. Ronni nahm den Schlüssel, der auf einer Kommode im Flur lag, und schloss die Haustüre ab.

Die Kommissare verzichteten auf Handschellen. Sie waren sich sicher, dass Frau Schiffer keinen Fluchtversuch machen würde. So war es auch.

Ronni beeilte sich, den Wagen zu holen, während Eisenstein und Andrea Schiffer vor der Haustüre schweigend warteten. Es war alles gesagt, was es im Augenblick zu sagen gab.

Ohne Probleme brachten sie Andrea Schiffer ins Präsidium, wo sie in Untersuchungshaft genommen wurde.

„Die Gier nach Geld und Luxus macht aus normalen Menschen Verbrecher und Mörder. So war es bei Andrea Schiffer und letztlich auch bei Ingrid Bertram, die nicht ertragen konnte, dass ihr Mann womöglich das Geld mit einer anderen durchbrachte", meinte Frank zu Ronni, als sie bei einem Kaffee in seinem Büro saßen.

„Die Spurensicherung ist unterwegs. Die haben die reizvolle Aufgabe, den Müll des Krankenhauses zu durchsuchen. Vielleicht finden sie das Fläschchen – und vielleicht sind tatsächlich Fingerabdrücke vorhanden."

Sein Freund lächelte schelmisch.

„Wie konntest du ihr das mit dem gefundenen Fläschchen und den Fingerabdrücken so einfach ins Gesicht sagen? Es sah so aus, als ob du das selbst geglaubt hast, was du ihr sagtest", sagte Ronni.

„Hatte ich in dem Augenblick auch. Manchmal muss man Spieler sein, um ein Spiel zu gewinnen", grinste Eisenstein.

Epilog

Es war Sonntag und einer dieser Herbsttage, an dem einfach alles stimmte. Die Sonne verbreitete ihre letzten warmen Strahlen, bevor der Herbst mit trübem Wetter, Regen und sinkenden Temperaturen das Regiment übernehmen würde. Noch einmal bevölkerten die Menschen die Straßencafés und ließen sich von der Sonne bescheinen.

Meine Frau und mich hatte es schon früh in die Natur gezogen. Wir waren mehrere Stunden im nahen Siebengebirge gewandert. Rücksackverpflegung hatte den aufkommenden Hunger vertrieben und dafür gesorgt, dass wir auf das Mittagessen verzichteten.

Stattdessen wollten wir die Sonne auf unserer Terrasse genießen und uns zur Kaffeezeit mit einem Stück Kuchen sowie eine Tasse Cappuccino verwöhnen.

Kurz nachdem wir wieder zu Hause waren, setzte ich mich in unserem Wagen und fuhr nach Sieglar zum „Café Bröhl“, um den Kuchen zu holen, denn ich wusste, je früher man das Café aufsuchte, desto größer war die Auswahl. Zudem wollte ich nicht riskieren, dass mein Lieblingskuchen ausverkauft war. Meine Frau hatte es sich während dessen bereits auf der Terrasse gemütlich gemacht.

Im Café reihte ich mich in die Schlange der wartenden Kunden ein. Als ich an der Reihe war, bestellte ich drei Stücke Kuchen. Kalorien hin oder her. Drei Stücke deshalb, da nicht auszuschließen war, dass die Lust auf Kuchen bei meiner Frau oder bei mir größer war als geplant. Mir waren die Namen der Kuchensorten nicht geläufig, daher zeigte ich der freundlichen Bedienung meine Wünsche.

Während die nette Dame mir den Kuchen zusammenstellte, schaute ich mich im Café um. Alle Tische waren besetzt. Lediglich an einem großen Tisch, der für sechs Personen Platz bot, saß nur eine Person. Ein Mann war in die vor sich ausgebreitete Zeitung vertieft.

Der Mann kam mir bekannt vor. Ja, natürlich, das war doch der Kommissar, der diese beiden Mordfälle am See und im Krankenhaus aufgeklärt hatte. Sein Gesicht war an mehreren Tagen in der örtlichen Presse abgebildet gewesen. Wie hieß er noch gleich?

„Eisenstein", murmelte ich nach wenigen Augenblicken vor mich hin.

Das war die Gelegenheit für mich, die ich mir insgeheim erhofft hatte.

„Bitte stellen Sie den Kuchen für mich zur Seite. Ich zahle später. Vorher möchte ich mich mit dem Herrn dort drüben unterhalten", sagte ich zu der Dame hinter der Kuchentheke.

Langsam schlenderte ich auf den Tisch zu, an dem Kommissar Eisenstein saß.

„Guten Tag, darf ich mich zu Ihnen setzen. Es ist leider kein anderer Platz mehr frei."

„Kein Problem. Nehmen Sie nur Platz", sagte der Kommissar und schaute mich dabei freundlich an.

Ich bestellte eine Tasse Cappuccino bei der Bedienung, die gerade vorbeiging.

„Sie sind doch Kommissar Eisenstein", begann ich vorsichtig. Der Kommissar schien weiter in seine Zeitung vertieft zu sein und antwortete nicht.

„Ich bin der Jogger, der die Leiche am Sieglarer See gefunden hat."

Der Kommissar blickte jetzt von seiner Zeitung auf.

„Aha“, war seine kurze Äußerung.

„Ich bin Hobbyschriftsteller und möchte ein Buch über die beiden Morde schreiben. Nun brauche ich dazu einige Informationen. Wenn Sie Lust und Zeit hätten, mir zu helfen, würde ich mich sehr freuen.“

Der Kommissar faltete seine Zeitung zusammen und ich nahm an, dass er aufstehen und sich verabschieden würde. Aber nichts dergleichen geschah. Im Gegenteil, er musterte mich aufmerksam. Dann geschah das Unerwartete. Er reichte mir seine Hand und nannte meinen Namen.

Ich war total überrascht, dass er noch meinen Namen kannte.

„Wie stellen Sie sich das denn vor?“, frage der Kommissar.

Allein diese Frage gab mir Zuversicht, zeigte er damit doch Interesse an meinem Projekt.

„Das Grundsätzliche über die Morde und deren Aufklärung habe ich aus der Zeitung erfahren. Aber es gibt sicherlich noch jede Menge Informationen, die nicht in der Zeitung standen. Zum Beispiel zu Ihrer Person und zur Person Ihres Kollegen. Auch habe ich noch die eine oder andere Frage zum Ablauf der Ermittlungen. Obschon ich vieles im Rahmen meiner dichterischen Freiheit schreiben werde, möchte ich doch möglichst nahe an der Wirklichkeit bleiben.“

Der Kommissar hatte hin und wieder während meiner Erklärung genickt und aufmerksam zugehört.

„Dann wollen wir einmal. Nehmen Sie ihren Block und fragen Sie mich, was Sie wissen möchten“, meinte der Kommissar lächelnd.

Ich war überrascht und im Augenblick total überrumpelt. Ich hatte weder einen Block dabei noch hatte ich eigentlich Zeit. Meine Frau wartete zu Hause auf mich und ich saß hier im Café und überlegte, wie ich mein Buch schreiben sollte.

Aber sollte ich diese Gelegenheit so einfach verstreichen lassen? Nein, das wollte ich nicht.

So kam es, dass ich Frage über Frage an den Kommissar stellte, der dieser mit einer himmlischen Geduld beantwortete. Notizen machte ich mir auf dem Seitenrand und auf freien Flächen der Zeitung.

„Ich finde es toll, wie Sie und Ihr Kollege zwei Morde in wenigen Tagen aufgeklärt haben", wollte ich dem Kommissar schmeicheln.

„Na ja. So war es nun auch wieder nicht. Wir hatten viel Glück. Manches hatte sich auch von selbst so ergeben", sagte Eisenstein bescheiden.

Doch irgendwann musste ich die Fragestunde beenden.

„Herr Kommissar, ich danke Ihnen recht herzlich für Ihre Hilfe. Nur noch eine Frage. Wie Sie erzählt haben, hatten Sie Andrea so einfach damit konfrontiert, dass Sie das Fläschchen mit dem Allergen mit ihren Fingerabdrücken gefunden haben. Woher wussten Sie, dass Andrea Schiffer die Flasche in den Müllschlucker des Krankenhauses geworfen hatte? Sie hatten doch bis zum Besuch bei Klaus Stelter in Köln Andrea noch gar nicht in Verdacht?"

„Na ja, als ich Andrea Schiffer damit konfrontierte, wusste ich das auch nicht. Es war halt ein Versuch. Als Kommissar mit so vielen Jahren Erfahrung hat man dafür eine Nase. Und letztendlich haben wir das Fläschchen ja auch im Müll des Krankenhauses gefunden. Und die Fingerabdrücke von Andrea Schiffer waren auch vorhanden."

Eisenstein lachte und ich stimmte mit ein. Ich erkannte, Kommissar Eisenstein war halt ein Schlitzohr.

„Ich stelle fest, Sie hören gut zu und denken mit. Das gefällt mir. Ich wohne zurzeit allein in einer Pension und habe nichts Besonderes in meiner Freizeit vor. Falls Sie noch

Fragen haben, rufen Sie mich einfach an. Irgendwann bin ich auch bestimmt noch mal hier im Café. Zumindest solange kein neuer Fall ansteht“, bot sich der Kommissar an und gab mir seine Visitenkarte.

Ich faltete die Seiten der Zeitung mit meinen Notizen zusammen und stand auf.

„Auf Wiedersehen, bis sicherlich ein andermal. Auch wenn Sie mir heute einige Fragen beantwortet haben, sind bei mir noch viele Fragen unbeantwortet. Nur schriftstellerische Freiheit allein reicht da nicht“, verabschiedete ich mich und gab Kommissar Eisenstein meine Hand.

„Rufen Sie mich an, wenn Sie weitere Informationen benötigen. Ich bin öfter hier im Café“, rief Kommissar Eisenstein hinter mir her.

„Von diesem Angebot werde ich bestimmt gerne Gebrauch machen“, erwiderte ich mit einem dankbaren Lächeln.

Ich ging zur Kuchentheke, nahm meinen Kuchen, bezahlte und machte mich auf den Heimweg.

Aus einer geplanten kurzen Fahrt zum Café war ein längerer Aufenthalt geworden. Meine Frau wartete bestimmt schon ungeduldig auf mich und den Kuchen.

Anmerkung

Die Geschichte dieses Romans ist ausschließlich in meiner Fantasie entstanden.

Die geschilderten Begebenheiten, beteiligte Personen und genannte Firmen und Vereine sind von mir frei erfunden. Eventuelle Ähnlichkeiten mit lebenden oder verstorbenen Personen und existierenden Firmen, sowie mit tatsächlichen Begebenheiten sind rein zufällig.

Ich versichere ausdrücklich, dass ich nicht beabsichtigt habe, Personen, Bevölkerungsgruppen oder Vereine zu diffamieren oder zu diskreditieren.

Lediglich die erwähnte Zündung bengalischer Feuer während einer Maifeier in einem Festzelt in Troisdorf-Kriegsdorf hat tatsächlich stattgefunden.

Die von mir beschriebenen Orte, Straßen, und vor allem der Sieglarer See, sind real.